The Golden Dream of Carlo Chuchio

ロイド・アリグザンダー 作
宮下嶺夫 訳

ゴールデン ドリーム

果てしなき砂漠を越えて

評論社

ゴールデンドリーム――目次

THE GOLDEN DREAM OF CARLO CHUCHIO
by
Lloyd Alexander

Japanese translation published by arrangement
with The Free Library of Philadelphia Foundatrion
c/o Brandt & hochman Literary Agents, Inc., New York, U. S. A.
through Tuttle-Mori Agency, Inc., Tokyo

ゴールデンドリーム

装画／合田あや
装幀／川島　進（スタジオ・ギブ）

第一部　シーラという少女

1　本の中の地図

世界が自分の頭の上に崩《くず》れ落ちてきたみたいにものすごく不愉快《ふゆかい》なことが起きているとき、それを、だれかのせいにするのは、心の慰《なぐさ》められることだ。でも、ぼくの場合、だれのせいにすればいいんだろう？　エバリステ叔父《おじ》さんじゃない。とんでもない。叔父さんはあんなふうにいろいろ気を使ってくれた。店員仲間のだれかれでは、もちろんない。あの人たちには何の責任もありはしない。だれかのせいにしようとしてはみたものの、だれのことも思いつかず、ぼくは頭をひねっている。

ああ、そうだ。そう、もちろん、あの本屋だ。もし彼《かれ》が実際にいたとすれば、の話だが。いや、ぼくは知っている。彼は、たしかにいた。実在した。しかし、あのあと起きたできごとについて、ぼくは彼を呪《のろ》うべきなのか？　それとも感謝すべきなのか？

では、始めよう。生まれ故郷《こきょう》セラノ島の港町マゼンタの、あのまばゆいばかりの青空の午後

——。ぼくは受領書と運送記録書の束を持ってガリャルディ銀行に出かけた。ガリャルディ銀行は、マゼンタの商人のための銀行だ。叔父さんの店からほんの数百メートルしか離《はな》れていない。しかし、ぼくはこういうお使いのとき、いつもたっぷり時間をかけた。とんぼ返りすることなどなかった。決まって、港のあたりをぶらぶら見物しながら帰ったのだ。

港には、ありとあらゆる種類の船が、岸壁《がんぺき》につながれたり錨《いかり》を下ろしたりして浮《う》かんでいた。がっしりした貨物船、大きく堂々としたガレオン船、長くほっそりした三角帆《さんかくほ》の帆船《はんせん》、ごちゃごちゃと群れている小さな漁船たち……。ここセラノ島は果物《くだもの》と野菜の産地だ。これらは本土のカンパニアに送られてそこの人々の食卓《しょくたく》に上がる。一方、セラノ島へはさまざまな品物が、東方のあちこちの港からやってくる。絹《きぬ》、翡翠《ひすい》、絨毯《じゅうたん》、そして、シナモン、丁子《ちょうじ》、ナツメグ。——港にはこういったもののにおいがただよっていた。エバリステ叔父さんはこうした貴重《きちょう》な品物を輸入し島の人々に売るのが商売だった。彼は、商売の面でも人付き合いの面でも、たくみに、そつなくやる人だった。ただ、ぼくとの関係だけは、そうはいかなかった。

急ぎの用事のないとき、彼はわめき散らした。月曜日、水曜日、金曜日と決まっていた。何事につけてもきちょうめんな人だったのだ。

「カルロ、カルロ、おまえ、いったい、どういう人間なんだ?」叔父さんは吠《ほ》えたてた。それから、ひどく重々《おもおも》しい顔つきになり、片手《かたて》であごひげを引っぱり、もう一方の手で天をさし示して、

「なぜだ? おれは何の因果《いんが》で、こんな恩知らずの阿呆《あほ》たれ小僧《こぞう》にとりつかれちまったんだ。え、

なぜなんだ？　おい、おれはきいてるんだぞ。答えろ」

「ほんとに、叔父さん」とぼくは答える。――彼は実際には、叫《さけ》びたくて叫んでいるだけで、ぼくに質問しているのではないのだが。「ぼく、わからないんです」

実のところ、ぼくは彼に、感謝していなかったわけではない。ぼくの父親と彼とはいっしょに商売をやっていた。ところが、何年か前に悪性の熱病がはやり、ぼくの両親は、島のたくさんの人たちといっしょに、その犠牲《ぎせい》になった。エバリステ叔父さんは幼《おさな》いぼくを引き取り、住まいと食事をあたえてくれた。ささやかなものではあったけれど、一生の職業をあたえてくれた。

「おれはおまえを見てきたんだ――見てなかったなどと思うなよ」彼は吠えつづける。「すわりこんで、ろくでもない本ばかり読んでやがる。まるでバカ者だ。頓馬《とんま》だ。阿呆たれだ。おまえはカルロ・チューチョじゃない、カルロ・チューチだ」

ぼくの苗字《みょうじ》「チューチョ」を、叔父さんは、街角で使われる下品な発音で「チューチ」(阿呆たれ)と言った。いかにも阿呆たれらしい感じに聞こえる。叔父さんは、それから、ひげづらをぐいと突《つ》き出し、「知ってるか？　みんなは陰《かげ》でおまえのことをそう呼《よ》んでるんだぞ。カルロ・チューチとな」

「面と向かってそう呼ばれることもありますよ」ぼくは言う。

「そんな調子でやってろ」叔父さんは言う。「おまえはまったく、何と言ったらいいか、――役立たずだ、能なしだ、でくのぼうだ」

そして、ぶつぶつつぶやきながら立ち去る。これが、だいたい、彼とぼくのかわす言葉《ことば》のすべてだ。

さて、本屋のことだ。そう、あの日、ガリャルディ銀行から帰る途中《とちゅう》、ぼくは、船乗りたちがいろいろな国の言葉でわめき合っている波止場を離れ、露店《ろてん》のひしめく町の広場をぶらりぶらりと歩いたのだった。山盛《やまも》りになったオレンジやレモンやイチジクやオリーブ。見ていると口につばきがわいてくる。みんな、最高の品質だった。――島では、島で採れた最高のものは自分たちで消費し、二番目によいものをカンパニアに売っている。

メロン売りのとなりに本の露店があった。うすぎたない古本がぎっしり詰《つ》まった棚《たな》が並《なら》んでいる。どの棚も本の重みでたわんでいる。ちょっと驚《おどろ》いた。こんな店があるなんて、いままでまったく知らなかった。もちろん、ぼくは立ち止まった。

もみ手をしながら、店の主人が近寄ってきた。小柄《こがら》で、くちばしみたいにとんがった顔。しょぼしょぼしたあごひげを生やしている。これまで一度も見かけたことのない人だ。

「いらっしゃいませ、若旦那《わかだんな》」彼は言った。「どんなことに興味がおありですかな?」

訛《なま》りがあるが、どこのものかはわからない。ぼくは何も言わなかった。一つには、「若旦那」と呼ばれたことにびっくりしていたからだ――でも不愉快な気分ではなかった――。もう一つには、自分がどんなことに興味があるのかまったくわからなかったからだ。

「数学?　軍事工学?　違《ちが》う?　幾何学《きかがく》?　建築学?　これも違う?」本屋は、たわんだ本棚のほうに体をひねり、「すると恋文《こいぶみ》の書き方かな？　愛する女性の心をとらえるための、どんな場面にも役立つ例文付きの本……」

それからまた一歩近寄ると、首をかしげて、ぼくをしげしげとながめる。まるで服を仕立てるために体の寸法《すんぽう》をはかっているみたいだ。

「うーん、若旦那、適当なものがなかなかありませんなあ」

ぼくがきびすを返して立ち去ろうとしたそのとき、彼の目がきらっと光った。指をパチリと鳴らし、「あった。どんぴしゃりです」

振《ふ》り返りもせず、後ろに手を伸《の》ばし、棚の一つから、小さな分厚《ぶあつ》い本を引っぱり出した。革《かわ》表紙《びょうし》は擦《す》り切れ、綴《と》じはゆるみ、ページも古びてしみだらけで、いまにもばらばらになりそうだ。それをいかにもいとおしそうに撫《な》でまわすと、「古い不思議な物語を集めたものです。きっとすごく気に入りますよ」

そう言って、ぼくの手に押《お》しつけた。少しめくってみた。正直のところ、最初は、そんなに興味をひかれなかった。しかし、すぐ夢中になった。目を離せなくなった。どんどんページをめくっていった。すばらしい物語ばかりだ。驚異《きょうい》に満ちた旅、空を飛ぶ絨毯、燦然《さんぜん》と輝《かがや》く宝物《たからもの》にあふれた洞穴《ほらあな》……。さっき、自分がどんなことに興味があるのかわからなかったとしても、いまはわかっている。これだ。ぼくが興味があるのは、こういうすばらしい物語だ。

ぼくが興奮《こうふん》しているのを感じたに違いない。本屋の主人は満面に笑《え》みをたたえて、しきりとうなずいた。

「すばらしい好み、すばらしい読解力。さすがです。これは、そんじょそこらにある本じゃありません。完璧《かんぺき》な本が完璧な読者の手にわたる。なんという喜びでしょう。こういうことは、残念なことに、最近めったに起こらないのです。値段《ねだん》は大いに勉強させてもらいますよ。仕入れたときの値段より安くしておきます。しかし――しかし、けっきょくのところ、利益が何だっていうんです？」

ふーっとため息をつき、「しかし――しかし、これと別れるのは実につらい」

「別れることはありませんよ」ぼくは言った。

本屋は目をぱちくりさせて、ぼくを見た。

ぼくは、あっさりと、また悲しみをこめて、答えた。

「ぼく、お金がないんです」

満面の笑みがくずれた。本屋は口の中でもごもごと、「若い人はみんなこうだ。ふところが寂《さび》しい。すかんぴん。まるで伝染病《でんせんびょう》みたいに、みんなそろって金欠病だ」

ぼくは本を返そうとした。が、彼は両手を上げた。

「だめ、だめ。あなたはそれにほれこんでいる。別れさすことなど、わたしにはとてもできやしない。――ああ、わたしはなんて気前がいいんだ。これはきっとわたしの身を滅《ほろ》ぼす。でも、かまうものか。受け取ってください。これはあなたのもの。ただでさしあげます」

「それは困《こま》ります」と、ぼくは抗議《こうぎ》した――少しだけ、純粋《じゅんすい》に形だけ、抗議した。ぼくの拒絶《きょぜつ》は力強くもなかったし確信に満ちてもいなかった。ぼくはこの獲物《えもの》を握《にぎ》った手をゆるめていなかった。本気で返す気持ちなど、さらさらなかったのだ。けっきょく、ぼくは彼に、お礼の言葉を浴びせかけた。くり返しくり返し、「ありがとう、ほんとうにありがとう」と言った。

「お礼に値《あたい》するかどうかは、あとになってみないとわかりゃしません」と本屋は言った。「とっとと行っておしまいなさい。わたしが正気にもどって、やっぱりあげないよ、なんて言い出さないうちに」

ぼくは、息せききって店にもどった。こんなに急いで帰ったのは初めてだった。もちろん、早く仕事がしたかったのではない。この贈《おく》り物をもっとじっくり見てみたかったからだ。事務員のシモーネとメルキオーレはせっせと帳簿《ちょうぼ》をつけていて、ほとんどこちらを見向きもしなかった。ぼくは自分の腰掛《こしかけ》にすわるとすぐ、船荷関係の書類やら在庫目録やらをわきに押しやり、本を開いて読み始めた。思っていた以上だ。ものすごくわくわくする本だった。

シモーネとメルキオーレが驚きあきれたことに、ぼくは日が暮《く》れるまで机《つくえ》に向かいっぱなしだった。二人が帰っていった後もぼくは本に熱中していた。

夕食の時間がきた。上着の内側に「獲物」をしまいこむと、ぼくは言った。――頭が痛《いた》くて胃がむかつくので食べたくないんです。エバリステ叔父さんは「なんてチューチだ」というようなことをもごもご言いながら、うれしそうにぼくの願いを聞き入れてくれた。

さっそく自分の部屋に駆《か》け上がった。天井《てんじょう》の低い屋根裏《やねうら》部屋。ベッドのわきのテーブルのろうそくをつけ、ワラのマットレスに体を投げこんだ。もしかすると読み落としたところがあるかもしれない。ぼくはふたたび最初のページから読み始めた。

あとで、家政婦のシルバーナが、ぼくの病気がひどく重いんじゃないか、それとも腹《はら》を減らして死にかけているんじゃないか、と心配して、夕食の残りものを皿に盛って持ってきてくれた。ぼくが生きていて、本に首を突《つ》っこんでいるのを見て、彼女《かのじょ》は、何を読んでいるのか知らないけどいいかげんにしておきな、さもないとほんとに体をこわしちゃうよ、と忠告《ちゅうこく》して、階段を下りて行った。

ぼくはこれまで一度だって食欲《しょくよく》がなくて困ったことなんかない。巨大《きょだい》な鳥や、ランプのなかから飛び出してきてどんな願いでもかなえてくれる魔神《まじん》などの物語にこれほど引きこまれたこともない。食べることと読むことと、どちらを選ぶべきか？　このむずかしい問題を、ぼくは両方を同時に行なうことで解決した。

とはいえ、本はバラバラになりつづけていた。革表紙からページがはがれかけている。背表紙《せびょうし》の半分から下のところに裂《さ》け目ができている。何気なく見ていて、ふと気づいた。その裂け目のなかに何かが詰めこまれている。

取り出して、広げてみた。羊皮紙だった。交差する直線やくねくねした曲線が一面に描《えが》かれている。何かの設計図か、どこかの地図か？　しかし、方角や方位を示すものは何も見当たらない。不思議だった。本をわきにおき、地図を調べてみることにした。

ぼくは羊皮紙の裏側を見ていたのだった。紙をひっくり返して平らにならしてみると、山やら川やら街やらを示すものが見えてきた。

最初、それはあまりにも漠然《ばくぜん》として見えた。だから、何の役にも立たず何の意味もないものなんだろうと思った。しかし、よく見るとそうではなかった。かなりていねいに描かれている。一方の隅《すみ》に、特定部分の拡大図《かくだいず》まで描いてある。心臓《しんぞう》がドキドキしてきた。

それは、かなりの規模《きぼ》の街——というか街の遺跡《いせき》——をかなりくわしく描いた地図だった。崩れ落ちた塔《とう》。これはたぶん砦《とりで》だったのだろう。荒《あ》れ果てた中央広場。広場をとりまく壁《かべ》もほとんど崩れてしまっている。ぼくの心臓をドキドキさせたのは、そこに、くねくねした、ほとんど読めないような筆跡で書かれた「宝物庫《ほうもつこ》」という文字だった。ぼくの頭も、心臓に負けない勢いで回転し始めた。そうだ。間違いない。これは隠《かく》された宝のありかを示す地図だ。この本が宝物だったとすれば、ぼくはその宝物のなかにもうひとつの宝物を見つけたのだ。

しかし、ひとつ、まずいことがあった。

この地図を描いたのがだれであれ、その人はこの地域《ちいき》をとてもよく知っている。ほんとに、とてもよく知っている。だから、場所の名前を書かなかった。書く必要がなかった。いったい何という街なのか？　何という山脈なのか？　何という湖なのか？　何という川なのか？　地図に描かれたそれらのものは、広い世界のどこにあるのだろうか。

ろうそくの火が消えていった。次のろうそくをつけた。落ち着こう。落ち着いて、地図から意味を読み取ろう。そのとき、ぼくの目が羊皮紙の端《はし》っこに釘《くぎ》づけになった。そこに文字が書かれている。

「マラカンド」だ。

わかった。そうだったのか。さんざん船荷関係の書類を取り扱《あつか》ってきたから、マラカンドのことは知っている。マラカンドはマゼンタから海を越《こ》えた向こう、ケシャバル地方にある大きな商業中心地だ。遠いはるかな極東へ向かうための門でもある。ぼくがいま手にしているのは、まさに、あの名高いカタイの国への主要ルートの地図なのだ。このルートは、〈黄金の夢の街道〉と呼ばれている。数多くの商人がそこを旅していて、彼らのだれもが大きな富を得ている。エバリステ叔父さんが輸入する品物もみんな、この「黄金の夢の街道」を通ってきたものだ。

頭はまだくるくる回っていたが、ぼくは、プランを立て始めた。取るに足りない疑問《ぎもん》はすべて払《はら》いのけた。もし地図のもともとの持ち主があそこへもどってこの莫大《ばくだい》な宝物を掘《ほ》り出していたら？　だいじょうぶ、地図を持っているのは、ぼくなんだから。それに、彼が生きているなんてことはあり得ない。もしだれかほかの人がたまたま宝物を見つけていたら？　そんなこと、あるはずがない。「宝物庫」には何がある？　黄金か？　ダイヤモンドか？　どうやってそれを持ち帰るか？　どれだけの日にちがかかるだろうか？　そんな細かいことはあとで考えればいい――。

ぼくのプランは単純明快だった。叔父さんに地図を見せる。叔父さんはただちに発掘《はっくつ》のための遠征隊《えんせいたい》を組織するだろう。地図はぼくのものだから、当然ぼくがリーダーだ。分け前もいちばんたくさんもらう。遠征隊員たちに謝礼をはずんでも、まだまだたっぷりと残るはずだ。

叔父さんもぼくも、とてつもない大金持ちになるだろう。そしてぼくは？　カルロ・チューチョは？　カルロ・チューチ、阿呆たれカルロか？　とんでもない、カルロ・ミリオーネだ、百万長者カルロだ。

ぼくはげらげら笑い、両手で自分を抱《だ》きしめた。が、喜びはすぐ消えた。黄金色の夢のさなかに、ひとつの考えが頭の中に入りこんできた。追い出そうとしたが、居すわって、どんどんふくらんだ。あらゆる希望をうちくだく勢いだった。次の瞬間《しゅんかん》、そいつは、ぼくに脅《おど》しをかけてきた。ぼくの財産を、ぼくが手にするはずの財産を、そいつは奪《うば》い去ってしまうというのだ。

2 叔父《おじ》さんの怒《いか》り

そいつ、というのは、ぼくの良心だった。ぼくはいままで、とりたてて良心について考えたことはない。もちろん自分に良心があることを疑《うたが》ってはいない。良心はある。だけどあまり好きじゃない。良心って、頭痛《ずつう》を起こさせ胃をむかむかさせることが多い。

いま、良心はぼくをこづきつづけている。あの地図について質問をくり返す。あれはあんたのものじゃないだろう。あれはあんたのものじゃないだろう……。そんなことはないよ、とぼくは答える。良心とぼくとの口げんかは、おおよそ次のようなものだった。

ぼく「バカなこと言わないでくれ。本屋のおやじさんはぼくにただでくれたんだ。贈《おく》り物だよ。彼《かれ》がそう言ってた」

良心「違《ちが》う。彼はあんたに本をくれたんだ。地図はくれなかった」

ぼく「地図もくれたんだ。彼はぼくに本をくれた。本の中に地図が入ってた。同じことだよ」

良心（意地悪い口調で）「そうかな？　彼、地図がそこにあることを知ってたのかな？」
ぼく（心の中で肩《かた》をすくめて）「ぼくにわかるわけないだろ。たぶん知らなかっただろうな」
良心「たぶん知らなかっただろう、だって？　知るはずなかった、じゃないのか？」
ぼく「いいさ、じゃあ、——知るはずなかった」
良心「まったく、と言え。まったく知るはずなかった、と。彼は親切心と気前の良さから、あんたにその本をくれた。あの地図をくれるつもりは、まったくなかった。うっかりしてたんだ。事故みたいなものだったんだ」
ぼく「それで？」
良心「こう言えばわかるだろう。——あんたが自分の古い外套《がいとう》を、寒さに震《ふる》えている物乞《ものご》いにくれてやったとする。その外套のポケットにあんたの金貨が何枚《なんまい》か入ったままになっていたとする。あんたは金貨を取りもどしたいと思うだろう？」
ぼく「もちろん」
良心「だいぶ話がわかってきたな。いいことだ。それで、あんたはどうする？」
ぼく「地図を持ってる」
良心「どうしようもないやつだな。こっちの言うことをひとことも理解してない」
ぼく「ぼくに何を求めるんだい？　なにしろぼくはチューチ（阿呆《あほ》たれ）なんだぜ」
良心「チューチだって正しいことはできる、少なくとも時どきはね。聞かせてほしいんだが、あんた、これまでに目の中に砂《すな》の粒《つぶ》か何かが入ったことはあるだろう？　いくらこすってもそれが出なくて、ちくちく痛《いた》むばかりだったってことがあるだろう？　言っとくが、あんたはそういう砂粒を一生持ちつづけることになるんだ。死ぬまで毎日毎日、そのちくちくした痛みに悩《なや》まされるってわけだ」

ぼく「出て行け。ほっといてくれ」

ベッドにひっくり返り、やがて眠《ねむ》った。しかし、熟睡《じゅくすい》はできなかった。あくる朝、市場に行った。ポケットに地図を入れていた。

果物《くだもの》売りや野菜売りはもう店を出していた。ぼくは――急ぎ足にではなく――ゆっくりと歩いて、あのメロン売りのおばあさんの露店《ろてん》の前を通りすぎた。地図を取り出していた。本屋の主人に返すつもりだった。

すがたは見えなかった。

時間が早すぎるのだろう。メロン売りのおばあさんにたずねた。おとなりの本屋さんは何時ごろやってくるんですか……。おばあさんはぼくを知っていた。お使いの行き帰りのぼくを何度も見ていた。だいたいマゼンタの住人は、お互《たが》い、何となく顔見知りなのだ。

「本屋だって？」おばあさんは怪訝《けげん》そうな目でぼくを見た。「本屋って何さ？」

「おばさんのとなりに露店を出していたあの人さ」

「そんな人いないよ」

「そんなはずはない、ぼくは昨日会《きのう》ったばかりだ、彼、どこか別のところに移ったの？　いまどこにいるの？」言いつのるぼくに向かって、おばあさんは首を振《ふ》りつづけた。

「何をごちゃごちゃ言ってんのさ。本屋なんていうものかね。わたしゃここに三十年も店を出してる。本屋がいるならわたしが知らないはずがない。そんな人はいない。昨日もいなかったし、いまもいない。いたことなんてないのさ」

ぼくはいらいらしてきた。

「ぼく、彼からあるものを買ったんだよ――というか、彼がぼくにあるものをくれたんだ、そこで、その場所で」

「いそがしいんでね、邪魔《じゃま》はしないでおくれ」彼女《かのじょ》はメロンを並《なら》べる仕事にもどった。「なんて阿呆たれなんだ」と、小声で言った。「叔父さんもかわいそうだよ。たいへんなお荷物だ。でも、仕方ない。どの家族にもひとり、チューチはいるものだから」

本屋など見ていないというおばあさんの言葉《ことば》に、ぼくはキツネにつままれた気分だった。最初は不安に襲《おそ》われた。いろいろ考えて、やっと答えを見つけた。単純《たんじゅん》なことだ。あの本屋は、昨日か一昨日《おととい》、店を開いたのだ。彼女はそれに気づいていなかった。彼の露店にはさっぱり客がやってこなかった。それで、もっといい場所に移ったのだろう。ぼくは市場じゅうを歩きまわった。市場のそばの道路もくまなく歩いた。影《かげ》も形も見えなかった。間違いない。彼は立ち去ったのだ。マゼンタの町からいなくなってしまったのかもしれない。

義務を果たしたことに満足したのか、ぼくの良心は黙《だま》りこくっていた。ぼくは大急ぎで店にもどった。早く、プランを実行に移したい。

店に足を踏《ふ》み入れたとたん、メルキオーレが寄ってきて、叔父さんが呼《よ》んでるぞと言った。メルキオーレはひどくうれしそうににやにや笑っている。――やれやれまたどなられるのか、きょうは木曜日なのに……でも、ぼくは心配していなかった。何を怒《おこ》っているのか知らないが、ぼくのプランを聞いたとたん、叔父さんの怒《いか》りは消し飛んでしまうだろう。

エバリステ叔父さんは帳場のテーブルにかがみこんでいた。そのわきには、黒いローブを着た会計主任のバガティンさんが、ゆううつなカラスみたいな感じで立っていた。

エバリステ叔父さんは、ひげを引っぱりもせずわめきもしなかった。これは深刻《しんこく》な話かもしれないぞ、とぼくは思った。

「おまえ」と叔父さんは言った。ぞっとするほど冷たい声だ。「おまえはおれを破滅《はめつ》させた」

何の話ですかとたずねる暇《ひま》もなく、言葉をついで、「おまえはこれまでに何度も間違いをやらかしてくれたが、おれはおまえの親たちのことを思って我慢《がまん》してきた。だが今度ばかりは、もう我慢ならねえ。年がら年じゅう寝《ね》ぼけ面《づら》をしてバカな夢ばかりみてやがって。もうたくさんだ。――知ってるのか、自分のやらかしたことを？　もちろん知るわけないな」

食いしばった歯の間からうめくように、「こういうことだ。おまえは貸借《たいしゃく》対照表をめちゃくちゃにしたんだ。阿呆たれめ。おまえはあべこべに記入しちまったんだ。おれのもうけた金額を、おれが借りている金額みたいに書きうつしてしまった。昨日、受領書のたぐいをガリャルディ銀行に持っていったとき、おまえはおれの資産を負債《ふさい》として記入した。おまえ、自分がどんなとほうもないヘマをしでかしたか、少しは見当がつくか？ バガティンが訂正《ていせい》してはくれる——しかし、どれだけ長い時間かかるかわかったもんじゃない。銀行口座《こうざ》に関するかぎり、おれの預金はゼロだ。おれの資産は凍結《とうけつ》される。おれは、べらぼうな利子でもってカネを借りなきゃならない。そのかんおれは一文無しってわけだ」

それだけなのか？ ぼくはほっと吐息《といき》をついた。一時的な災難《さいなん》じゃないか。

「叔父さん、そんなこと気にしないで。ぼくがひと財産つくってあげるよ。いまの一千倍もの財産をさ」

地図を取り出して、叔父さんに渡《わた》した。

一瞬《いっしゅん》見つめたが、すぐ、ひきつったような声で言った。

「どこで手に入れた？」

「本屋のおやじさんにもらったんだ。こういうことなんだ——」

「こういうことなんだ、だと？ こういうことなんだ、だと？ どういうことか知るもんか！」

エバリステ叔父さんはいらだってきた。「その男、どこにいるんだ？」

「市場さ。というか、市場にいたんだ。今朝《けさ》、また市場に行ってあたりじゅう探《さが》した。でも、見つからなかった。どこか別のところに行ってしまったんだ」

「当たり前だ」

ついに、いつもの怒号《どごう》が始まった。

「これでもって、ひと財産つくるだと？」エバリステ叔父さんは叫《さけ》んだ。「こんなもの、おれはうんざりするぐらい見てきたぜ。もし本物だったなら、たとえ地図一枚《まい》につき金貨一枚せしめたとしても、いまごろおれは大金持ちになってたはずだ。インチキなんだよ！　ばかばかしいイカサマなんだよ！　こういうデタラメだらけの紙っ切れは、いたるところに出回ってるんだ、阿呆たれどもに売りつけるためにな。おまえ、いくらで買わされたんだ？」

「ただで――」

「そら見ろ。何の値打《ねう》ちもありゃあしないんだ」

叔父さんは羊皮紙をくしゃくしゃに丸め、ぼくの頭めがけて投げつけた。狙《ねら》いがそれて床《ゆか》に落ちたのを、ぼくは拾い上げた。

「もう勘弁《かんべん》ならねえ」叔父さんの顔は、鼻のてっぺんまで真っ赤になって、てかてか光っている。

――ぼくをしかっていてこんな顔になったのは初めてだ。

「たくさんだ」息を切らしながら言った。「おまえはお払《はら》い箱だ」

ぼくはびっくりした。退屈《たいくつ》な仕事とさよならできるのが残念だったからではない。でも、ちょっと混乱《こんらん》してもいたのだ。住まいはどうなるのというようなことをつぶやいた。まだ叔父さんの家にいていいのかな……。

「いや、出て行ってくれ」ぴしりと言われた。叔父さんはさっきより落ち着いていた。どなっているよりもこのほうがぼくには恐《おそ》ろしい。「おまえは厄介者《やっかいもの》だ。疫病神《やくびょうがみ》だ。出てってくれ。この家から、マゼンタからセラノから出てってくれ」

「そんなこと言われても」と、ぼくは言った。

「あんなことをやらかしたおまえを、そばに置いておくわけにはいかないんだ。おまえがいるってことは、おれの横っ腹《ぱら》にトゲが刺《さ》さっているようなものだ。おれは町の笑いものになる。商売はあがったりになる。おれと取引しようなんて人がいると思うか？　おまえを置いておくほうが、出て行ってもらうより、ずっと費用がかかるんだよ」

叔父さんは残酷《ざんこく》な人ではない。悪党《あくとう》でもないし情け知らずでもない。彼はただ商売人なのだ。彼の言うことはもっともだ。彼の立場だったら、ぼくだって同じことをしただろう。

「ま、そうはいっても、家族は家族だ」叔父さんはバガティンさんに目くばせした。バガティンさんはロープのひだのなかから革《かわ》の財布を取り出して、ぼくに手渡した。

「いまのおれの財政状態では、これが精いっぱいだ」エバリステ叔父さんは言った。「自立するまで食いつなぐ分としては、まあ十分だろう。ああそれから、今夜は夕食を食べていい。今夜はここに泊《と》まっていい」

ぼくは、叔父さんの顔に一瞬の悲しみの影を見たと思った。いずれにしても彼はニタニタ笑ったりはしていなかった。
「あす、おまえはカンパニアに行くんだ」と言うと、いつもの辛辣《しんらつ》さにもどって、付け加えた。
「あそこは阿呆たればっかりの土地だから、一人ぐらい増えたって気づかれやしないさ」

ぼくは自分の屋根裏《やねうら》部屋で夕食をとった。またしてもシルバーナが運んできてくれたのだ。彼女に頼《たの》んで、針《はり》と糸とハサミを持ってきてもらった。今夜のうちにやらなければならない仕事があった。荷づくりじゃない。ぼくのわずかな衣類はズック製のショルダーバッグに全部入ってしまった。もちろん例の本もこれに入れた。――叔父さんがくれた財布の中身をなんとかしなければならなかったのだ。

エバリステ叔父さんは意外と気前がよかった。財布には、小銭《こぜに》のほか金貨もたくさん入っていた。小銭はすぐ使えるよう財布に残し、金貨を外套と服のへりに縫《ぬ》いこむことにした。われながら名案だと思ったが、この仕事、思いのほか時間がかかった。なにしろ針をうごかすたびに指を突《つ》き刺していたからだ。

しかし、なんとか終わった。すばらしい仕上がりだった。ぼくはいわば全財産を身に着けたというわけだった。最高におしゃれな衣装《いしょう》だとはいえないかもしれないが、間違いなく、最高にカネずくめの衣装を身に着けたのだ。

それから地図のこと。ぼくは羊皮紙の表面をなでてしわを伸《の》ばし、じっとながめた。エバリステ叔父さんは何の値打ちもないしろものだと言った。彼の眼力はかなりたしかだ。彼がそう言うのなら、これはインチキかもしれない。いっそ、びりびりに引き裂《さ》いて、窓《まど》の外に捨《す》ててしまおうか。

何度もそうしようとして、思いとどまった。叔父さんの意見にさからって、あらゆる理性と論《ろん》理《り》に反して、ぼくはやはり、どうしてもこれが本物だと思えてならなかった。というか、心の奥《おく》底《そこ》で、これが本物であることを知っていたのだ。とにかく、持っていたからといって別に何の害もない。ぼくはそれを上着の裏地にすべりこませた。バッグと外套を肩にかけ、それから階段《かいだん》を下りた。

家じゅう、寝静まっているかのようだった。しかし、帳場のドアの下から明かりがもれていた。疑いもなく、叔父さんとバガティンさんが、ぼくのしでかした失敗の後始末《あとしまつ》をするために徹夜《てつや》で働いているのだ。

さよならを言う度胸《どきょう》はなかった。そっと通りに歩み出た。

道路に敷《し》かれた丸石はなめらかで夜露《よつゆ》に濡《ぬ》れていた。夜明けはまだ先だった。果物売りや野菜売りのすがたもまだ見えず、市場はひと気がなかった。波止場に向かった。店や帳場やガリャルディ銀行、退屈な商売から抜《ぬ》け出せるのはうれしかった。でも、期待したほどの喜びは感じなかった。自分が生まれて初めて宿なしになってしまったことに気づいたのだ。

波止場に近づくとだいぶ元気が出てきた。だいじょうぶ、なんとかなる、と自分に告げた。実際、ぼくはもう計画を持っていた。

もし叔父さんが言うようにカンパニアにそんなにおおぜい阿呆たれがいるのなら、きっとぼくを雇《やと》ってくれる阿呆もいるだろう。何の仕事でもいい。今度は一生けんめい働くんだ。真面目《まじめ》に、熱心に、細かいことにも気をくばって働けば、仕事もうまくいくだろう——どんな仕事かはわからないが——。そうなったらエバリステ叔父さんも感心してくれるだろう。彼はぼくをクビにして街に放りだしたことで、結果的に、ぼくに大きなチャンスをあたえてくれたのだ。叔父さん、ほんとにありがとう。——ぼくは心の中でつぶやいた。

ある程度の資金は、そんなに時間はかからず、できるはずだ。そしたら、ぼくは遠征隊《えんせいたい》を結成し、それをひきいて東方に向かう。そしてあの地図が本物であることを証明するんだ。

ぼくは確信しきっていた。ぼくは宝物《たからもの》を発見する。そして、勝ち誇《ほこ》って故郷《こきょう》に帰る。栄光と富に満ちあふれ、カルロ・ミリオーネすなわち百万長者カルロとして、みんなから迎《むか》えられる。エバリステ叔父さんの、バガティンさんの、シルバーナやメルキオーレやシモーネの、マゼンタの全町民の、セラノの全住民の、そしてカンパニアや近隣《きんりん》の国々のすべての人々の尊敬《そんけい》と称賛《しょうさん》を一身に集めるのだ。

さしあたり、安い値段でカンパニアに渡る方法を見つけなければならない。漁船か、小型の沿《えん》岸船《がんせん》が見つからないだろうかと思いながら、波止場を歩いた。

これは、と思うのが目に入った。いかにも船長らしい雰囲気《ふんいき》の、たくましい男が甲板《かんぱん》に立っている。

「行先はどこだい？」ぼくは叫んだ。

「東方さ」彼は叫び返した。「シディアに行くんだ」

その名前は知っていた。叔父さんの扱《あつか》っている商品のほとんどは、ケシャバルでいちばんにぎやかなこの港を通して来ていた。マラカンドが黄金の夢の街道への門であるとしたら、シディアはその門に向かう出口だった。叔父さんはカンパニアに行けと言っていたけれど、直接、東方のケシャバル地方に行くほうがぼくの目的には都合がいい。

「乗りたいのかい？」船長はランタンを上げてこちらを見つめ、「あんた、じょうぶな若者《わかもの》みたいだな。こちとらは人手が足りないんだ。あか（船底にたまった水）の汲《く》みだしやらなにやら、細かい仕事を手伝ってくれないか。そしたら、おれはあんたをシディアまで、ただで乗せていく。それでどうだね？　取引成立かな？」それからこう言った。「潮《しお》の流れもいい具合なんで、船を出そうと思ってたところだ。だから、乗るんならさっさと乗りなよ」

もちろん、ぼくは乗った。

3 シディアの港

ぼくに船の仕事を手伝わせ、それと引き換《か》えにぼくをシディアまで乗せていく、という船長の申し出は、けっきょく、どちらの側にとっても、あまりすばらしい取引ではなかった。航海中のほとんどの時間、ぼくは、船酔《ふなよ》い状態だった。生まれてからこっち口に入れたすべての食べ物の残りかすをきれいさっぱり吐《は》き出してしまった感じだった。ただ、少なくとも、乗組員たちに明るい娯楽《ごらく》を、あたえる役には立った。彼《かれ》らは、ぼくを見て、げらげら笑いながら、生きている人間でこんなに真っ青になったやつは見たことがないよと言うのだった。

ボロ船は浸水《しんすい》が激《はげ》しく、浮《う》かんでいるのが不思議なくらいだった。ぼくも、船酔いに苦しみながら乗組員と力を合わせ、できるだけ多く水を汲《く》みだした。風が落ちて帆《ほ》がただの布《ぬの》切れみたいにだらりと垂《た》れているときには、乗組員に混じってオールも漕《こ》いだ。時どき、船は全然先に進まなかった。そんなときは、ふたたび足で陸地を踏《ふ》むことがあるだろうかと思った。

絶望に沈《しず》んでいるぼくを見て、船長は、心配するな、あすは陸地に着くよと言った。彼が羅針《らしん》盤《ばん》をのぞいたこともなければ、方向を知るためのほかの道具を使ったこともないのに、ぼくは気づいていた。それなのに、どうしてそんなに、自信をもって言えるんですか、とたずねると、彼は空を指さした。

「お天道《てんと》さんだよ、星たちだよ。ごたいそうな羅針盤なんかよりずっと正確なんだよ。それに、これだ」そう言って鼻の頭を軽くたたいた。「どんな港にも、独特のにおいがある。においのほうに向かって行くんだ。おれを目隠《めかく》ししてボートに乗せてみな、まっすぐシディアまで漕いで行ってみせるよ。間違《まちが》いなし。もうシディアのにおいがするんだ」

彼の言うとおりだった。しばらくして、ぼくもまた、風の中に、あるにおいをかいだ。予想したような、高価な香味料《こうみりょう》のかぐわしいにおいではなかった。なんというか、もっと、ゴミ箱みたいなにおいだった。そして、船は、実際に翌日《よくじつ》の午後遅《おそ》く、シディアの港に着いたのだ。船が波止場に係留され、そろそろ船を離《はな》れようかと思っているとき、船長がぼくの肘《ひじ》をつかんで、引き寄せた。

「なあ、あんた」ひそひそ声で言った。「船員になりたいと思ったことあるか?」

「ないですね」

「年とった船乗りの忠告《ちゅうこく》を聞いときな。あんたは、絶対、なるべきじゃない」

それでも、船長とぼくは、気持ちよく別れた。消化器系統《けいとう》はすっかりやられていたし、ひと晩《ばん》ぐっすり眠《ねむ》ったのはいつだったか覚えていないほど寝不足《ねぶそく》だったにもかかわらず、固い地面の上に立ったとたん、ぼくはすっかり元気をとりもどした。とはいえ、波止場付近の騒音《そうおん》のすさまじさといったら、耳をつん裂《ざ》き、脳《のう》をかきむしるかのようだった。落ち着いて物を考えることができず、ましてや、次に何をするべきか決めることなどできなかった。

マゼンタもにぎやかな港だったけれど、シディアはその十倍もにぎやかで騒《さわ》がしかった。ものすごい人出だった。船荷の積みこみ積み下ろしの活発さもこれまでぼくが見たことがないほどだった。船員、沖仲仕《おきなかし》のほか、ターバンを巻《ま》き、長いローブをまとった遠い国の商人たちもいれば、ぼくの故郷《こきょう》の服装《ふくそう》をした人たちもいた。みんなせかせか歩きながら、大声を張り上げてしゃべっていた。言葉《ことば》は、それぞれのお国言葉ではなく、交易用の特別の言葉だった。

この〈交易言葉〉は、いろいろな土地の言語をごたまぜにしたようなもので、商品とお金がやりとりされるところで――すべての港だけでなく、マラカンドを含《ふく》むケシャバル地方から、黄金の夢の街道を経て、東のはずれのカタイとの境界の向こうまで、広い地域《ちいき》の宿駅で――、だれもが使う言葉だった。

マゼンタの波止場界隈《かいわい》をいつもぶらぶらしていたぼくは、その言葉にずいぶん慣れ親しんでいた。その後、しだいに、母国語みたいに話せるようになった。

しかし、シディアの港に降《お》りたったばかりのぼくは〈交易言葉〉に耳を傾《かたむ》けているどころじゃなかった。自分の身を守るのに必死だった。というのは、陸地を二、三歩あるくかあるかないうちに、街の悪たれ小僧《こぞう》どもが、ぼくをめがけて、わっと襲《おそ》いかかってきたのだ。連中はみんな、ぼろを下げていた。彼らが身につけているぼろ切れを全部合わせたところで、一着の上着だってできないだろう。ぼくは最初、こいつら、いまここで真昼間《まっぴるま》ぼくを殺してぼくの服を奪《うば》うつもりなのかと思った。そうじゃなかった。彼らはもっと高度の野心を持っていた。

みんなして、ぼくを、あっちの方角、こっちの方角に引っぱったり押《お》しやったりしながら、口々に言ったのは、体を休めるため、心を落ち着かせるため、ぼくの不滅《ふめつ》の魂《たましい》の平安のため、宿屋に案内してあげる、ということだった。ただし、案内しようという宿屋が彼らひとりひとりで違うものだから、ぼくはまるで、渦《うず》に巻きこまれたようなものだったのだ。あとでわかったことだが、彼らは港に降《お》りたった旅人をつかまえて宿屋に連れていくことで、生活の糧《かて》を得ていた。客ひとりにつき、手数料として、一個か二個のコインをもらっていたのだ。

どの宿屋にするか、ぼくが選ぶことはできなかった。というのは、新しいおんぼろ少年があらわれて、決定権《けっていけん》をぼくからとりあげてしまったからだ。この少年は、ほかの連中より背《せ》が高くて、ほぼぼくぐらいの身長。ちびっこたちをじろっとにらんでぼくの回りからしりぞかせ、彼らがまた寄り集まろうとすると、しっしっと追い払《はら》った。

「やつらの言葉を真に受けるんじゃありません」新しい少年はぼくに言った。「みんな恥知《はじし》らずな嘘《うそ》つきで悪党《あくとう》なんです」

ほかの連中とまったく同様におんぼろぼろの垢《あか》まみれだったものの、この少年は、なぜか、誇《ほこ》らしげにヘッドバンドを巻《ま》いていた。といっても、もちろん新品ではなく、ずいぶん、むかしから多くの人たちが頭に巻いてきたしろもののようだった。

「あんた、運がよかった。おれが来なかったらやつらにだまされちまうところだった。シディアでいちばん立派《りっぱ》な宿屋に連れて行ってあげますよ」

奇術師《きじゅつし》みたいにすばやく、この少年はぼくからショルダーバッグを取り上げた。外套《がいとう》もあわや同じ運命をたどりかけたが、これはぼくが必死に奪い返した。

バッグはすでに彼の手中にあるし、この少年がほかの悪たれたちと比べてそれほど悪そうにも見えなかったので、ついて行っても、それほどひどい目にあうこともないだろう、とぼくは思った。

「おれの名はカルグシュ。あんたたちの言葉でいうと『ラビット』さ」少年は続けた。「あんた、おれに大いに感謝することになると思いますよ」

波止場から街の中心部へと続く道を、ラビットと名乗る少年は、ぼくをかなり乱暴《らんぼう》にぐいぐい引っぱって歩いた。それでも、彼の比較的《ひかくてき》ていねいな言葉づかいに、ぼくは悪い気はしなかった。

「《旅人天国》。あんな宿屋はどこにもありません。あんたは宿でいちばん大きな部屋に入り、王さまみたいに過ごすんです」

ぼくの案内人――もしくは誘拐者《ゆうかいしゃ》――は、ぼくを待ちうけているぜいたくのあれこれについてしゃべりつづけた。料理がどんなにすばらしいか、ハマームがどんなに楽しいものか。このハマームというもの、どうやら、一種のサウナ風呂《ぶろ》みたいなものらしかった。

もしこの《旅人天国》が彼の話の半分ほども良いものなら、ぼくの旅の始まりはまずまずのものだと言えそうだった。それにラビットは、何重にも重なった垢《あか》の下から見えてくる印象からいって、感じのいい人間のようだった。

宿屋の魅力《みりょく》についての説明がようやく終わると、ラビットは、こう付け加えた。

「この先、旅を続けてどんなところへ行ったとしても、あんたは、この《旅人天国》で過ごした日々を忘《わす》れることはないんです。まさに、故郷を離れた者のための故郷。実際、この宿には、あんたがたフェレンギたちが大勢、泊《と》まるんです」

「フェレンギ」というのは、ケシャバルなど東方の人々が、西方の人間すべてをさしていう言葉だ。特別にけなす意味があるわけではなく、ふつうの使い方である。だから、ぼくは気分を害したりはしなかったが、それでも、面と向かって、そう言われると少しカチンときた。ふざけた口調でこう答えざるをえなかった。

「ねえラビットくん。ぼくはきみと知り合いになれたのを喜んでいるし、きみの親切な気づかいはありがたいと思っている。ほんのちょっとした好奇心からきくんだけど、どうしてきみは、ぼくがフェレンギだと、そんなに自信をもって言えるんだい？」

ラビットはニヤッと笑った。

「あんたは、それらしいにおいがするんですよ」

ぼくは黙《だま》って聞き流した。ちょうど宿屋の中庭に着いたところだった。木材と泥《どろ》レンガでできた、だらしなく広がった建物。二階から突《つ》き出した長いバルコニーが中庭を見おろしている。中庭には、いくつかの小屋がある。その一つは厩舎《きゅうしゃ》だ。ただよってくるにおいでわかる。

ラビットにみちびかれて宿屋の中に入った。騒がしく、ごった返していて、まるでシディアの港がまるごとここに引《ひ》っ越《こ》してきたみたいだ。ラビットは、引っこんだ所にある帳場を指さした。主人らしい男が木製のカウンターに身をかがめている。カウンターの上は会計帳簿《ちょうぼ》やら金庫やらでいっぱいだ。

ぼくは最初、マラカンドに行くにはどの道がいちばんいいか、宿の主人にきいてみようと思った。商売柄《しょうばいがら》、そういうことにはくわしいはずだ。が、あとにすることにした。もっと静かな時がいい。そのほうが、彼もじっくり話を聞いてくれるだろう。ともかく、ターバンを巻き、あごひげをもじゃもじゃに生やした主人は、到着《とうちゃく》する客、出発する客の手続きに大いそがしだった。彼は、ぼくが前払いで払った数日分の宿賃《やどちん》を受け取り、マゼンタの通貨の交換《こうかん》レートをそろばんをはじいて計算し、自分の手数料を差し引き、なぐり書きでだれにも読めないような受取り証を書いてよこし、この処理《しょり》を自分の台帳にメモしたのだが、このすべてを、あっという間にやってのけた。――そして片手《かたて》をひらひらさせた。これでオーケーだから、もうどきな、という意味だった。

ラビットのあとについて、がたがたの階段《かいだん》をのぼると、中庭を見おろせる長い廊下《ろうか》だった。つきあたりに、はずれかけて半開きになったドアが見えた。蝶《ちょう》つがい一つでつながっているらしい。そこがぼくの部屋なのだ。さっきもらったお釣《つ》りの中からいくつかのコインをつかんで、ラビットに渡《わた》し、バッグをとりもどした。コインは多すぎたのかもしれない。なにしろ、ぼくにはこの土地のお金の値打《ねう》ちがまるでわからなかったのだから。

ラビットは大喜びだった。さんざん祝福と感謝の言葉を浴びせかけた。——どうも、めちゃくちゃに多く払ってしまったらしいな、とぼくは思った。——そして、ラビットはすっとすがたを消した。あとはぼくが自力《じりき》でやっていかなくてはならない。

比較的短かったとはいえ、シディアまでの海の旅はきつかった。ぼくは疲労《ひろう》こんぱいしていた。オールを漕いだり水を汲みだしたりしたせいで、体じゅうの筋肉《きんにく》がいまになって痛《いた》み始めた。からっぽの胃が、うなったりうめいたりしていた。目もほとんど開けていられなかった。

斜《なな》めにぶら下がったドアを体で押し開けて、部屋に入った。ああ、やっとここで休めると思うと、うれしかった。

4 旅人天国

　最初、間違《まちが》って蒸《む》し風呂《ぶろ》の浴室に入ってしまったのかと思った。息づまるような、熱い空気の海に沈《しず》みこんだみたいに、汗《あせ》がだらだら流れ始めた。でもラビットは嘘《うそ》を言ってはいなかった。窓《まど》はなく、あちこちの低いテーブルの上のランプに照らされたこの部屋は、たしかにこの宿の最大の部屋には違いなかった。ラビットが言い忘《わす》れたことは、この部屋が、何十人もの人間が泊《と》まれるだけのスペースがあることだった。

　そして、実際、何十人もの人間がいた。それぞれ、荷作りをしたり、荷を解いたりして、もぞもぞ動いていた。ワラの布団《ふとん》が壁《かべ》に沿《そ》って並《なら》べられていて、何人かはその上に横たわって、幸せそうないびきをかいていた。起きている連中は、こっくりうなずいたり、ひらりと手を振《ふ》ったりして、ぼくを迎《むか》え、それがすむと、あとは知らん顔だった。

　ほとんどがフェレンギ（西方人）だった。何人かはそれらしい服装《ふくそう》だったが、ほかの人たちは長いカフタン（袖《そで》と丈《たけ》の長い衣服）とゆったりしたズボンという、このケシャバル地方の衣装《いしょう》を身に着けていた。全員、腰帯《こしおび》に、恐《おそ》ろしげに湾曲《わんきょく》した短剣《たんけん》を差していた。

あの物語の本の影響《えいきょう》で、ぼくは自分のいる場所を宮殿《きゅうでん》に見たてたい気分になっていた。絨毯《じゅうたん》が部屋の中をすいすい飛んでいるのは無理だとしても、少なくとも床《ゆか》の上に一枚《まい》か二枚敷《し》いてあってもいいんじゃないだろうか。ラビットの言葉《ことば》を信用するとしたら、この部屋で、ぼくは王さまみたいに暮《く》らすはずだ。だとすると、ここにいる連中も王さまなんだろうか。ずいぶん、ひと癖《くせ》ありそうな、抜《ぬ》け目なさそうな王さまばかりだ……。

睡眠《すいみん》のための用具と場所を確保するのは、「早い者勝ち」のルールにしたがうということのようだった。ぼくは、部屋の片隅《かたすみ》に、どの王さまも横たわっていない布団を見つけた。これを自分の領地にすることにして、腰をおろし、バッグを両膝《りょうひざ》ではさんだ。

すると今度は、胃袋《いぶくろ》と頭がそれぞれの要求を叫《さけ》び始めた。胃は、何でもいいからとにかく何か食ってくれとどなり、頭は頭で、とにかく早く布団に横たわってくれとわめいた。

けっきょく、胃の声のほうが大きかった。ぼくはバッグを手にとり、外套《がいとう》を肩《かた》にかけた——二つのうちどちらにせよ、見張り番もなしにここに置いていくなんてことは、とても考えられなかった——。そして一階に降《お》りた。

料理のにおいに引き寄せられるように、食堂に入っていった。この地方では、食事のときは、積み重ねたやわらかいクッションを何枚も重ねた上にのんびりと横たわるのだと聞いていたが、この食堂はそんなことはなく、西方風の長いテーブルとベンチが並んでいた。フェレンギの商人たちに、彼《かれ》らにとってなじみのある雰囲気《ふんいき》の中で食事してもらい、そのことで、交易をいっそう盛《さか》んにしようという狙《ねら》いなのだろう。洞窟《どうくつ》のような暖炉《だんろ》が、熱い、香《かお》り高い煙《けむり》を吐《は》き出していた。何の肉なのか、厚切り肉が鉄串《てつぐし》の上で焼かれていた。丈《たけ》の高い金属製の壺《つぼ》が泡《あわ》を吹《ふ》きシューシュー音を立てていた。近くのベンチの端《はし》っこに腰を下ろし、待っていると、だいぶたってから、給仕が真鍮《しんちゅう》のトレーをもってやってきた。顔を見ると、なんと、ラビットだった。旅人を引っぱりこむのから旅人を食べさせるのへと、商売替《が》えしたわけだ。ラビットもぼくに気づいた。部屋について文句を言ってやろうかと思ったがやめにして、ラビットが運んできてくれた食事にかぶりついた。

皿に盛《も》られたのが何なのか、ぼくは知らなかったし気にもしなかった。がつがつ食べ始めたとき、食堂の中の人々の群れの中から、一人の男があらわれ、そろりそろりと近づいてきた。背《せ》が高くて首がひょろ長い。ある方向にちらりと目をやりながら、それとは反対の方向にそろりと移動するという、いっぷう変わった歩き方だ。

ぼくのすわっているベンチの端に手の幅《はば》ほどの広さの空間が残っていたのだが、男はまず、そこに片方の尻《しり》を載《の》せた。それから、ぼくをぐいぐいと体で押《お》し、肘《ひじ》でつつき、もう片方の尻も載せてしまった。さらにぐいぐいやって、ベンチの大部分を自分で占拠《せんきょ》した。初めは、そろりそろり、あとからぐいぐいか、とぼくは心の中でつぶやいた。

ぼくが自分の財産をぜんぶ着こんでいるみたいだとすれば、このぐいぐい男は、自分がこれまでに身につけた衣類をぜんぶ着こんでいるみたいだった。擦《す》り切れたシャツ、チョッキ、上着、コート等々を何枚も重ね着していた。あごひげが野放図に伸《の》びて、男の痩《や》せた顔の半分を覆《おお》い隠《かく》していた。頭のてっぺんに、厚ぼったい布のキャップがだらしなく乗っかっていたが、ぼくにはそれが、まるで、だれかに踏《ふ》みつぶされた、故郷《こきょう》セラノ島特産の大きなマッシュルームみたいに見えた。

彼はわし鼻をぼくに向けてさらに体を押しつけ、自分の心臓《しんぞう》に片手を当てると——こんなに着こんでいて、よく心臓のありかがわかるものだ——、こう言った。

「まことに失礼さんにござんすが、ぜひともお許しをいただきやして、口上《こうじょう》させていただきやす。こちとら、バクシーシュと申すものでござんす」

ぼくも名を名乗った。それから、——あなたが自分の名前を名乗るのは「失礼」でもないし「お許し」をいただく必要もないですよ、と言おうとしたのだが、それより早く、彼はこう言葉を継《つ》いだ。

「お詫《わ》びを一千回申し上げやす。いや、一千回じゃ足りねえ。空にきらめく星々の数ほどのお詫びを申し上げやす。まことにすばらしいまことに価値《かち》ある、あなたというお方に言葉をおかけするだけでもお詫びせねばならんのでがす。あなたの澄《す》み切った観念のオアシスの清らかな水を濁《にご》らせ、あなたのすぐれた消化器官のすばらしい働きをお邪魔《じゃま》いたしやすこと、まことに申しわけなきしだいにござんす。だけんど、止むにやまれぬ思いでおたずねさせていただきやす」そして、こう付け加えた。「このような上品な振る舞《ま》い、貴重《きちょう》な象牙《ぞうげ》のような眉《まゆ》の下にきらめく威厳《いげん》に満ちた目の光、天然磁石《じしゃく》のようなあなたの磁力、これらに引き寄せられみちびかれて、申し上げるんでござんすが、あなたさんはフェレンギで――」

「もちろん、そうですよ」ぼくは言った。「あなた、ぼくがフェレンギのにおいがするって言うんでしょう」

「それもそう」バクシーシュは言った。「だけんど、それだけじゃござんせん。こちとらが知りてえのは、なんだってまた、あなたみたいなすばらしいお方が、このようなところに来られたのか、ってことなんでござんす」

こんなふうにべたべたと褒《ほ》め言葉を浴びせられて有頂天《うちょうてん》になるほど、ぼくはバカじゃない。しかし、チューチ（阿呆《あほ》たれ）だ疫病神《やくびょうがみ》だと罵《ののし》られるのよりは、いい気分だったことはたしかだ。

それで、ぼくは、ただあいまいに、――自分は私的《してき》な用件で旅をしている、マラカンドか、あるいはマラカンドの少し先まで行くかもしれない、と答えた。

「ひとりで？」バクシーシュの両眉がぐっと上がった。「そいつはいけねえ。すばらしきあなたさんには、ラクダ引きが必要でござんすよ」

ぼくは首を振った。

「ラクダは持ってないんです」

「でも、これから持つでしょうが。持たなくちゃいけねえ。ラクダはあの地域《ちいき》では無くてはならんものでがす。あっしに、ささやかな奉仕《ほうし》をしてさしあげる喜びをお許しくだせえやし。お許しいただければ、あっしにとっては身にあまる栄光、一世一代《いっせいちだい》の栄誉《えいよ》でござんす」

ラクダ引きが何をするものなのか、なぜ自分にそれが必要なのか、ぼくには、まったくわからないんです、と言うと、バクシーシュは説明を始めた。

「あっしがあなたのために働くであろうように、それとまったく同じように、ラクダはあなたのために働くんでがす。そしてあっしは、ラクダのためにも働くんでがす。荷物を積んでやる、荷物を下ろしてやる、気むずかしくて神経質なラクダのやつに道案内をしてやる、時には、やつの唾《つば》を吐きかけられてやる――つまり、わが身を挺《てい》して、純粋無垢《じゅんすいむく》なあなたさんを、そういう屈辱《くつじょく》からお守りするんでござんす」

話を聞いていて気づいたのだが、バクシーシュは親指と長い人差し指を器用に使って、ぼくの皿から料理の一部をちょこちょこ削《けず》り取っては口に運んでいた。なんだ、そろりそろりとやってきて、ぐいぐい押してきて、今度はちょこちょこつまみ食いか、と、ぼくは思った。とはいえ、ぼくが、ラクダ引きという商売について何も知らないのはたしかなことだ。この地方の人の言葉にしたがうのがいちばん無難《ぶなん》だろう。しばらく考えてから、ぼくは、うん、いいだろうと、うなずいた。

「おお、思いやり深いお方よ！」バクシーシュは叫んだ。「聖《せい》なるものにかけておごそかにお誓《ちか》い申し上げやす。あっしの大事な父親の首にかけてお誓いいたしやす——もっとも、父親がどこのだれだかは知らねえんでござんすが。あっしは、こんにち、ただいまこの瞬間《しゅんかん》から、あなたの忠実《ちゅうじつ》な従者《じゅうしゃ》となりやす。いかなる艱難辛苦《かんなんしんく》が降《ふ》りかかろうとも、あなたの楯《たて》となってたたかいやす。あなたの命もしくはこちとらの命が尽《つ》きるまで、お守りいたしやす——それに、あっしは安く働きやす」

ラビットが、ミントティーのグラスを運んできた。バクシーシュは指を一本ひょいと上げ、「ねえあんた、うまそうな蜜入《みつい》りの焼き菓子《がし》をいくつか持ってきてくれねえかね、アーモンドの刻《きざ》んだのが振りかけてあるやつがいい。それを、あっしのご主人で大親友のこちらの方——なんちゅうお名前でがしたっけ？　アル・チューチでがしたか？——ともかく、この方の勘定《かんじょう》につけといてくれ。あんたのためのチップもいっしょにな。もちろん、あっしの口利《くちき》き料はいらねえよ」

ふたたびぼくのほうを向いて、「万事おまかせくだせえやし、非の打ちどころなき王子さまよ。出発は早ければ早いほどようござんしょう。あなたも早く仕事にとりかかりたくてうずうずしておられるはず。そういうやりかたが千倍の利益を生むんでござんす」

「もちろん、あんたの口利き料はいらないんだね？」ぼくは言った。

「もちろんでござんすとも。ま、あっし自身について言えば」バクシーシュは続けた。「あっしはここシディアではあまり目立ちたくねえんでがす。ここから消えちまえば、いちばん目立たなくなるわけでござんすからね。ほら、ことわざにあるじゃござんせんか、法律《ほうりつ》はマラカンドの壁が始まるところで終わる、と。マラカンドの壁の向こうでは、人間ののどを何十回切り裂《さ》いたって、へっちゃら、だれも気にしやあしない……それゆえにです、宇宙《うちゅう》の中心たるお方よ、あっしは、あなたのすがたが投げかける影《かげ》をあがめやす。砂《すな》に残るあなたの足跡《あしあと》に口づけしやす。あなたは、あっしのみじめな人生を救ってくださった、――あなた自身の人生を危険《きけん》にさらして」

いくら感謝するにしてもこの言い方は少しオーバーじゃないか、とぼくは思った。

「バクシーシュ。ぼくは、ただ、あんたに仕事をあたえただけだよ。人生を危険にさらすなんて、おおげさだよ」

「あなたとあっしは仲間であるからして、正直に申し上げやしょう」バクシーシュは片手で口をおおって言った。「信じていただけねえかもしれやせんが、すべてのフェレンギのなかで最高のお方よ、あっしにはいろんな敵がごぜえやす。いちばん新しいのは、鼻の中のイボみたいな、化膿《かのう》した吹き出物みたいな、ただれたできものみたいな、とんでもねえ野郎《やろう》なんでござんす！

善意《ぜんい》の泉《いずみ》のようなお方よ、わかっていただきてえのは、ケシャバルの法律がめちゃめちゃにきびしいってことでがす。ほんのちょいとした罪に対して、とほうもなくきびしい罰《ばつ》があたえられやす。耳やら鼻やら、その他、肉体の一部が切り落とされやす。

裁判《さいばん》が始まる前にこうでがすからね。裁判で有罪とされたら――いつも有罪になると決まってるんでがすが――いっそうきびしい罰が科《か》せられやす」

　バクシーシュはひどく落ち着かないようすで体をくねくねさせていた——そろりそろり、ぐいぐい、ちょこちょこ、こんどはくねくねだ——。この裁判談義、もしかすると、彼に直接関わりがあるんじゃないかという気がしてきて、ずばり、きいてみた。

「あんた、何か事件に巻《ま》きこまれてでもいるのかい」

「単なる手続き上の問題でござんす」バクシーシュは肩をすくめて答えた。「だけんど、そう、あの虫ケラ、あのサソリ野郎は、けしからんことに、治安判事《ちあんはんじ》に、あっしが、やつのニンニクの球根を一個盗《ぬす》んだと、訴《うった》えたんでがす」

　ぼくはほっとした。世界のどんな法律だって、そんな小さなことを問題にするはずがない。バクシーシュにはどうも物事を大げさに言うくせがあるみたいだ。彼は心底ふんがいしているようだったが、ぼくは笑いだしたい気持ちだった。それでも、ほんの好奇心《こうきしん》から、率直《そっちょく》に、「あんた、ほんとうにニンニクを盗んだのか」と、きいた。

「とんでもねえ」彼は口をとがらせた。「つまり、正確には盗んじゃおりやせん。それはほかの香味料《こうみりょう》といっしょに、ローストチキンのなかに詰《つ》められていたんでがす。不幸なことにそのチキンはたまたま銀の皿の上に載っていた。そしてその皿は、奇妙《きみょう》なめぐり合わせで、たまたま銀のトレーの上に置かれていた。あっしは、このような趣味《しゅみ》のよい取り合わせをぶちこわしにするほど野暮《やぼ》な人間じゃござんせん。この調和をそのままにしておくために、それらを全部いただいてしまう以外、あっしに何ができたでござんしょう？

あっしがそのもくろみを実行に移す前に、家のあるじが無神経にも部屋に入ってきやがった。いやしい心根の吹き出物野郎は、実際、あっしをつかまえようとした。下手をしたら、あっしは怪我《けが》を負ったかもしれねえ！　ガゼルのように逃《に》げやした。もし、あっしが踵《かかと》でもくじいたら、どうなったことでござんしょう。

ま、こんなことはたいした問題じゃござんせん」と、バクシーシュは何かを振り払《はら》うような仕草をし、「高貴なる恩人さまよ、大事なことは、いまや、あなたとあっしの命と運命が一つに結びつけられちまってるってこと。あんたはあっしのご主人さまであるがゆえに、法律はあなたを共犯とみなし、あなたにも同じ責任があると判断しやす。同じ罰が科せられやす。ああ、なんてこった、あなたとあっしは二人して、串に刺《さ》されたカバブ（串焼き用の羊肉）みたいに人生を終えるんでござんすか。

しかし、恐れることはござんせん」彼は付け加えた。「あなたの天真爛漫《てんしんらんまん》な顔立ちに守られて、二人はシディアから堂々と脱出《だっしゅつ》できるはず。いったんマラカンドに着いちまえば、仕事を終わらせもうけを手に入れて、安楽にぜいたくに、そこで暮らして、あっしの事件が忘れ去られるのを待ちやしょう。そう、事件ってやつは必ず忘れられていくもんでござんす」

「バクシーシュ」ぼくは言った。「打ち明けてくれて、ありがとう。あんたがとても正直で率直なので、ぼくも負けずに率直に言う。ぼくはマラカンドを越《こ》えてずっと先まで行くつもりだ。〈黄金の夢の街道〉をたどろうと思ってるんだ」

「な、なんでがすと？」バクシーシュはベンチから転げ落ちそうになった。おびえた目つきでぼくを見つめ、「ああ、わかった。あなた、あっしをちょいとおどかしたんだ。驚《おどろ》くべき機知に富んだお方よ。あなたはあっしをからかっておられる。ははは！　あなたのみごとなユーモア精神に敬意《けいい》を表《ひょう》しつつ、笑わせてもらいやす」

「からかっているんじゃない、真剣なんだ」と言うと、彼は愕然《がくぜん》としたようだった。

「〈黄金の夢の街道〉だって？　〈悪夢の街道〉でござんす！　いや、むしろ地獄《じごく》のどん底への道でござんす！　塩の砂漠《さばく》、石の砂漠、火を噴《ふ》く山々が連なる恐ろしい道でござんす」

「あんた、そこへ行ったことがあるのかい？」

「もちろん、あるはずはござんせん。あっしは泥棒《どろぼう》かもしれねえ。まあ時どきは泥棒だ。しかし、バカじゃねえ。そんなところに行くわけがねえ。だいいち、そういう道はねえんでがす。すなわち〈黄金の夢の街道〉なんて、一つの街道はねえんでがす」彼は続けた。「まっすぐ続く一本の道なんてありゃしねえ。クモの巣みたいにごちゃごちゃ入り組んだ何十もの道があるだけでがす。いくつかの道は使える、いくつかはほとんど使えねえ、どれもこれもひどい道でござんす。

むかし――だれも知らねえほどの遠いむかし――ケシャバルの土地は大きな大きな帝国《ていこく》で、パルジアと呼《よ》ばれてたんでがす。だけんど、それは大きくなりすぎ、遠くまで広がりすぎた。あっちの部族こっちの部族が国境にちょこちょこ侵入《しんにゅう》してくるようになったが、それを防げなくなった。けっきょく、パルジアは自分の重みで倒《たお》れたんでがす。え？　パルジアの何が残っているかって？　なにも残っちゃいねえ。砂の中の廃墟《はいきょ》だけでさあ。

部族と部族のあいだの揉《も》めごとはいまだに終わっちゃおりやせん。近ごろはあっちこっちに軍団ってものができやして、その頭目《とうもく》どもがむやみと幅を利かせておりやす。道を通れるかどうかは、その連中の動きにかかってる。やつらが、道の途中《とちゅう》でいくさをしてるときや、東西に行き来するキャラバンから通行料をふんだくってるときは、通れねえ。連中が支配しているルートを迂《う》回《かい》したらどうか？　そうすると、今度はきっすいの盗賊《とうぞく》ども、馬賊ども、血も涙《なみだ》もない人殺しどもを相手にしなくちゃならなくなる。

あっしを信用しておくんなさい」バクシーシュは言った。「マラカンドなら、あそこなら、幸せに過ごせやす。万人《ばんにん》の中の最高のお方よ、お願いしやす。マラカンドより向こうに行っちゃあいけねえ。あなたご自身のために申し上げるんでがす。あっしの忠告を聞き入れておくんなさい。あとできっと感謝なさるはずでさあ」

そのあと、バクシーシュは静かになった。ラビットが運んできた焼き菓子にとびついて、もぐもぐ食べ始めたのだ。そのかん、ぼくは考えた。もし、道がバクシーシュの言うほどひどい状態なら、一人で行くぼくは、正真正銘《しょうしんしょうめい》のチューチ野郎だ。別のラクダ引きを見つけるか？　次のは、もっとたちの悪いならず者かもしれない。

「バクシーシュ」ぼくは言った。「決めてくれ。ぼくといっしょに行くか、行かないか、あんたの気持ちしだいだ……いまここで、悪い感情を残さずに別れてもいい。でも、あんたは、ぼくに厳粛《げんしゅく》に誓った、あんたの父親の首にかけて誓約《せいやく》したんだよ」

「そんなこと言いやしたか?」彼はくちびるを噛《か》んだ。「うん、言ったかもしれねえ。忘れちまってたらしい。思い出させてくださって、感謝感激《かんげき》でござんす。自分の言葉を守らなけりゃ、人間、生きてる価値がねえ。もちろん、言葉を守ったばかりに身を滅《ほろ》ぼす、なんてのは困《こま》りやすがね」

ぼくは、ほかの、彼が計算に入れたいと思うかもしれないことも、ほのめかした。鼻と耳を切り取るような仕草をして見せ、「あんた、串に刺されたカバブになるかもしれないって言ったよね」と言ってやった。

バクシーシュは身をくねらせて、「まいった、まいった。——それを持ち出されたら、降参《こうさん》でさあ。完璧《かんぺき》なる理性のお方よ。謹《つつし》んでお引き受けいたしやす」

この件はこれで片がついた。が、一つ、気になることがあった。黄金の夢の街道がそんなに恐ろしいものなのなら、なぜ、だれも彼もがそこを通りたがるのだろう。バクシーシュにきくと、「ああ、若《わか》さあふれる無垢《むく》のお方よ」ため息をつき、首を振って、「この世は恐ろしいところでござんす。ある種の人間が金のためにどんなことをやるか、それを知ったら、あなた、どんなに驚きなさることか」

彼は、焼き菓子の食べ残しを衣類の重なりのどこかにしまいこむと、ぺろぺろと指をなめた。

ぼくは立ち上がり、階段《かいだん》をのぼり、部屋にもどったが、バクシーシュも後に付いてきた。部屋は、夜も日中と同じように騒《さわ》がしかった。同室の王さま連中は全員おやすみになっていた。ガーッガーッ、ギシギシッ、グググッ、ゴーッゴーッ。これほどのいびきや歯ぎしりや、うめき声を、同じ場所でいちどきに聞いたのは初めてだった。

さっきぼくの選んだ布団が、まだあいていた。ぼくはその上に横たわった。バクシーシュは盛大に体をぼりぼりやりながら、床《ゆか》に寝転《ねころ》がった。ぼくは、地図と隠した財産を守るために、バッグと外套を頭の下に置き、服を着たまま眠《ねむ》った。

と言いたいところだが、眠れやしなかった。布団の中で寝返りばかり打っていた。バクシーシュの警告《けいこく》が何度も何度も頭に浮《う》かんできた。彼の言ったことの半分がほんとうだったとしても――、それで、どっちの半分なんだ？　無理やりまぶたを閉《と》じた。が、すぐまたぱっちりと開いてしまった。

バクシーシュがぼくのわきに潜《もぐ》りこんできた。床の表面が固くて肘《ひじ》が痛《いた》くてたまらねえんでざんすと泣きごとを言っている。ぼくは疲《つか》れ切っていて、彼を押しやることはできなかった。彼は得意のぐいぐい、くねくねをくり返して、ついに、ぼくは布団の端っこにしがみついているだけになった。彼はいびきはかかなかったが、ひっきりなしに、ぜーぜーひゅーひゅーとあえぐような音を立てた。

ぼくは外套を頭にかぶった。バクシーシュの話のどこまでがほんとうなのだろうか。事実と偽《いつわ》りとを見分ける方法はなかった。えーい、ぜんぶ、デタラメなんだ、旅人たちの作り話なんだ。そう思うことにした。

そう思うと、気が楽になった。ようやく眠りに落ちた。故郷にいるときと同じように、ぐっすり、何の夢も見ずに眠った。目覚めたときは、さわやかだった。体力も充実《じゅうじつ》し、最高の精神状態だった。

が、すぐ気がついた。ぼくは、はだかだった。下ばきをはいているだけだった。身につけていたすべての衣類、そして外套、バッグは――なくなっていた。

バクシーシュのすがたも、だ。

5　タルワール刀

ぼくはさっと立ちあがった。部屋はからっぽだった。ほかの旅人たちはそれぞれ自分の仕事に出かけてしまっている。ぼくは廊下《ろうか》に走り出た。太陽は高かった。ひどく寝過《ねす》ごしてしまった。落ち着こうとした。しかし、ほとんどパニック状態だった。手持ちの金、現在の持ち物、未来の希望が、あっという間に、みんな消えてしまった。それだけじゃなく、バクシーシュまで消えてしまった。慎《つつし》み深さなんか投げ捨《す》てて、階段《かいだん》を一度に三段ずつとんで、かけおりた。

宿の主人が帳場にすわり、ビーズ紐《ひも》をマッサージでもするようにしごいたりなでたりしていた。これは、ケシャバルの人たちが、心を静めるためにやる、おまじないなのだろうか。だとすれば、ずいぶん効き目があるらしい。たいへんだ、こういうことが起きたんだと、ぼくが訴《うった》えても、彼《かれ》は、まったく落ち着きはらっていた。そんなことは、日常茶飯事《さはんじ》、すっかり慣れっこになっているようだった。

気がつくと、ラビットが調理場のドアにもたれて立っていた。下ばきだけのぼくのすがたを、ひどくおもしろいものでも見るみたいに、しげしげとながめている。

「ラクダ引きにかっさらわれたって言うんだね？」ぼくの下ばきすがたには何の関心も示さず、主人は言った。それから、ちょっと考えて、「あんたが言ってることがほんとだとしよう。だとすれば、あんた、使用人を雇《やと》うのにもっと用心深くなくちゃいけなかった。けっきょく、あんたは自分でその災《わざわ》いを招き寄せたんだよ。

とはいっても、あんたは若《わか》いフェレンギ（西方人）だ」たいへんな恩恵《おんけい》でも授《さず》けるような顔つきで、言葉《ことば》を続けた。「それに、わしの宿の大事なお客さんだ。だから、できるかぎりのやり方であんたを助けよう。泊《と》まり客はよく着古した衣類を宿に置いていくんだが、そういうものを詰《つ》めこんだ袋《ふくろ》がいっぱい、ある。あんたの必要なものをあげてもいい。シャツ一枚《まい》かね、二枚かね？　大した値打《ねう》ちのない、いくらでも取り換《か》えのきくものだがね」

ぼくは彼に、金貨や宝《たから》の地図のことは話さなかった。話すべきことではないという気がしたのだ。宿屋の主人として、彼は気前のいいところを見せた。ぼくは彼に礼を言い、それ以上のことは言わなかった。

「なるべく早く、だれかに、古着袋の中を探《さが》させて、適当なのを見つけさせるよ。あんたは部屋にもどってのんびり待ってたほうがいい」と彼は言った。

ほかにどうしようもなかった。彼の言葉にしたがい、自分の部屋にもどった。しかし、のんびりしてはいなかった。布団《ふとん》の上にすわりこみ、頭をかかえた。まとまりのない思いが頭の中をぐるぐる駆《か》けめぐった。当局にうったえ出ようか。いや、そんなことをしたって何の助けにもなるものか。むしろ逆だ。あいつの共犯ということになれば、運がよくても鼻と耳を切り取られる。運が悪ければ、串刺《くしざ》しにされて火あぶりだ。どっちの結末を考えても恐《おそ》ろしさに身の毛がよだつ。しかし、自分だけの力で、どうやって、あのラクダ引きの悪党野郎《あくとうやろう》をつかまえることができるだろう?

ぼくは、船乗りの言葉でいう、水のなかで死んだ状態だった。八方ふさがりだ。ともかく、ぼろきれでもいいから何かを身にまとうまでは、何もできない。ほとんどすっぱだかで、完全に一文無し。何をすることもできない。——ところで、いったい、何をするんだ? 故郷《こきょう》に帰るのか? いや違《ちが》う。故郷に帰るよりは、耳なし鼻なし、串刺しで火あぶりのほうがまだ、ましだ。だまされて、盗《ぬす》まれて、すっからかんになって、物乞《ものご》いになって叔父《おじ》さんの家にもどる? まっぴらごめんだ。

ああでもないこうでもないと考えつづけた。しかし、財産といっしょに正気までなくしてしまってはいけない。頭がおかしくなってはいけない。しばらくして、立ち上がり、部屋の中をただぐるぐると歩き回った。ともかく体を動かしてみよう。そうすれば、頭がすっきりして考えがまとまるのじゃないだろうか。が、そんなことは、なかった。思いは乱《みだ》れるばかりだったが、そのとき、部屋の外に足音が聞こえて、ちょっと心がはずんだ。宿の使用人だろう。衣類を持ってきてくれたに違いない……

バクシーシュが静かに入ってきた。

彼を目にしたとたん、ぼくは叫《さけ》び始めた。エバリステ叔父さんがぼくをどなったのよりも大きな声で、こんな言葉を自分が知っていたのかと驚《おどろ》くほどの罵詈雑言《ばりぞうごん》をぶっつけた。

バクシーシュはけろりとしたものだった。大きい、あちこちに何かが突《つ》き出している包みを床《ゆか》に下ろした。その包みをしばっていたロープをほどきながら、「おお、最高の幸運に恵《めぐ》まれたお方よ。あっしのような従者《じゅうしゃ》を持って、あなたはどんなに祝福されていなさることか」自分がすがたを消していたことなど一度もないような口ぶりで言った。「ああ、そうそう。ラクダも一頭、用意いたしやす」

ラクダなんて、地獄《じごく》に行っちまえ、と、ぼくはどなった。それから、さらにわめいた。おまえ、いったいどこへ行っていたんだ、何をたくらんでいたんだ。

「ご主人さまのお役に立つことをやっておったんでさあ」バクシーシュはにっこりとほほえんだ。「それが忠実《ちゅうじつ》な従者の義務でござんすからね」

「ぼくの着てたもの！」ぼくは叫んだ。「あんた、あれをどうしたんだ？」

「おお、不必要に興奮《こうふん》されている王子さまよ。ごらんになっておくんなせえ」バクシーシュは、包みを開いて中身を見せた。「ほら、あなたの求めておられるものがみな、ここにありまさあ」

ぼくは、たたまれている衣類を見つめた。頭のてっぺんが吹《ふ》っ飛んでしまうんじゃないかと思った。

「これ、ぼくのじゃない」

「いまは、あなたのもんでがす」バクシーシュは言った。「バザールのなかに、あっしが時どき行く小さな店がありやして、そこでこの衣類をタダ同然で手に入れました。これを着ていた連中は、まあ、なんですな、もはやこの世の住人じゃやねえ。だけんど、衣服のほうは、まだまだ立派《りっぱ》なものでがす。血の汚《よご》れなんかもほとんどありゃあしねえ」

「違うんだよ、バカ！」ぼくは、どなった。もう少しで、彼の着こんだたくさんのシャツのうちの一枚の襟《えり》をつかんで、揺《ゆ》さぶるところだった。「ぼくの着てたやつは――」

「通りかかったフェレンギに売りやした」バクシーシュは言った。「いい値段《ねだん》でね。もちろん、あっしの手数料はいただいちゃおりやせん。そう、あなたの着てたのは、苛酷《かこく》な旅には向いてなかったんでがす。

ああ、価値《かち》あるご主人さまよ、あなたの着てた服は重かった。実に、びっくりするぐらいに重かった。なぜなのか、好奇心《こうきしん》に駆りたてられて、調べさせてもらいやした。なんたる奇跡《きせき》！　すべての縫《ぬ》い目が黄金でいっぱいでござんした」

「そんなこと、ぼくは知ってるよ。こそこそ、のぞき見なんかして！」ぼくはどなった。「金貨はどこだ？　どこへやっちゃったんだ？」

「金貨を持って旅をするなんて、危険千万《きけんせんばん》でがす」バクシーシュは言った。「悪いやつらに知られたら、コイン一枚使うより前に、気高くて疑《うたが》うことをご存《ぞん》じねえあなたさまののどは、ざっくりと切り裂《さ》かれちまうでござんしょう。

あっしは、両替屋《りょうがえや》を見つけて、そこで、どこでも使える交易用の通貨に取り換えてもらいやした……すばらしい交換《こうかん》レートでね。もちろん、あっしの手数料はいただいちゃおりやせん」

バクシーシュは、油布製《ゆふせい》のベルトを取り出した。このベルト、たくさんポケットが取りつけられていて、それぞれのポケットに、ぼくの新しい金の多くが詰めこまれている。彼に言われて、これを腰《こし》のまわりに締《し》めた。残りの金は財布のなか。これは首から下げた。あとの少額のカネは、バクシーシュが持っていることにした。

「いちいちお手間をとらせたんじゃ申しわけねえ。こまごました出費はあっしにお任せを」

「それでいいよ、ただ、もう一つ、気になることがあるんだ」

「これでしょうが。学問好き書物好きの若者さまよ」と、積み上がった衣類のなかから、ぼくのあの本を引っぱり出した。「いやはや、若者や無邪気《むじゃき》な人間を楽しませるための荒唐無稽《こうとうむけい》な物語本でがす。にもかかわらず、無限の智恵《ちえ》をお持ちのあなたさまが、これを持っておられる。何か、しかるべき理由があるんでござんしょうな」

「そうだよ」ぼくは言った。「それから、気になっているのがもう一つ」

「あーそうそう」バクシーシュは自分の額をぴしゃりとたたいて、「これは、あっしとしたことが、すっかり忘《わす》れてやした」

いくつも着こんだコートの一つから、例の地図を引っぱり出し、ぼくに渡《わた》した。ぼくは、急いでそれをマネーベルトに差しこんだ。バクシーシュは、恨《うら》めしそうな目でぼくを見て、「残念でがすなあ、信頼《しんらい》してもらえねえで。これでも、あっしは、あなたの真面目《まじめ》でまっ正直な従者のつもりなんでがすよ。価値あるあなたさまは、自分の旅のほんとの目的を話しておくんなさらなかった。あなたは宝を探していなさる。それならそうと知らせておくんなされば、あっしは、精いっぱいお手伝いいたしやすよ。あっしと二人でやれば、きっとお宝は見つかりやす。見つかったあかつきには、ああ、気前のよいあなたさまよ、あなたは、あっしになにがしかの分け前をおあたえになる。——それを、あっしはしぶしぶ受け入れるってことになるんでがしょう。だけんど、これは、あなたとあっしだけの深い秘密《ひみつ》でなきゃなりやせん」人指し指をくちびるに当てて、「ひとこともしゃべっちゃいけやせん」

「まず、あんた自身がしゃべらないでほしいね」

バクシーシュは胸《むね》に手を当てて同意を誓《ちか》うと、今度は、床に置かれた包みから、次々と、品物を取り出しにかかった。鍋《なべ》、釜《かま》、大きな肉切り包丁、その他いろんな道具や衣類やはきもの類。ゆったりしたズボンもあった。彼はぼくを手伝ってそのズボンをはかせてくれた。続いて、バターみたいにやわらかい革製《かわせい》の長靴《ながぐつ》を出して、これもはかせてくれた。こんなにはき心地のいい靴は初めてだった。それからシャツと、刺繍《ししゅう》のあるベストを着せてくれ、腰の回りに飾《かざ》り帯《おび》を巻《ま》いてくれた。そのあとヘッドバンドの巻き方を教えてくれて、——それから数歩うしろにさがって、仕上がり具合をながめた。

いま自分が身につけているのは、みんな、死んだ人たちのものなんだ、そう思うと少し吐《は》き気を覚えたが、そんな思いはすぐ振《ふ》りはらった。全体として、満足すべき衣装《いしょう》じゃないか。

最後にバクシーシュは、一丁のナイフをよこした。ぼくはそれを飾り帯にぶちこんだ。彼はそれから、長い、優雅《ゆうが》に湾曲《わんきょく》した剣を差しだした。

「タルワール刀でがす」ということだったが、これとよく似たものを、ぼくの故郷マゼンタではサーベルと呼《よ》んでいた。

我慢《がまん》できずに、その刀を抜《ぬ》いてしまった。あちこち刃《は》こぼれしていて、錆《さび》も付いている。いや、もしかすると、血痕《けっこん》かもしれない。勢いよく振り回してみた。いい気分だ。

「もう、ぼくのことをフェレンギ（西方人）だって思う人なんて、だれもいないね」

「さあてね、そこまで言えるかどうか。だけんど、かなり近いでがすな」ぼくの刀にぶつからないよう体をそらしながら、バクシーシュは答えた。「忠告させていただきやすがね、あなた、武器を必要とする状況《じょうきょう》になったとしても、決して刃《やいば》を抜いちゃいけやせん。そんなことをしたら、ひどい目にあうに決まってまさあ。つまり、ズタズタに切り刻《きざ》まれちまうんでがす」

「まだ、実際に体験したことはないけれど、いざそういう状況になったなら、ちゃんと乗りきってみせるよ」

「そんなに自信があるのなら、まあだいじょうぶということにしておきやしょう。ただね、いちばん賢明《けんめい》な方法で乗り切ることをお勧《すす》めしやすよ。尻《しり》に帆《ほ》かけて逃《に》げるが勝ち」

「ぼくは卑怯《ひきょう》者《もの》じゃないよ」

「お言葉を返すようでござんすが、ああ、いまだ熟《じゅく》さざる柿《かき》の実のようなお方よ、あなたはあまりにも若いのでご存じねえんでがす。ああ、あなたが幸運を得て、長生きして、年老いた幸せな卑怯者におなりになりやすように。ことわざにあるじゃござんせんか、死んだライオンより生きてるロバのほうが立派、とね」

くどくどと説得されて、ぼくはようやくタルワール刀を鞘《さや》におさめた。それから彼に向き直った。一つ、言っておかなくてはならないことがある。

「バクシーシュ、申しわけなかった」ぼくは言った。「ぼく、最初、あんたがぼくをだまして、ぼくの持ち物をさらっていったと思ったんだ。すまなかった。あんたをそんなふうに思ったこと、許してほしい」

「いやいや、無理もねえあやまちでござんすよ。でも、あなたのおしかりの言葉さえもが、あっしにとっては貴重《きちょう》な宝石《ほうせき》。ありがたくちょうだいしておきやす。それよりも、まだお話ししてねえことがありやす。実は、あなたにもう一つ、すてきなおみやげを持って来たんでござんす。あなたが幸せに安楽に過ごせるようにと思いやして」自分の後について廊下に出るよう、身ぶりで伝えながら、「助手を雇うことにしたんでがす」

ぼくは思わず足をとめた。「何をしたって？　従者が従者を雇っただって？　冗談《じょうだん》じゃないよ！　ラクダ引きの助手だと？　ぼくはそんなもの必要ないし、あんただって必要ない」

「いや、必要でがす！」バクシーシュは言い返した。「いなくちゃなりやせん。不可欠でがす。命にかかわる問題でがす。

剃刀《かみそり》のようにするどいあなたの知性でもって、想像してみておくんなさい」彼は続けた。「もし——あってはならねえことだが、ともかく思い描《えが》いてみてくだせえ——あなたが崖《がけ》っぷちからロープでぶらさがっている。砂嵐《すなあらし》が起きていて、すさまじい強風が吹きつけてくる。あなたの靴の先っちょは岩と岩の間に挟《はさ》まっている。あなたは、もがき身もだえ、けんめいに足を引っぱっているが、ちっとも抜けねえ。神聖《しんせい》なる従者の誓いにもとづいて、あなたをお救いすべく、あっしは岩をくだっていく」

「そいつはありがたいな……それから、どうなるの？」

「ああ！」バクシーシュは勝ち誇《ほこ》ったように叫んだ。「感受性に富んだお方よ、ようやく状況がのみこめたようでがすな？　注意深く考えておくんなさい。そのとき、ロープの一方の端《はし》っこを持っているのは、だれざんすか？　あっしの助手でござんす。

それから、もし、ばかでかい魚があなたを飲みこんだら、どうしやす？　あっしは魚ののどに入りこんで、あなたの踵《かかと》をつかんで引っぱりださなきゃならねえ。そのとき、外にいて、われわれ二人を引きずりだしてくれるのは、だれざんすか？」

「あんたの助手だ」

「そのとおりでござんす」彼はさらに、流砂《りゅうさ》、ヘビの穴《あな》、その他さまざまな危険で恐ろしい状況を、次から次へと並《なら》べたて、ぼくは、とうとう、「お願いだから、もう止めてくれ」と懇願《こんがん》するしまつだった。

「それだけじゃありやせん」彼は続けた。「あっしがあなたの貴重なお命を救うのにかかりきりになっている間、だれが料理を作るんでがす？　だれが後片《あとかた》づけをするんでがす？　そして、そんなに頻繁《ひんぱん》じゃないにしても、だれが洗濯《せんたく》をするんでがす？」

「あんたの言いたいことはわかったよ」と、ぼくは言ったが、彼はさらに、ラクダ引き助手を雇うのがどんなに必要なことか、その理由を、これでもかこれでもかと数え立てつづけた。

ぼくは、ちょっと皮肉をこめて、「きっとあんたは、そのすばらしい人間を見つけるのに、たいへん苦労をしたんだろうね」と言った。

「ぜんぜん苦労なんかしてやせん。向こうからやってきたんでがす、頼《たの》まれ、お願いされ、――そう、説き伏せられたんでがす。昨夜《ゆうべ》、われわれに夕食を運んできた人間でがす。われわれの話が聞かれていたに違いねえ。世の中には、よけいなお節介《せっかい》をしたり、立ち聞きしたりする恥《はじ》知らずの人間がいるもんなんでがすよ」

「え、それってラビットのこと？」

「ま、そう呼ばれとるようで。まず、賃金《ちんぎん》の問題でがすが、そう――、あっしは安い給料で働くわけでがすが、彼女《かのじょ》は喜んで、ただで働くと言っておりやす。求めるものはパンひとかけ、水一杯《ぱい》だけでがす」

「ちょっと待って」ぼくはさえぎった。「ラビットの話をしているんじゃなかったの？　でも、あんた、いま『彼女』と言ったね」

「そのとおりでがす。ラビットなんておりやせん。そんな人間はいねえ。彼女の本名はシーラでがす。そして実際、ああ、広き心をお持ちのお方よ」彼は付け加えた。「彼女はまさに正真正《しょうしんしょう》銘《めい》の女なんでがす」

6　バクシーシュの悲鳴

「あなた、気づかなかったでがすか？」バクシーシュは立ち止まった。「驚《おどろ》きやしたな。あっしはてっきり、ご存《ぞん》じのことと思っとりやした。あっし自身は、すぐに、女だなとわかりやした。ひと目でわかりやす。彼女《かのじょ》の声や歩き方や仕草でわかりやす。ひげも全然生えてねえし、剃《そ》ったようすもねえ。顔立ちだって、なんとなくやさしくやわらかい。それに、たぶんあなたにはなじみのねえ、いろんな細かな体の特徴《とくちょう》……」

ぼくはびっくりして答えた。

「でも、ぼくが初めて出会ったとき、彼女《かのじょ》、おんぼろで垢《あか》だらけの、ひどいすがただったんだよ」

バクシーシュは、あきれたみたいな顔で首を振《ふ》った。

「ああ、いまだ若《わか》き鷲《わし》のようなお方よ、あなた、世間《せけん》に出て、どのくらいになるんでがす？」

「ごく最近、出たばかりだよ」

「なるほどねえ。ま、こういう人生の深遠なる謎《なぞ》については、いずれ教えて進ぜやしょう」

バクシーシュはぼくの先に立って階段《かいだん》を下りた。

ぼくは数日分前払《まえばら》いしておいたので、バクシーシュは、宿の主人を相手にしばらく押《お》し問答し、多少のお金をとりもどした。その金は、彼《かれ》のポケットの一つの中に、するりと滑《すべ》りこんだ。

宿の本館から中庭を横切って厩舎《きゅうしゃ》に向かった。シーラは——ぼくの心の中ではまだラビットなのだが——そこでぼくたちを待っているのだという。バクシーシュは荷物を肩《かた》にかついでいたが、二、三歩いくかいかないうちに、悲痛《ひつう》な声でうめき始めた。

「どうしたの？」

「なんでもござんせん。あちこちかけずり回って、あなたの旅のため準備万端《ばんたん》とのえているうちに、背中《せなか》をちょいと痛《いた》めたのかもしれやせん。お気になさらねえでおくんなさい。たいしたことは——あ、いてててて！　いや、あなたのお役に立つ喜びを思えば、こんな痛みなんぞ、屁《へ》の河童《かっぱ》……いずれにしても、遅《おそ》かれ早かれ消えちまう痛みでがす。ああ、痛《いて》え！」

足を引きずり、ひどく苦しそうにうめくので、見ていられず、ぼくは包みを取って自分でかついだ。

「あなたの上に祝福がありやすように。ああ、力強くたくましいお方よ」たちまち元気をとりもどして、バクシーシュは言った。「街道に出て旅が始まっちまえば、こんな痛みはすぐ吹《ふ》っ飛んで、間違《まちが》いなく、お役に立ちやすすから、ご安心なさっておくんなさい」

しかし、どうも気になることがあった。もし、黄金の夢の街道がそんなに苛酷《かこく》で危険《きけん》がいっぱいであるのなら、なぜ、若い娘《むすめ》がその道を旅したいなどと思うのだろう？

「すばらしいお方よ、あっしの性格からして、ひとさまのことに首を突《つ》っこむのは好きじゃござんせん。旅をしたいというのがあの娘の希望でござんして、こちとらには関わりのねえことでござんす。

ただ、あっしが知ってるのは、こういうことでがす。彼女はひと月かそこら前から、ここシディアにいて、ずっと、キャラバンに関係した仕事を探《さが》しとりやした。だが、女の子を雇《やと》ってくれるキャラバンの親方なんているわけがねえ。彼女、ものすごく家に帰りたがってるんでがすが、その家というのが、マラカンドよりもっと東にあるんだそうで。

いまの彼女のわずかなかせぎじゃ、キャラバンに客として連れてってもらうだけの金をためるのに、いつまでかかるか、わかりゃしねえ。で、がすからね、これは、われわれみんなにとって、いい話なんでがすよ。そればかりじゃねえ、けっこうなことに、彼女は、われわれが探しているお宝《たから》には、これっぽっちの関心もないと受け合っているんでがす」

「彼女、知ってるの？」ぼくは思わず叫《さけ》んだ。「なんてこった。あんた彼女に話したのか」

「そりゃあ違う。あっしはただ、話のついでに、それとなく口にしただけでがす」バクシーシュは言い返した。「それに、あなたがあっしに沈黙《ちんもく》を誓《ちか》わせるより前のことでがす。誓約《せいやく》してからこっち、あっしは、いっさい話しておりやせん」

厩舎に着いた。瘦《や》せこけたロバが手すりにつながれていた。ざらざらした毛並《けな》みはまるで泥水《どろみず》みたいな灰色《はいいろ》だ。肋骨《ろっこつ》は飛び出していて、まるで二枚《まい》の洗濯板《せんたくいた》だ。背中に、鞍《くら》じゃなくて絨毯《じゅうたん》の小さいのが結びつけてある。ロバはひょいと頭をあげて、ゆううつな目つきでこちらを見た。

バクシーシュはロバに一歩近寄り、「価値《かち》あるお方よ。あなたはこれにお乗りくだせえやし」

「これ、ラクダじゃないよ」

「おお、するどい眼力をお持ちの方よ。そのとおり、ラクダじゃござんせん。あっしはあなたに、ラクダも一頭、用意いたしやす、と申し上げやした。用意いたしやすとも、マラカンドでね。マラカンドに着いたら、すぐにも、決めなくちゃなりやせん。いろいろある道のうち、どのルートをたどるか、そしてそのルートを行くのにいちばん向いている動物は、ロバ、馬、ラクダのうちのどれなのかを……。

それまではこのロバが役に立ってくれやす。こいつ、古い血統の出で、律儀《りちぎ》な心根の持ち主でござんす」

古い血統というのは、そのとおりみたいだった。ともかく、古臭《ふるくさ》く、よぼよぼしていた。天地創造《そうぞう》のころ生まれたんじゃないかと思えるぐらいだった。律儀かどうかはわからないが、ぼくにはむしろ陰気《いんき》な心根の持ち主に見えた。

「ああ、傑出《けっしゅつ》したお方よ、あなた、馬やロバに乗るのには慣れておられやすかな？」ぼくが首を振ると、バクシーシュは、「ちっとも怖《こわ》いことはござんせん。魚が水に慣れるように、すぐ慣れまさあ」

　ぼくは包みをおろした。いや、むしろ、落っことした。角をまわって、かつてのラビット――現在のラクダ引き助手――がやってきたのだ。彼女のような人をこれまで見たことがなかった。衣装《いしょう》の点ではない。衣装は、ぼくとそれほど変わらなかった。きっと、宿の主人が言っていた袋《ふくろ》――旅人たちが残していった衣類を詰《つ》めた袋――をかき回して選んだ結果なのだろう。

　そう、彼女の身なりではない。ほかのすべてだ。ゆるくヘッドバンドを巻《ま》いた彼女の髪《かみ》は、黒くて、時おり、ぼくの故郷《こきょう》セラノ島産のプラムのような真紅《しんく》の輝《かがや》きを放っていた。光の当たりかげんによっては、島で採れるナスの実のように紫色《むらさきいろ》に輝いた。肌《はだ》の色は太陽に洗《あら》われたような金色で、まるで島のブドウ園でいちばん甘《あま》いブドウのようだった。果物《くだもの》や野菜にばかりたとえるのは申しわけないような気がしたが、しかし、ぼくは、ほかに、たとえになるものを知らなかったのだ。彼女の目は、そう、アーモンドの形で、マゼンタ港の海のような青緑色だった。

　たしかに、彼女には驚いた。だけど、驚いただけではなかった。ぼくは上品な気のきいた褒《ほ》め言葉《ことば》を言うつもりだった。しかし、ぼくは自分のバカさかげんを呪《のろ》わずにはいられなかった。実際にぼくの口から転がり出たものといったら――

「シ、シーラさん。あなた、今朝《けさ》はとてもすっきりしてるね」

「あなたもよ」かなり愛想よく彼女は言った。「あなた、服を着ているほうが見栄《みば》えがするわ」

バクシーシュがさかんに、ぼくにロバに乗ることを勧《すす》めた。——これは、栄誉《えいよ》あることであり、いわばキャラバンの頭《かしら》として、もっとも適切で似つかわしい行為《こうい》なのだと言う。で、ぼくは飛び乗った。シーラがじっと見ているので、できるだけかっこよく乗ろうと思ったのだが、あまりうまくはいかなかった。シーラとバクシーシュは、もうこれ以上は無理じゃないかと思えるまで、荷物をロバの背に積み、残りは自分たちでかついだ。荷物の中には、マラカンドに到着《とうちゃく》するまでロバを含《ふく》めてぼくら全員の命をつないでくれる食糧《しょくりょう》の袋もあった。朝のうちにシーラがどこかから調達してきたものだった。

そして、ぼくらは宿屋の中庭を出て北に向かい、やがて町の境界を越《こ》えた。境界を越えたとたん、バクシーシュはふーっと安堵《あんど》の吐息《といき》をついた。——ぼくも同じ気持ちだった。バクシーシュが受け合ったように、これで、彼とぼくとは二人して、カバブ（肉片《にくへん》）みたいに串《くし》に刺《さ》されて火あぶりにされる危険からは逃《のが》れられたからだ。バクシーシュは綱《つな》でロバをリードしながら歩き、シーラはそのとなりを歩いた。ぼくは、前と後ろを積荷にはさまれ、揺《ゆ》れたり、飛び上がったり、落っこちそうになったりで、栄誉とはまったくほど遠い感じの乗り心地だった。栄誉ということでいうなら、阿呆《あほ》たれ動物の代表みたいなロバの上に阿呆たれ人間が何とかがんばって乗っていることを、そう呼《よ》んでもいいいと思った。

シディアを出て一時間かそこらたつと、ぼくたちの歩みはまるでカタツムリみたいにのろのろしたものになってしまった。バクシーシュが苦痛にあえぎつつ、膝《ひざ》の状態を嘆《なげ》き始めたのだ。

「時どきぶり返す古いリューマチなんでがす」彼はうめいた。「ああ、思いやり深きお方よ、お願いでがす。ここいらで休憩《きゅうけい》させておくんなせえ。筆舌《ひつぜつ》につくせねえこの痛み――あっしの敵どものところへ飛んでいけばいいんだ！――たぶん朝までにはよくなるでござんしょう」

ぼくはしぶしぶ彼の願いを聞き入れた。始めたばかりで止めてしまった感じだった。バクシーシュはひーひーと耳ざわりな悲鳴をあげつづけ、それを嫌《きら》ってロバのやつが耳をぺたりと閉《と》ざしたほどだった。

いい解決策《かいけつさく》を思いついた。これしかないと思った。ぼくはロバから下り、バクシーシュに、「ぼくに代わって乗ってくれ」と言った。

バクシーシュは大喜びで、ぼくに感謝と祝福の言葉を浴びせかけた。お礼を言われるすじあいなどなかった。さんざん揺さぶられたせいで、ぼくの筋肉《きんにく》は痛んでいた。彼に席を譲《ゆず》って、荷物を運ぶほうが、うれしかったのだ。そして、そう、シーラと並《なら》んで歩くチャンスも得られたのだから。

ぼくの申し出は、奇跡《きせき》的な治療法《ちりょうほう》であるらしかった。ロバにまたがったとたん、バクシーシュの膝の痛みは消え、彼はたちまち眠《ねむ》りに落ちた。がくんと首をたれて、ずーずーひゅーひゅーと、ロバなみの大きな寝息《ねいき》をたて始めた。

これなら、彼に盗《ぬす》み聞きされることもない。シーラと並んで歩きながら、次に何をしたらいいのか思い悩《なや》んだが、何の考えも浮《う》かばなかった。シーラは、ロバをみちびきながら　ほとんどぼくのほうを見なかった。口を閉ざして、物思いにふけっている。ぼくは、むしょうに彼女の手に触《ふ》れてみたくなったが、けんめいにそれをこらえた。

でも、しばらくしてから、ぼくはあえて話しかけた。

「ぼく、あんたの助けになれて喜んでいるよ。バクシーシュの言うには、あんた、ぼくらと同じ方角に行きたがってたんだってね」それから、付け加えた。「バクシーシュってすごくおしゃべりなんだ。ぼくがこの旅で金持ちになるつもりだってことも、きっと、話したんだろうね」

「金持ちになりたいということでは、あなたがたフェレンギは、みな同じでしょう」

「でも、ぼくの理由は、ふつうの旅人たちの理由とは同じじゃないんだ」

「そんなこと、大事かしら？　どの理由もそれぞれちゃんとした意味がある。けっきょくは同じものになってしまう。黄金の夢の街道？――あなた、知ってるの、そこをどういう人たちが旅するのかを？」

「もちろん、商人だ。ほかにだれが？」

シーラはうなずいた。

「そう、大部分は、商人よね。真面目《まじめ》で、だいたいは正直な人たち。この人たちの商売は、ほんとうの商売。絹《きぬ》や香料《こうりょう》を交易して、お金をもうけ、あなたがたフェレンギを喜ばせる。でも、ほかの商品もあるの。そういう商品を扱《あつか》っているのは特別の人たちだわ。法律《ほうりつ》の目を逃れて生きている連中。生まれ故郷では首に懸賞金《けんしょうきん》がかかっているやつら。過去を持たないか、でなければ、あまりにも多くの過去を持っている人たち。心の中に、忘《わす》れたいことばかり、記憶《きおく》したくないことばかりをかかえている人たち。ただ冒険《ぼうけん》だけをやってみたい人たち。犯罪者たち。陸を行く海賊《かいぞく》たち」

「きみ、そういう連中のこと、よく知ってるみたいだね」

「ある連中のことはよく知ってるし、ある連中のことは、よく知りすぎるぐらい知ってるわ」すばらしい海の色をしたひとみをぼくに向けて、「それで、あなたは、そのうちのどれなの？」

「そのうちのどれでもないと思う」

「それとも、どれだか、まだ自分でもわからないの？」

ぼくは、あははと笑って、「ともかくぼくは犯罪者でも海賊でもなさそうだよ」と答えた。

彼女は少しほほえんだ。「じゃ、なぜここにいるの？」

それから、ぼくは彼女に、さっき、バクシーシュのことをおしゃべりだと言ったけれど、ぼくのほうがもっと悪いおしゃべりなんだ、と言った。自分のことをあまりにもひどいチューチ（阿呆たれ）に見せないよう気をつけながら、あの本のこと、地図のこと、エバリステ叔父《おじ》さんのこと、大嫌いだった仕事のことを、話した。——自分がとめどもなくしゃべりまくっていることは気づいていた。でも、しゃべらざるを得なかった。途中《とちゅう》でやめたくなかった。

ようやく息を切らし、口をつぐんだとき、彼女は言った。

「心底では、あなた、故郷に帰りたいのね。もし宝物を探しだしたら、それを持って帰るつもり。

でも、それにもかかわらず、故郷こそ、あなたがほんとうに探しているものなのよ」

ぼくは一度もそんなふうに考えたことはなかった。

「たしかにきみの言うとおりかもしれない。宝物を手に入れたら、ぼくは二度とふたたびケシャバルに足を踏《ふ》み入れるつもりはない。ぼくは西に向かって帰っていく。きみは東に向かって帰っていくってわけだ。でもね、きみ」ぼくは言った。「ぼくらは二人とも同じものを求めてるんだ。ただ、それが、それぞれ別の場所にあるってわけだ」

ぼくの話し方がまずかったのだろうか、彼女の顔がさっと曇《くも》った。ちょっと間をおいて、こう答えた。

「いいえ、同じじゃない。あなたは幸せに包まれて帰ろうと思ってる。でも、わたしは、自分がいちばん恐《おそ》れているものを見つけに行くのだもの」

「それ、どういう意味なんだい」と、たずねたが、彼女はそのあと何も話そうとしなかった。

ぼくたちは、ずっと黙《だま》りこくって歩きつづけた。バクシーシュはロバにまたがったまま、まだ眠っていた。歩いているうちに、バクシーシュが話したのはとほうもないデタラメだったんじゃないかという気が、前にもまして、してきた。道路はいままでのところ、しっかり踏み固められて平坦《へいたん》で、多くの部分でなめらかだった。道の両側には丘陵《きゅうりょう》が草地や枝を広げた大きな木々の茂《しげ》みにおおわれて緑色に続いていた。空気は澄《す》んでかぐわしく、高地に近づくにつれて快い涼《すず》しさになっていった。

夕暮《ゆうぐ》れ近く、シーラが、「そろそろ停止したらどうかしら」と言った。「暗くなってから道路を歩くのは賢《かしこ》いやり方じゃない、もし、ここでいま食事をして眠れば、夜明けに起きて出発できる、昼ごろにはマラカンドに到着できるはずだわ」

道路際《ぎわ》の平らな地面に荷物を下ろし、バクシーシュをゆり起こした。彼は大口あけてあくびをするとロバを下り、目をパチクリさせながらあたりを見回した。

「ああ、楽チンでござんした！」幸せそうに体を掻《か》きながら叫んだ。「おかげさまでわしのリューマチは退散しやした。で、もう休むんですかい？　あっしだったら、もう四、五キロ先までは行ったんだが」

近くに、旅の商人が十数人たむろしていた。彼らはもう食事を終えていて、料理を作った小さなたき火が灰になりかけていた。何人かは、フード付きの外套《がいとう》にくるまって横たわり、眠る態勢に入っていた。

首の太い、赤茶けた髪を短く刈《か》りこんだ、がっしりした男が立ち上がり、こちらにゆったりと近寄って来た。なんとなく見覚えがあるなと思ったら、《旅人天国》で見かけた男だった。

「旅するものは、みんな友だちだぜ」彼は、自分たちに加われよという身ぶりをした。

しげしげとシーラを見たあと、ぼくに向かってにやりと笑った。ひどく歯並びが悪かった。

「あんたの女を連れてきたんだな？」彼は言った。「そいつは楽しみだな、え？　じゃ、彼女を連れてこい。おれたちは仲間だ。なんでも平等に分け合うんだ」

「わたし、彼の女じゃない」シーラがあごをツンと上げて言った。

「え？　じゃ、何なんだ」赤毛男はせせら笑った。「奴隷《どれい》なのか？」

シーラは相手の顔をじっと見返した。

「奴隷でもない」

「そいつは都合がいいや。さあ来い。おれの奴隷にしてやろう」男は、ぐっと手を伸《の》ばした。

シーラは片手《かたて》を振り上げた。次の瞬間《しゅんかん》、手の甲《こう》を力いっぱい男の顔にたたきつけた。

7 恐《おそ》るべきアル・チューチ

赤毛男はうっとうめいて、一歩しりぞいた。鼻のあたりが赤黒くなっていた。そこをこするまいと、けんめいにこらえているようだった。鼻血が出てきて、口に流れこんだ。彼《かれ》は、それを唾《つば》といっしょに吐《は》き捨《す》てた。

「やりやがったな。まるで悪魔《あくま》の申し子だ」食いしばった歯の間から言った。「このお返しはさせてもらうぜ」

飾《かざ》り帯《おび》に差しこまれた短剣《たんけん》をさっとつかんだ。その後ろで、仲間たちが立ち上がっていた。

ぼくはシーラをわきに押《お》しやった。押し方が思ったよりも荒《あら》っぽかったらしく、シーラは転んでしまった。男は目をひそめてぼくを見た。すでに短剣を抜《ぬ》いていた。ぼくもタルワール刀を引き抜いた。めまいがした。恐怖《きょうふ》と憤激《ふんげき》がぼくをわしづかみにしていた。恐怖と憤激——決して良い取り合わせではない。しかし、もう頭に血がのぼっていた。ぼくは彼をその場でギザギザに切り刻《きざ》んでいただろう。やり方さえ知っていれば、の話だが。ぼくはタルワール刀を彼に突《つ》きつけた。

　相手はぼくをじろじろ見た。膝《ひざ》を曲げ体を半ばかがめて、短剣を片手から片手へひょいと投げ、握《にぎ》りしめた。

「おれはただ彼女《かのじょ》にちょいとかすり傷《きず》を負わせるつもりだったんだが」彼は言った。「こうなっちゃ、仕方ねえ。おまえ、混血の娘《むすめ》っ子のために命を捨てることになっちまったな」

　このかん、バクシーシュがぼくの袖《そで》を引っぱり、声をかぎりに叫《さけ》んでいた。

「言ったじゃございませんか、お願いしたじゃございませんか。刀を抜いちゃならねえって。いったん刀を抜いちまったら、何が起こるか？　流血でございます！　人殺しでございます！」

　そして、がたがた体をゆすりながら、「あんた、自分の頭の上に、災《わざわ》いと悲しみを招き寄せてるんだぞ。ああ、バカ者たちの王子よ！　天下一の阿呆《あほ》たれよ！」

　最初ぼくは、バクシーシュはぼくに向かって言っているのだろうと思った。しかし、違《ちが》った。彼の目は、ぼくの相手を見すえていた。

「脳《のう》みそをトカゲに食われちまったのか？　頭がねじまがっちまったのか？　正常な神経とおさらばしちまったのか？　すぐ腐肉《ふにく》になる哀《あわ》れな肉のかたまりよ。ハゲワシがあんたの骨《ほね》をつつくこったろう。頭の狂《くる》った豚《ぶた》から生まれた、バカ面《づら》のろくでなし野郎《やろう》よ、地べたに這《は》いずって命乞《いのちご》いをすべきなんだ。自分がだれを相手にしているのか知らねえのか？」

赤毛男が少しためらいを見せると、バクシーシュはさらに語気を強めて、「この人は、歩く死神だ。無数の後家《ごけ》さんと無数のみなし児《ご》を生みだす人、旅人たちの恐怖の的だ。さあ、目を見開いてこの世のありさまをよっく見ておくんだな。おまえがこれから行くのは地獄《じごく》の炎《ほのお》の穴《あな》のなかだ」

続いてぼくにひしとすがりつき、「おお、力強き戦士よ。懇願《こんがん》しやす。哀願《あいがん》いたしやす。この身のほど知らずなウジ虫野郎の命をお救いくだせえやし」

商人たちのうち、やや年かさの男が一人、近寄ってきた。

「何を言い争ってるんだい？　こんなところで揉《も》めごとは無しにしようぜ」

「揉めごと？」バクシーシュは叫んだ。「揉めごとこそ、あっしのご主人の食いもので飲みものなんだ。朝飯の食欲《しょくよく》を刺激《しげき》するために人を殺す。ピラフに味をつけるために、だれかの血を流す人だ。あんたたち、そんなお方に歯向かうほど度胸《どきょう》があるのかい？　こちらは無慈悲《むじひ》な破壊者《はかいしゃ》、恐るべきアル・チューーチさまなんだ！」

二人の男は不安そうに顔を見合わせた。

「アル・チューーチなんて人の話、聞いたことがねえな」年上のほうが、あまり自信のなさそうな口調で言った。

「あんた、運がいいんだよ」バクシーシュは言った。「彼と出会った人間は、たいていその場で命を落としてしまう。生き延《の》びて彼のうわさ話をすることなんてないのさ」

赤毛男は落ち着きなく体を前後に動かしていたが、やがて、短剣を下ろした。

「アル・チューチさまは、怒《いか》れば恐ろしいが、思いやりに満ちた人でもある」バクシーシュは高らかに言った。「彼はあんたを許す。あんた、おろかすぎて何も知らなかったんだからな」バクシーシュはぼくにタルワール刀を鞘《さや》におさめるよう、身ぶりで示した。赤毛の男をにらみつけながら、ぼくは刀を鞘に入れた。シーラがそっと近寄って、ぼくの腕《うで》に手を添《そ》えた。

「あんたを助けることは彼の喜びなんだ」とバクシーシュがまくしたてるなか、商人たちは、ここは用心したほうがよさそうだと思ったらしく、しりぞいていった。

「じゃあな、あんたたちの上に平安あれ、聞きわけのいい人たちよ」バクシーシュは、いかにも真心こめてという感じで付け加えた。「あんたたちの人生が長く幸せであるように。あんたたちの旅がもうけの多いものであるように」

それから小声でぼくに言った。

「ここから出ていきやしょう。傑出《けっしゅつ》したお方よ。急いで、……しかし威厳《いげん》をたもったまま」

ぼくはまだ怒りがおさまらなかった。去っていくあの赤毛の商人に、とびきりの罵《のの》り言葉《ことば》をぶつけてやりたかった。が、シーラが黙《だま》っていなさいとささやいた。三人でロバのところに行き、ふたたび道路を歩き始めた。

バクシーシュのリューマチは消えてしまったに違いない。とても勢いよく歩き、シーラもぼくもついていけないほどだった。彼のリューマチ同様、ぼくの怒りも消えてしまった。しかし、おびえの感じは残った。どんなに危《あぶ》ない橋を渡《わた》ったかが、心に沁《し》みこんでくるにつれて、その感じはますます強まった。

ロバにまたがって前後左右にゆすられているよりも、シーラと並《なら》んで歩くほうが楽しかった。しかし、彼女は、ぼくが思ったほどは、うれしそうではなかった。

「あなたはわたしに、自分は犯罪者でも海賊《かいぞく》でもないって言ったわね」彼女は言った。「それで知りたいんだけれど、あなたは、どういう種類のフェレンギ（西方人）なの？　もしかして、バカなフェレンギなのかしら。だって、あなたはもう少しで殺されるところだったじゃない……あなたの宝物《たからもの》にもほかのいろんなものにも、さよならするところだったじゃない」

「ぼくがどうすればよかったって言うの？　あの豚野郎はきみを侮辱《ぶじょく》した……もっと悪いことをしたかもしれない」

「そんなことを言って……」彼女は首を振《ふ》った。「あなた、もっと悪いことについて、何を知ってるの？」

「たしかに、たいして知ってはいない、でも、ある程度は知っている。ぼくが必要とする以上にね……そしてけっきょくのところ」ぼくは少しいらだって言った。「最初にあいつをなぐったのはきみなんだからね」

「豚は豚よ」彼女は肩《かた》をすくめた。「あなた、彼のことは、わたしに任せるべきだったのよ。わたしにはわたしのやり方があるの」それからほとんど聞き取れないほどの声で、付け加えた。

「でもあなたは良かれと思ってやったのよね、カルロ」

彼女はそれを「カアルロオ」というふうに発音した。そしてそれは彼女がぼくの名を口にした最初のときだった。そして、いま振りかえって見て、（このような人生のミステリーにあまり確定的なことを言うのはむずかしいのを承知で言うのだけれど）ぼくは思う、ぼくが彼女に恋《こい》してしまった瞬間《しゅんかん》はそのときだったのだと。

バクシーシュがぼくらを呼《よ》んでいた。道路から少し離《はな》れた木立の中に立ち、ここで夜を過ごしやしょう、と言っている。ぼくらはそこに行き、ロバの荷を下ろした。シーラはロバを連れて、近くの小川まで水を飲ませに行った。ぼくはバクシーシュと少し話がしたかった。

さっきぼくが命を危険《きけん》にさらしたとすれば、事実上それを救ってくれたのはバクシーシュだ。命を救われるというのは、どんな場合であれ、深刻《しんこく》なことだ。どんなに感謝したって感謝しきれるものじゃない。どう言葉にあらわしたらいいのか、ぼくは少し戸惑《とまど》った。不器用にではあるが、ベストを尽《つ》くして礼を言った。決して忘《わす》れないつもりだ、と付け加えた。

「そんなこと、お気になさらねえで。謝意に満ちたやさしいお方よ」慎《つつし》み深く首を振《ふ》りながら、バクシーシュは言った。「ま、何かのときには、あっしのほうから、あなたに思い出させてさしあげやすから」

シーラがもどってきて、軽い食事を用意し始めた。食事を作るのはシーラの仕事だとバクシーシュは言っていたが、それでも、きょうは大変な一日だったのだから、ぼくらも彼女を手伝おうよ、と、ぼくは言った。

「ぜひとも、そうしてえところなんでがすが」腰《こし》をおろし、足を投げ出したバクシーシュが言った。「覚えておいでがしょうが、いったんラクダを手に入れたら、あっしはあなたのラクダ引きになりやすとお約束しやした。もちろん、あなたにご満足いただけるよう、みごとに引いてごらんに入れやす。そのほかにも、こまごました仕事を喜んでやらせていただくつもりでがす。だけんど、一日かけて、てくてく旅をして、しかも、あなたの命をお救いするという、気骨《きぼね》の折れる仕事までやったあとで、ああ、世界の驚異《きょうい》のようなすばらしいお方よ、あっしはウオノメだらけ、マメだらけでござんす。なに、ほんの何時間か、完全に休息させてもらえれば、元気になりやす。マラカンドまでずっと踊《おど》りながら行けやすぜ。明日《あした》、きっと朝飯に間に合うよう起こしておくんなさい。早いとこ出発いたしやしょう……」

「いいえ、遅《おそ》く出発したほうがいい」シーラが口をはさんだ。「さっきの商人たちを先に行かせるべきよ。もし彼らがさっきのことをじっくり考えたら、だまされたんじゃないかって思うはず。だから、わたしたち、なるべくすがたを見られないようにしていて、あとから警戒《けいかい》しながら行ったほうが……」

「あ、先に言われちまったな」足をさすりながらバクシーシュが言った。「あっしもまさにそのことを言おうとしたところでがす。われわれが連中に見張られるよりも、われわれが連中を見張るほうが、ずっと安心でござんすからね。

ところで……足の痛《いた》みが治るには、食べ物をひとかけかふたかけ、ここまで持ってきてもらうのが一番なんでがす。そうすりゃ、早いとこ良くなって、元気いっぱい、いろんな手伝いもできるってもんで」

虫のいいこと言ってと、言いかけたぼくに、「言うとおりにしてあげて」と、シーラがささやいた。「あなたのラクダ引き、そばにいると、手助けになるより、邪魔《じゃま》になってしまうから」で、バクシーシュは足のマメをいじくることに専念《せんねん》させ、ぼくだけシーラの手伝いをした。火を起こし、火に鍋《なべ》をかけて煮物《にもの》をつくる彼女の手際《てぎわ》の良さに、ぼくは感嘆《かんたん》するほかなかった。

「きみは、こういうことを、《旅人天国》で教わったのかい」

「いいえ。母に教わったの。母が、わたしや、わたしの弟に教えてくれたのよ。うちは、マラカンドの東で、キャラバン宿をやってたの。旅人を寝泊《ねと》まりさせる商売だったのよ」

まえに東方を旅する旅人のことを話したとき、彼女がなぜくわしく知っていたのか、ぼくには見えてきた。はやっている宿屋なら当然、旅人に接しているはずだ。でも何人ぐらいと言葉をかわしたのだろう。数十人？　数百人？　ぼくは彼らの一人一人に腹《はら》を立てた……いや彼らの一人一人が憎《にく》らしかった。彼女に、ぼくのいなかった過去がある。そう考えるだけで胸《むね》が苦しくなるのだった。

なぜ彼女が早く故郷《こきょう》に帰りたがっているのかは、わかった。でも、なぜ彼女が故郷からこれほど遠く離れてしまったのかは、わからなかった。

ほかにも気になっていることがあった。ぼくはシーラの手をとった。彼女は手を引っこめなかった。

ちょうどそのとき、鍋が煮立って中身が吹《ふ》きこぼれた。シーラはさっとぼくから離れ、火のところに行き、鍋をおろした。一方でバクシーシュが、木にもたれたまま、育ちすぎたひなどりみたいに、口をパクパクさせて、何か食わしてくれと、わめき始めた。

邪魔しやがってと、ぼくは彼を呪《のろ》い、彼のマメを呪った……とはいえ、ほんとうにマメなんかあるわけないのだ。この仮病《けびょう》使い兼《けん》ぼくの命の恩人のところへ、シーラは食事を運んでいった。

帰って来ても、彼女はぼくのそばにすわらなかった。食べ物の皿を手渡すと、火のところに行き、そこに一人でたたずんだ。ぼくは彼女のそばに行き、たずねた。

「旅の始まりのとき、きみは、自分がいちばん恐れているものを見つけに行くのだと言ったね。それって、どういうことなんだい」

「そんなこと、なぜ、気になるの？」それから、しばらく黙っていたあとで、シーラは言った。

「そうね。あなたにはずいぶん借りがあるものね」

「そんなことないよ、きみはぼくに借りなんかないよ」

「いいえ、それでも、ずいぶん借りがあるのよ」彼女はそう、ぼくに言った。

8 シーラは語る――その1

「わたしの父は物語をたくさん知っていた」シーラは言った。「でも、その中でもとりわけ、弟のクーチクとわたしが聞くのを楽しみにしていた物語がひとつあったの。父はそれをいつも同じように話してくれたわ。

――むかしむかし、北の山並《やまな》みを越《こ》えて、白い肌《はだ》、青い目の商人たちがやってきた。ラクダを休ませ自分たちも休むため、彼《かれ》らは、キャラバン宿に泊《と》まった。

宿を仕切っているのはキルカシ族の若《わか》い女だった。キルカシ族は遠いむかし、はるか東方のカタイに住んでいた民族だった。宿に泊まった商人のなかに勇敢《ゆうかん》でハンサムな若者がいた。宿の娘《むすめ》は、彼がこれまでに見たいちばん美しい娘だった。

しかし翌朝《よくあさ》、キャラバンは故郷《こきょう》に向かって旅立たなければならなかった。二度とふたたびここにもどってくることはない。ハンサムな若者が美しい娘に悲しい別れを告げる時が来た……

ここで、いつも」とシーラは説明した。「わたしたちは、いやだー、と叫《さけ》ぶことになっていたの。『いやだ！　やめて！』と叫んで、大泣きする。でも父は長いいかめしい顔をひきしめて首を横に振《ふ》った。若者にとっても残酷《ざんこく》な瞬間《しゅんかん》だったのだよと父は言ったわ。

それから父は、たずねたわ。どうやって彼は世界でいちばん美しい娘と別れることができたか、って。すると、母は――彼女《かのじょ》はいつもわたしたちといっしょに聞いていたのだけれど――ほほを染《そ》めてくすくす笑った。フェレンギ（西方人）ではあったけれど、若者は自分のほんとうの家、自分のほんとうの愛を見つけていたのだった。でも、どうしようもなかった。仲間たちが彼を呼《よ》んでいた。早く出発しようとせきたてていた。

『そしてそう、キャラバンは動き出した』父はそう言って、口をつぐんだ。彼は物語の途中《とちゅう》で、よくこうやって口をつぐむことがあった。少したってから、わたしたちに向かってにやりと笑い、付け加えるのだった。『でも、若者は行かなかった』

わたしたちはここでいつも拍手《はくしゅ》かっさいした。この話が父と母のことだと、わたしたちはよく知っていたの」

そのキャラバン宿は、シーラの話によれば、この地域《ちいき》としてはめずらしく緑のゆたかな場所にあり、周囲を山々に囲まれているおかげで嵐《あらし》に襲《おそ》われることも少なく、湧《わ》き水にもめぐまれ、近くには川も流れていた。旅人たちは喜んでここに立ち寄るのだった。

「母と父は、宿をもっと大きくするために、以前にもまして泊まり客に喜んでもらえるために、一生けんめい働いた。宿は繁盛《はんじょう》した。わたしはそこで育ち、幸せな日々を過ごしていた」

「なぜ、きみが家に帰りたがるのか、わかるよ」

しかし、シーラは首を振った。そして話し始めた。

「一年ほど前から、二つの軍団の間に争いが起こり、それぞれが、街道のいちばんいい区域を自分のものにしようとした。わたしたちの宿は主な道路交通から切り離《はな》されたかたちとなり、ここに立ち寄るキャラバンの数は見る見るうちに減っていった。厩舎係《きゅうしゃがかり》や調理場の手伝いなど従業員《じゅうぎょういん》も、もっとましな働き口を求めて、去っていった。けっきょく」シーラは続けた。「残ったのは、わたしたちの大好きな家政婦、ダシュタニだけだった。でも、わたしたち、みんなで力を合わせて、精いっぱい宿を続けていた。

いまから何ヵ月か前、一つのキャラバンがやってきた。十二人ほどの商人で、ここしばらくの間に立ち寄ったお客さん全員よりも数が多かった。彼らは、ラクダでなく馬と荷運び用のラバを連れていた。これはつまり、軍団が争っている地域を迂回《うかい》し、砂漠《さばく》の中を通る最悪のルートも避《さ》け、わりあい平坦《へいたん》な道を通ってきたということだった。

彼らは、自分たちがどんな品物を買ったり売ったりしているのかについて、何も言わなかった。もちろん、そんなことは、わたしたちには関係のないことだった。わたしたちはただ、大勢の客が来てくれたことを喜んでいた。リーダー格の男は、図体の大きな、顔の分厚い男で、ごわごわしたひげと、すばやく動く目を持っていた。ケシャバル人のような衣装《いしょう》をまとっていたけど、西方の国の人であることはすぐわかった。

彼は『チャルコシュ』と名乗っていた。仲間たちとは荒《あら》っぽい話し方をしていたけれど、わたしたちには、おだやかな感じのよい態度で接した。わたしたちのキャラバン宿に興味を持ち、いろいろとたずねるので、父はうれしくなって、宿の中を誇《ほこ》らしげに見せて回ったり、何年もかけて大きくしていったことを説明したりした。チャルコシュは、自分たちがどのくらい長く泊まっているつもりかは話さなかった。しかし、彼は、わたしの父に、彼らがどんなに長く泊まったとしても十分なだけの金を見せていた。

わたしには、彼を嫌《きら》う理由などなかった。でも、嫌いだった。彼のそばにいることさえ、嫌いになった。彼の目は、わたしが仕事をしているときでも、いつもわたしに注がれていた。わたしはこのことを自分の胸《むね》の内におさめていた。両親にもダシュタニにも絶対に話さなかった。もしそんなことを聞いたら、彼らはチャルコシュに文句を言うだろう。そしたら、ろくなことは起こらない。だから、わたしは、ほっておこうとした。チャルコシュたちは、遅《おそ》かれ早かれ、出て行ってしまうのだ。

チャルコシュは夕食がすんでからも、食堂に遅くまで居つづけるくせがあった。そんなとき、父は、宿のよき主人として、近くにすわりお相手をした。チャルコシュの仲間の二、三人も周りでうろうろしているのだった。

ある夜、チャルコシュがいつもより遅くまですわっていた。夕食のとき、彼はわたしたちに、翌朝、出発するつもりだと言った。仲間の何人かはすでに出発しているし、二、三人は、あと一日二日、ここにとどまる。しかし、チャルコシュ自身は、ほかの者といっしょに、あす、夜明け前に旅立つのだという。それを聞いて、わたしはほっとした。

わたしは、炊事場《すいじば》のそばの小部屋で眠《ねむ》っていた。どなり合う声で、目を覚ました。チャルコシュとわたしの父が、わめき合っているのだった。わたしは起き上がり、そっとドア口に近寄った。『言っとくがね、旦那《だんな》』チャルコシュはどなった。『あんたは家族を飢《う》え死にさせようとしてる。わしにはわかるんだ。わしがここに寄ってから、ほかの客が何人来たかね？　一人も来ちゃいねえ。わしが出てったあとで、どれだけ多くの客が来るんだね？　同じく、一人も来やしねえ。ねえ旦那、いまは、ひどい時期なんだよ』

父は答えた。『こんな時期はいつまでも続きはしない。そう、苦しい日々を過ごしているのはたしかだ。だけど、辛抱《しんぼう》して続けていけば、きっとまた良くなるんだ』

『辛抱だって？』チャルコシュは言った。『あんた、その辛抱ってやつを夕飯に食うことができるかね？　わしはこの宿よりも大きくてきれいなキャラバン宿にずいぶん泊まってきたがね、そういう宿が、いまどうなってると思う？　どれもこれも空っぽの貝がらだ。砂《すな》に呑《の》みこまれちまってるんだ。わしはあんたを助けたいんだよ』彼は続けた。『あんたは善良な正直な人だ。わしはあんたが気に入ってる。しかしどう見ても、これだけの人間を養うのはあんたには無理だ。あんたもわしも、世の中のことをわかってる人間だ。こういうたぐいのことは、ちっともめずらしいことじゃねえ。どこでもだれでもやってることだ。あんただって、わかってるんだ。それに、あんた、まだ男の子がいるじゃないか。娘さんはいい生活ができるんだ。あんたのそばにいたんじゃ、絶対に送れねえような豊かな暮《く》らしが送れるんだ。金持ちの家で、たぶん豪族《ごうぞく》のお屋敷《やしき》で、自分と同じような娘たちといっしょにね』

チャルコシュは財布を取り出しテーブルの上に置いた。『これをそっくりあんたにあげるよ。もちろん、娘さんは、市場に立たせれば、もっと高値《たかね》になるだろう。しかしまあ、わしも少しはもうけなくちゃならねえし、娘さんの当座の食事代とかあれこれ費用もかかるわけだからね』

父は前かがみになって、彼に答えていた。全部聞き取ることはできなかった。しかし、あのような怒《いか》りの表情を浮《う》かべた父の顔を、わたしは一度も見たことがなかった。

『すると、どういうことになるのかな?』チャルコシュは言った。『取引は成立するのかね? 違《ちが》う? たしかかね? なんてこった、あんた、後悔《こうかい》することになるよ』

チャルコシュの求めていることが、やっとわかった。わたしは凍《こお》りついたように立っていた。自分の聞いたことがほとんど信じられなかった。チャルコシュはため息をつき肩《かた》をすくめた。『がっくりするよな。せっかく親切に言ってやったのに、断わられるなんて』チャルコシュは言った。『しかし、まあ、仕方がねえ』

彼は財布をつかんで腰帯《こしおび》にもどした。と、思った瞬間、財布をつかんでいた同じ手に短剣《たんけん》をつかんでいた。目にもとまらぬ早業《はやわざ》だった。

わたしは大声をあげて二人のそばに駆《か》け寄った。チャルコシュは自分のベンチを蹴《け》り倒《たお》して立ち上がった。父はまだ腰かけていた。口をあけ目を見開き、当惑《とうわく》したような表情で、両手を胸に押《お》し当てていた。血がシャツの前面に広がっていった。

わたしはチャルコシュに飛びついた。短剣をもぎ取ろうとした。彼はものすごい力でそれを握《にぎ》りしめていた。手首に噛《か》みついてやった。骨《ほね》がガリッとわたしの歯に当たるのを感じた。彼はわめき、なぐった。どんなになぐられても、引っぱられても、わたしは彼にしがみつき、手首に食らいついていた。

寝間着《ねまき》を着た母のすがたがちらりと見えた。そのうしろに、階段《かいだん》を駆け下りてくるダシュタニが見えた。弟は見えなかった。チャルコシュがわたしの顔をなぐりつけていた。彼の仲間たちも集まっていた。その中の一人が、わたしの後頭部に猛烈《もうれつ》な一撃《いちげき》を加えた。わたしは気を失った
……」

9　シーラは語る――その2

ぼくは話の続きを待っていたが、シーラは黙《だま》ったままだった。じっとたたずんで、夜の闇《やみ》のなかを見つめていた。これまでの話を、彼女《かのじょ》は、まるで遠いところから話しているかのように、まるで大むかしだれか別の人に起きたできごとであるかのように、語ったのだった。二人のうちどちらかが逆上し怒《いか》り狂《くる》っているとすれば、それはぼく自身だった。

チャルコシュ――一度も見たことのないこの男が、シーラをひどい目にあわせた。ぼくはそれゆえに彼《かれ》を憎《にく》んだ。見たこともない人間が、たちまち、そして永遠に、ぼくの敵になった。ぼくは怒りで震《ふる》えていた。頭の中をいろんなおぞましい考えがかけめぐった。あいつ、いま、ここに、ぼくの目の前にあらわれるがいい。そしたら……バクシーシュだってぼくを引きとめられはしないだろう。

シーラはぼくよりも落ち着いていた。

「それで……」ようやく口を開いた。「わたしがいちばん愛している人たちは生きているのかしら？　死んじゃったのかしら？　あの夜のあと、みんながどうなったのか、わたしは何も知らない。刺《さ》された父は命を取りとめたのかしら？　母や弟やダシュタニは逃《に》げられたのかしら？　みんな、生きているのかしら？

もし、みんながなんとか生きのびているのなら、こんなうれしいことはない。ほんとにありがたいと思う。もしそうじゃなかったら、わたしはただみんなを悼《いた》んで悲しむことができるだけ。そして、悲しみを呑《の》みこむだけ……どちらにしても、わたしは、みんなのその後のことを知らなくちゃならないの。この問いに答えを出さないままでいることは……わたしの人生の一部分が失われたままになっていること。あなた、わたしの言っている意味、わかる？」

「うん、わかる気がする……チャルコシュはいまどうしているの？」

「わからない」彼女は首を振《ふ》った。「生きて、元気でいてほしいわ」

「なんだって？　彼が元気でいてほしい、だって？」

「そうよ。いつか、運よく、彼に出くわす日があるかもしれない」そう言ってから、明るい声で付け加えた。「ええそう、そしたら、わたし、彼を殺してやる」

彼女を非難《ひなん》する気にはなれなかった。しかし、ちょっと言葉《ことば》につまった。自分の恋《こい》したひとが――そう、ぼくは実際彼女に恋してしまっていた――、だれかの命を奪《うば》うことを明るく語るのを聞くのは、ぎくりとすることだった。ぼくは彼女が少し怖《こわ》くなった。

彼女の物語はまだ終わってはいない。残りを聞きたいのかどうか、自分でもよくわからなかった。しかし、やはり、聞かなくてはならない……。それで彼女に、続きを話してほしいと言ったとたん、ああ、そんなこと言わなければよかったと、半ば思った。

しばらくしてから、彼女はふたたび口を開いた。

「意識がもどると、わたしはラバの背中《せなか》に綱《つな》でくくりつけられ揺《ゆ》られていた。この街道をどのくらい長く運ばれてきたのか、まったくわからなかった。ずいぶん遠くへ来ていることはたしかだと思った。一度停止したことは覚えている。チャルコシュがラバからわたしを下ろし、砂地《すなち》にすわらせた。

食べ物を少し食べさせられたが、すぐ、もどしてしまった。次は水を飲まされた。チャルコシュが水に何かの薬を入れたに違《ちが》いない。体の動きがにぶくなり、目を開けていられなくなった。しばらくの間、うちの食堂でのあの最後の瞬間《しゅんかん》のできごとが頭にくりかえしよみがえった。が、やがて、すべてが消えた。

数日後――時間の感覚を失っていたので、正確に何日後かは、わからない――気分が少し良くなり、あたえられたものを食べることができた。頭もだいぶすっきりしてきて、連中の手を逃《のが》れて家に帰るにはどうしたらいいか、などと考えられるようになった。それに、わたしはチャルコシュを殺したくてたまらず、そのことを考えてばかりいた。わたしがくじけず元気でいられたのは、食べ物や水よりも、そのことのおかげじゃないかと思う。

そのころには、わたしはもうラバの背にくくりつけられているのではなく、ラバにまたがって乗ることを許されていた。両手はまだしばられていたけれど、前よりは楽だった。一日何回かの休憩《きゅうけい》のときには、チャルコシュはわたしの手をしばっているロープを解いた。わたしは足を伸《の》ばし、痛《いた》む筋肉《きんにく》をさすった。

彼はほとんどわたしに話しかけなかったが、目は、うちにいたときと同様、いつもわたしに注がれていた。一度、夕暮《ゆうぐ》れに近いころ、わたしが地面に横たわっていると、彼がやってきて、わたしのそばにしゃがみこみ、体をもぞもぞさせていた。表情を見て、彼が何を考えているかは見当がついた。が、彼はためらい、考えなおしたようだった。

『お客に売る前に自分の商品に手を出すのはバカだけだもんな』と言い、それからこう付け加えた。『ま、恩を売っておこう。いつか、あんた、おれに感謝するだろうぜ』

わたしは彼にペッと唾《つば》を吐《は》きかけ、『そのまえにあんたを殺してやるわ』と言った。なぐられる、と思ったが、彼はただほほをぬぐってげらげら笑い、『みんな、そんなことを言うのさ』と言っただけだった。

それからしばらくして、わたしを連れた一団は、宿を――わたしの家を先に出ていった連中に追いついた。先発の連中は、十数人の男と何人かの少年を連れていた。彼らはロープで一列につながれて、ぞろぞろと歩いていた。うすうす感じていたことが、これを見て、確信に変わった。

チャルコシュの扱《あつか》う商品は、人間なのだ。奴隷《どれい》なのだ。

わたしは最初、この人たちは、わたしと同じように、無理やり連れてこられたのだと思っていた。しかし、そうではなかった。彼らとわたしとは切り離《はな》されていたけれど、見張り役の連中の話の断片《だんぺん》から判断すると、彼らの多くは農村の出で、ほとんどが売られた人々なのだった。親や兄弟は彼らを売り、厄介払《やっかいばら》いしたことで喜んでいるらしい。売られた人々のうち、ある者たちは頭が鈍《にぶ》く、ある者たちはあれやこれやの犯罪をおかしているという。なかには、家族が暮らしていくための金を得ようとして、自分で自分を売った者もいるという。チャルコシュにとっては、そんなことは、商売上のごく当たり前の話なのだった」


こんな商売のこと、ぼくは聞いたことがなかった。でも、よくよく考えてみると、マゼンタでも、何度か耳にしたような気がしないでもない――。

ともかく、ぼくは愕然《がくぜん》とし、少なからず吐き気をもよおした。シーラにそう言うと、「シディアを出航する貨物船には帆《ほ》だけじゃなくてオールも付いている。だれがオールを漕《こ》ぐと思ってるの？　たいていは、奴隷よ。だれもが喜んでやりたがる仕事じゃないもの」

初めて会ったとき、バクシーシュがぼくに言った言葉を思いだした。――世界は恐《おそ》ろしいところだ。金のために人間がどんなことをやらかすかを知ったら、あなたはどんなに驚《おどろ》くことか……。

そのとおりだ。ぼくは驚いた。

それにしても——自分の子どもや兄弟を売って金に換《か》える人たちとは？　いったいどういう種類の人間なんだろう？

「ほかの人間より立派《りっぱ》でもなければ悪くもない、ふつうの人たちよ。わたしはそう思う」シーラは言った。「手元にあるものを売っただけ。そしてチャルコシュみたいな男たちはそれを金もうけの手段《しゅだん》にする」

マゼンタで、ぼくは、そんな商売といっさい関わり合いがなかった。それだけは良かった、とシーラに話すと、彼女はこう言った。

「あなたの故郷《こきょう》の商人だって、いろんなことをやってお金もうけしているでしょう？　手のよごれかたがちょっと少ないだけよ」

ぼくはエバリステ叔父《おじ》さんのことをそういう角度から考えたことがなかった。何と答えていいかわからず、少しいらいらした。

「チャルコシュの一団は南に向かって旅を続けた」シーラは話し始めた。「旅の途中《とちゅう》で、〈商品〉を増やしていき、かなりの数になった。夜、彼らはみな地べたに寝《ね》かされたけれど、わたし一人は小さなテントで寝た。食事も十分にあたえられた。チャルコシュの仲間たちよりもいい食事だった。もちろん親切心からじゃない。わたしを見栄《みば》えよくするためだった。市場に持って行く前にニワトリを太らせるようなもの。そのころには、彼らがどこに向かっているのか、わたしには見当がついていた。

町が、そこで売られる品物のせいで有名になることがよくある。ある町は、絨毯《じゅうたん》で有名だし、ある町は翡翠《ひすい》で有名。金細工・銀細工で名を知られている町もある。チャルコシュたちはアッカルに向かっているのだった。わたしは、旅人たちがアッカルの話をしているのを聞いたことがあった。海岸に近く、シディアに接したその町は、ケシャバルでいちばん大きな奴隷市場があるのだった。

わたしは最初、アッカルに到着《とうちゃく》する前に逃げ出そうかと思った。わたしはもう、そんなに厳《げん》重《じゅう》には見張られていなかった。囚《とら》われた人たちの数が多く、チャルコシュの部下はそっちを見張るのに忙《いそが》しかった。それにチャルコシュは、わたしの動きをあまり気にしてはいないようだった。かりにわたしが逃げ出したところで、いくらも行かないうちにつかまってしまうに決まっている。この荒《あ》れ果てた土地そのものが、いちばん厳重な牢獄《ろうごく》だったのだ。

わたしはこの地域《ちいき》の街道や脇道《わきみち》のことは何も知らなかった。たとえうまく逃げ延《の》びたとしても、ろくに草木もない丘陵《きゅうりょう》の連なりの中で迷子《まいご》になり、食べ物もなく水もなく、間違《まちが》いなく死んでしまうだろう。だから、逃げ出したりはしない、と心に決めた。何かが起こるまで、時期を待つことにした。

一週間ほどして、アッカルに着いた。騒《さわ》がしいごたごたした町だった。ちょうど真昼で、暑く埃《ほこり》っぽかった。市場の踏《ふ》み固められた地面のあちこちに、羊を囲っておくような木の柵《さく》の囲いが作られていた。それぞれの囲いの中にも外にも人が群れていた。わいわいと値段の交渉をやっている人たちもいたけれど、ほとんどの人たちは、好奇心にかられて、また、楽しみを求めて、商品の売り買いを見物しているようだった。

チャルコシュと彼の部下たちは、〈商品〉たちをいちばん大きな囲いの中に追いこんだ。この囲いが、チャルコシュのいつもの商売の舞台なのだろう。わたしが付いていこうとすると、チャルコシュが引きとめた。

『おれがおまえを、あのけだものどもといっしょにすると思ったのか?』と彼は言った。『とんでもない。おまえはもう、売約済《ず》みなんだ』

言っていることの意味がわからず、きょとんとしているわたしを見て、チャルコシュはひどく満足そうに説明した。——もう、おまえのことは地元の豪族《ごうぞく》の一人に伝えてある。話は前もって決着しているんだ、と。それで、彼とわたしは、買い手や見物人がひしめきわめきちらし、売り手が声をかぎりに商品の呼《よ》び売りするなか、立ってひたすら待ったのだった。

しばらくして、人々の群れがさっと分かれて、道を作った。騎《き》馬《ば》の男が数人、やってきた。四騎。そして騎手のいない白い雌《め》馬《うま》が一頭。男たちは下馬し、一人がこちらに近づいた。いかにも金のありそうな身なりをし、長い腕《うで》、長い脚《あし》、骨《ほね》張《ば》った顔。口ひげもあごひげも全然生やしていない。この男が豪族の本人かと思ったが、そうじゃなかった。というのは、チャルコシュが彼に『メマンダー』と呼びかけたからだ。——『メマンダー』とは、豪族の家の実務全般をとりしきる執事長《しつじちょう》の称号《しょうごう》だ。二人はずいぶん親しそうに話しあっている。チャルコシュはしばしば彼と取引しているのだろう。

　チャルコシュはわたしの手をしばっていた綱をほどき、両手を上げさせようとした。わたしは首を振り彼から離れた。

　彼は肩《かた》をすくめ、『混血娘《むすめ》って強情《ごうじょう》でね。しかし、そのほうがいいんじゃないですかね？』とにやにやしながら執事長に言った。執事長は、指をひょこひょこさせ近寄るようにという仕草をしてみせたが、わたしは動かなかった。

『いけない子だねえ』そう言って、チャルコシュといっしょに笑ったあと、執事長は付け加えた。

『閣下《かっか》はきっとお気に召《め》すと思うよ』

　これで決まったというように大きくうなずくと、ローブの中から財布を取り出した。チャルコシュは両手のひらをくっつけてさっと差し出し、執事長はその上にコインを一枚《まい》一枚数えながら落としていった。見物人たちは息をのんだ。コインはふつうの交易用通貨ではなかった。金貨だった。

『お続けになって』しばらくして執事長が手を止めると、チャルコシュは言った。『値段はもう決まってるんですから』

『あんた、わたしの手数料を忘《わす》れているね』執事長が言った。

『旦那《だんな》。あんたの手数料は別途お渡《わた》ししてあるじゃないですか』

『ああ、そうか……そうだったな』執事長は苦々《にがにが》しそうにくちびるをゆがめて言った。見物人が息を殺して見つめるなか、彼はふたたびしぶしぶコインを落としていった。チャルコシュはしだいに高くなっていく金貨の重なりに目を凝《こ》らした。

『もっとだ。ごまかされるのはごめんだよ』

チャルコシュは金貨のほうにすっかり気を取られている。いまがチャンスだ。やるっきゃない。わたしは両方のこぶしを握《にぎ》りしめ、差し出された彼の両手の下に突《つ》っこみ、勢いよく跳《は》ねあげた。するどい一撃《いちげき》で金貨は高く飛び散った。見物人ははっと息をのみ、次の瞬間、わっと喜んだ。金貨が雨みたいに落ちてきたのだ。

チャルコシュは呪《のろ》いの言葉を発しながら、膝《ひざ》をつき、散らばったコインを拾い集めにかかった。執事長も同じだった。チャルコシュの部下たちも馬から飛び降《お》りて駆《か》け寄り、親分といっしょに拾い始めた。見物人たちもわれ先に、拾い手たちに加わった。

この大騒ぎのなか、わたしは人々の間を抜《ぬ》けて例の雌馬に近づき、飛び乗った。驚いた馬は、すごい勢いで広場を駆け出した。道行く人たちはあわてふためいて馬の突進を避《さ》け、売り手たちは、自分たちの商品を載《の》せた皿や籠《かご》を馬のひづめから守ろうとけんめいだった。馬は、わたしよりもよく道を知っていた。必死につかまっているわたしを乗せて、狭《せま》い路地や曲がりくねった横《よこ》町《ちょう》を駆け抜け、やがて街の外に出た。

街道に出てしまうと、おびえた馬も、なんとか落ち着かせることができた。南に向かわせた。

南に向かえば海岸に出る。シディアの港に行こう。シディアなら、だれにも見つからずに過ごせるだろうと思った。

振りかえってみた。はるか後方に、騎馬の一団が走ってくる。チャルコシュの部下たちだ。執事長、チャルコシュもいる。金貨とやる気をとりもどして、わたしを追いかけてきたのだ。

彼らもわたしに気づいたらしい。わたしは馬の横腹《よこっぱら》を蹴《け》って道路の外に出て、木陰《こかげ》に隠《かく》れて馬を飛び降りた。馬の尻《しり》をたたいて、ふたたび走らせた。やつらは、馬を追いかけるだろう……だれも乗っていないことに気がつくまでは。そして、そのころには、わたしはシディアへの道をずいぶん進んでいるはず。

わたしは昼間は茂《しげ》みの中で眠《ねむ》り、夜は、暗い影《かげ》の中を歩いた。シディアに着くと、最初に出くわした宿屋に入っていき、どんなことでもやりますから仕事をさせてくださいと言った。怪《あや》しい娘だと思ったかもしれないけれど、ともかく宿の主人はわたしに何の質問もしなかった。人手が増えるのがうれしかったのだ。チャルコシュはもちろんけんめいになって捜《さが》すだろう。万が一にも突き止められないためには、男になりすましているほうが安全だとわたしは考えた。宿の主人は、何も聞かず、黙《だま》って男の衣装《いしょう》を出してきてくれた。それから先のことは、あなたが知っているとおり……」

苦難の物語を聞きおえて、ぼくは彼女を抱《だ》きしめ、慰《なぐさ》めてやりたかった。でも、いま、実際にどんなふうにすればいいのか、見当がつかなかった。いずれにしても、彼女はそういうことを望んでいるようにも必要としているようにも見えなかった。彼女がぼくに、自分はぼくに借りがあると言ったのは、自分のことを話していないという意味だったのだ。いま、彼女は借りを返したことで、満足しているようだった。

「カアルロオ」と彼女は言った。「あなたに知っておいてほしいことが、まだあるの。いま、わかってほしい。わたし、いつまでもあなたといっしょには、いられないの」

ぼくは思わず立ち上がった。どうも彼女には、ぼくの不意をつく才能があるみたいだ。最初、ラビットという名の少年だとぼくに思いこませた。それから、彼女を守ったことでぼくを咎《とが》め立てした。ぼくに手を握られても引っこめようとしなかった。そしていま彼女は、ぼくと別れるつもりだと、静かに告げている。

ぼくは、彼女にきいた。たいへん思慮《しりょ》深い質問だと自分では思っていた。

「なぜ？」

「そうしなければならないからよ。遅《おそ》かれ早かれ、わたしたちは別々の道を行かなくてはならない。あなたはあなたの旅の目的を果たさなければならない。わたしだって同じこと。どちらも、うまくいくといいわね」

第二部　キャラバンの旅

10 物語屋

ぼくたちがマラカンドに着いたのは、翌日《よくじつ》の午後だった。わざと、あの商人たちを先に行かせたので、遅《おそ》くなった。ぼくたちは、彼《かれ》らが通るのを茂《しげ》みの陰《かげ》から見たのだが、あの赤毛のならず者の鼻柱《はなばしら》にぺたりと布が貼《は》りつけてあるのを見て、悪い気持ちはしなかった。

彼らが見えなくなってしばらくしてから、ぼくらは出発した。バクシーシュは、マラカンドまでずっと踊《おど》りながら行けると言っていたことなど、忘《わす》れたかのように、たちまち、マメが痛《いた》いと泣きごとをいい始め、ロバの背中《せなか》に乗ってしまった。

シーラとぼくは先を歩いた。最初はほとんど言葉《ことば》をかわさなかったけれど、そのうちに、これから買わなければならないラクダや食糧《しょくりょう》のことなどを、少しだけ話した。

一度、彼女《かのじょ》はぼくに体を寄せてきた。何か大事な話をするのかなと思った。が、彼女は何も話さなかった。

昨日《きのう》、あなたといっしょにはいられない、とあっさり言われて、ぼくはショックを受けていた。まるで彼女がチャルコシュにではなくぼくに向かって、包丁《ほうちょう》で襲《おそ》いかかってきたみたいな感じだった。でも、だいぶ立ち直ってきた。

第一に、彼女の気が変わるかもしれない。女の子って、わりあい気が変わりやすいものだと聞いている。

第二に、彼女があくまで意志を貫《つらぬ》いて自分の家に向かったとしても、ぼくは彼女を見つけ出すことができる。たとえ彼女の家――キャラバン宿――がどこにあろうとも、だ。できるだけ早く、ぼくの地図を見せ、彼女の家のある場所にしるしをつけてもらおう。

もちろん、すべては宝物《たからもの》を見つけることにかかっている。新しい富を持つことでぼくは彼女の心に訴《うった》えることができる。高価な品々を贈《おく》ることができる。ぼく自身の外見もすばらしいものになるだろう。いま着ているのとは比べ物にならない、華《はな》やかできらびやかな衣装《いしょう》を身にまとうのだ。シルクのローブ、金で刺繍《ししゅう》されたカフタン、きらめく指輪、宝石《ほうせき》をちりばめたブローチ。そんなすがたの自分が目に浮《う》かぶ。そうだ、ターバンも巻《ま》くことにしよう。ハトの卵《たまご》ほどの大きさの宝石が付いたターバンだ。もちろん、クジャクの羽根も何本か付いている。

宝物についていえば、ぼくは、自分がそれを見つけるのは当たり前と思っていた。絶対、ぼくが見つける――。その思いは、しだいにたしかなものになっていった。

そんなわけで、ぼくはマラカンドの西の大門を入っていったとき、朝、出発したときよりも、高揚《こうよう》した気分だった。

マラカンド――マゼンタとシディアをいっしょにしてもまだ足りないぐらいの大都市だ。シーラが前に、町にはそれぞれその町独特の商品があると言ったことがあるが、マラカンドは、ありとあらゆるものを生みだしていた。

生まれて初めて体験するものすごい騒音《そうおん》と雑踏《ざっとう》だった。人ごみを掻《か》き分けるようにして進みながら、バクシーシュが言った。

「ああ、天空においてもっともすばらしい輝《かがや》きを放つ星のようなお方よ。この街にはあなたの心が求めるすべてがありやす……そして、あなたの財布には支払《しはら》うべき金が入っておりやす。絹《きぬ》の布、羊毛の布、ヤギ毛の布の売り手ばかりのバザールもあれば、金細工師、銀細工師、壺《つぼ》作り、皮革《ひかく》職人ばかりのバザールもある。あなたが思いつくかぎりのありとあらゆるもの、あなたが一度も聞いたことのねえものだって売っているんでがす。

そして……世界最大最良の泥棒《どろぼう》市場もありやす。掘《ほ》り出し物ぞろいでがす。必要なものがあれば何でも言っておくんなさい。あっしが手に入れてきてあげやすよ。

まえにも話しやしたけんど、すばらしいお方よ、われわれはここで幸せに暮《く》らせるんでがんす。そうしやしょうぜ。何か別の仕事について、あのことを――こんな言い方をするのは申しわけねえけんど――あのとほうもない夢を追いかけるのは忘れたらどうなんでがす？」

「だめだめ、議論《ぎろん》の余地はない。ぼくの決意はこれまで以上に固くなっている。いま必要なのは、宝探《たからさが》しの支度《したく》をきちんととととのえてキャラバンに加わるまで、ぼくらが滞在《たいざい》する場所だよ」

「なに、ちょっと言ってみただけでさあ」バクシーシュはあきらめ顔でため息をつくと、足の具合が一時的に良くなったとか言って、ロバを下りた。すたすた歩く彼の後にシーラとぼくも付いていった。

さすがはバクシーシュ。街のいちばん混雑した地区のはずれに、なかなかいい宿屋――このあたりでは宿屋は「ハーン」と呼《よ》ばれているのだが――を見つけ出した。こぎれいで、小さな中庭があり、中庭のまん中では噴水《ふんすい》が水を吹《ふ》き上げている。厩舎《きゅうしゃ》もよく掃除《そうじ》されていてハエがあまりいない。二階の客室はこぢんまりしていて、ちょっとハト小屋に似ているけれど、風通しは良さそうだった。

シーラは、宿屋にくわしい人間のまなざしでじっくりとハーンをながめていたが、やがて、いいんじゃないと言わんばかりにうなずいた。ぼくたちは、ハト小屋三つに泊《と》まることにした。商売人ふうの慣れた感じで宿の主人と交渉《こうしょう》し、宿賃《やどちん》をまけさせたのは、バクシーシュではなくてシーラだった。

ぼくは家畜《かちく》売り場を早く見たかった。それで、ロバの食事や水、ぼくたちの荷物のことは宿の人たちに任せ、三人して、また街に出た。

バクシーシュが先に立って、まず〈大スーク〉に行った。だだっ広い中央市場で、屋台だのカウンターだのがぎっしり並《なら》んでにぎわっている。家畜売り場はそこを少し行った先だった。人波を掻き分けながら進んでいくうちに、ぼくは一瞬《いっしゅん》足をとめた。

小柄《こがら》な冴《さ》えない男が自分の「店」の前に立っていた。「店」といっても、四本の棒《ぼう》の上にカンバスの屋根を張っただけのもの。後ろに、絵を描《えが》いた幕《まく》が下がっている。彼の足もとにカーペットが敷《し》かれていて、投げられたらしいコインがいくつか転がっている。

これと言って特徴《とくちょう》がなく、顔を合わせて言葉をかわしても、次の瞬間には記憶《きおく》からすっかり消えてしまいそうな男だったが、彼の何かがぼくの心をとらえた。何なのか。これだとはっきり指さすことはできなかった。しかし、そのまま立ち去ってしまいたくはなかった。バクシーシュはぼくの袖《そで》を引っぱった。

「時間は真珠《しんじゅ》とルビーでがす。一瞬だって無駄《むだ》にしちゃあいけやせん」彼は言った。「あんなならず者にかかわり合っちゃいけやせん。腐《くさ》りきったゴキブリ男、ろくでなし、油断も隙《すき》もない性悪男でがす！」

「あんたの友だちなの？」ぼくはきいた。

「とんでもない」バクシーシュは口をとがらせた。「しかし、あっしはああいう連中を知ってます。みんな同じなんでがす。なまけ者！　流れ流れの無宿者《むしゅくもの》！　骨《ほね》の髄《ずい》までのグウタラ人間。口から出まかせの嘘八百野郎《うそはっぴゃくやろう》。やつらを全員ひっくるめてぎゅっと絞《しぼ》ってみても、真実なんてこれっぽっちも出てきやしねえ。あいつのことを気にかけたりしちゃいけやせん。つけあがるだけでがす」

「いったいどんなふうに恐《おそ》ろしい人間なの？」

バクシーシュは目をきょろりと上に向け、「ああ、もっとも優秀《ゆうしゅう》なくせに警戒心《けいかいしん》のまるでないお方よ……天よ、なにとぞお守りくだされ……あいつは物語屋でがす。金をもらってみんなに物語を語って聞かせてる商売なんでがす」

マゼンタにはそういう職業はなく、ただ、市場で、買い物しながら、あまり品のないうわさ話に花を咲《さ》かせるだけだった。物語が大好きなぼくとしては、バクシーシュの説明を聞いて、よけいに好奇心《こうきしん》を駆《か》り立てられてしまった。

男は、そのかん、食いしばった歯の間から口笛を吹き始めていた。手をたたきながら、見物人たちに、もっと近くに寄れと身ぶりで告げていた。シーラも、ぼくと同様、引きつけられたようだった。彼女とぼくは、人垣《ひとがき》のいちばん前に出た。バクシーシュも文句を言いながら付いてきた。

物語屋は、見物人をぐるりと見回した。商売をやるに値《あたい》するだけ十分に客がいるかどうか、抜《ぬ》け目なく計算したのだろう。つかのま、ぼくにするどい目を向け、まるで寸法《すんぽう》でも測るみたいに、しげしげとながめた。いったい、何のために？

「さあ聞いておくれ、見ておくれ。大事な大事なお客さま方よ」と、彼は始めた。このせりふが、物語屋が商売にとりかかるときの決まり文句なのだろうと、ぼくは思った。次に書いておくのは、そのときの彼の話だ。思い出せるかぎり記憶に忠実《ちゅうじつ》に書いたつもりだ。

井戸《いど》掘りと王女

むかしむかし、ザミーニという名の若《わか》い井戸掘り職人がいた。この若者、少しばかり阿呆《あほ》たれだったが、井戸掘りにかけては、すごい腕前《うでまえ》の持ち主だった。評判を聞いて、国王自身が王宮の庭園にすばらしい井戸を掘らせるようと、ザミーニを雇《やと》った。王宮に招かれた賓客《ひんきゃく》たちが庭園や果樹園《かじゅえん》をそぞろあるくとき、井戸があれば、そこで一息《ひと》入れて水を飲んだり語り合ったりすることもできるだろう。

しかし、ある不運なことがザミーニに起きた。美しい王女アジザが、毎日、花々や果樹のかぐわしい香《かお》りのなかをそぞろ歩きする習慣を持っていた。ザミーニは、ただうやうやしく朝のあいさつをする以外、ほとんど彼女に話しかけなかった。しかしこの哀《あわ》れな若者は、王女に恋《こい》してしまった。好きで好きでたまらなくなってしまった。これについて、彼はどうすることもできなかった。彼女は王女であり、彼は井戸掘りでしかなかったのだから。

ある日、まるで自分の心臓《しんぞう》が痛むかのようにため息をつきながら地面を掘っていたザミーニが、奇妙《きみょう》なものを掘り出した。大きな、首の長い緑色の瓶《びん》。不思議な模様《もよう》が描かれたシールで封印《ふういん》されている。

ザミーニは目を輝《かがや》かせた。こういう瓶には、だいたい小さな魔神《まじん》が入っていると聞いていたからだ。瓶から出してやると、感謝した魔神はどんな願いでもかなえてくれるのだという。ザミーニは躍起《やっき》になって瓶の栓《せん》を抜こうとした。しかしシールははがれなかった。シャベルで何度かなぐりつけたが、シャベルがこわれただけだった。

「意外とむずかしそうだな」彼はつぶやいた。

もっとじょうぶな道具がなくちゃだめだ。彼は、瓶をわきの下にはさんで、自分の家をめざして駆け出した。

家に着いてみると、部屋の中に、のっそりと腰《こし》をおろしている男がいた。意外な訪問者《ほうもんしゃ》は、ごく当たり前の身なりをしていて、頭にきちんとターバンを巻き、ゆったりしたパンタロン、つま先が反《そ》り返ったスリッパを履《は》いている。

ただ一つ、ごく当たり前でないのは、彼がものすごく大きいことだ。部屋全体をふさいでいるといってもいい。

「あんたの上に平安を、ザミーニ」彼は言った。「おれのことはラドバーグと呼んでくれ……ほんとの名前じゃないが、とりあえず、この名前を使っておく。おれは魔神なんだ」

驚《おどろ》きを押《お》し殺して、ザミーニは言った。

「もし魔神なら、どうして瓶のなかにいないんです？」

「どうして、いなくちゃいかんのだ？」ラドバーグは言った。「あんなところに押しこめられ締《し》めつけられて、時間を無駄にしろと言うのかね？　おれには、もっといいことでやらなきゃならないことが、いろいろあるんだ。ちょっと用事に出るので、壊《こわ》されたりしちゃ困《こま》るから、あの瓶を土の中に埋《う》めといた。そしたら、たまたま、あんたが掘り出したってわけだ。もしよかったら、返してくれよ」

「ちょっと待って」ザミーニは言った。「このなかには何が入っているんだい?」

「貴重《きちょう》な物質だよ。めったにないものだけに、よけい貴重なんだ。常識のエッセンスを煮詰《につ》めてとれた蒸留液《じょうりゅうえき》の入った妙薬《みょうやく》だ」

「なんだって? それだけなの?」

「あんたの興味を引くようなものは全然ないよ」ラドバーグは言った。「だから、それを返してくれ、そうすれば、おれは出ていく」

「いやだ」ザミーニは、離《はな》さないぞといわんばかりに瓶を握《にぎ》りしめ、抜け目なさそうに付け加えた。「ぼくには何の価値《かち》もないけれど、あんたにとってはすごい価値があるんだろ。あんたがぼくの願いを聞きとどけてくれたら、返すよ」

ラドバーグの顔がどす黒くなり、目がぎらぎら光った。

「いじましいチビ公よ、おれがその気になったら、おまえを虫けらみたいに踏《ふ》みつぶすことができないとでも思ってるのか? それにだな」と、巨大《きょだい》な片手《かたて》をぐいと突《つ》き出して、「その瓶をおまえからもぎ取ることができないとでも……? だがな、おれは気立てのいい、心の広い魔神さまだ。おまえがそう言うのなら、いいだろう、取引しようじゃないか」

「ぼくには三つ、願いがある」

「なぜたった三つなんだ？　おれは気前がいいんだぜ。どんどん願いを言ってみろ、おれが止《や》めろと言うまで続けるんだ」

「第一」ザミーニは宣言《せんげん》した。「ぼくは大金持ちになりたい。計算できないほどの財産を――」

「ちょっと待った」ラドバーグが口をはさんだ。「どうも、おまえは想像力のとぼしい人間らしいな。そう、わしが、いまの願いをかなえてやったとする。しかしおまえは、どこにその宝物《ほうもつ》をしまっておくんだ？　このみじめな小屋にかね？　もっとふさわしい宮殿《きゅうでん》でなきゃ、どうしようもないだろうが」

「もちろんだ！」ザミーニは叫《さけ》んだ。「気がつくべきだったよ」

「それだけじゃないぞ」ラドバーグは続けた。「宝物をきれいにしておくのは、だれなんだ？　銀の食器をみがくのは？　金の皿を洗《あら》うのは？　絹のカーペットを掃除するのは？」

「使用人だ！　そう、使用人が大勢いなくちゃならないんだ！　厩舎も必要だ。何十頭のラクダや馬を――」

「なぜ何百頭でないんだ？　願いごとは大きいほうがいいんだぞ」

「あんたが約束を守ってくれるって、どうしてぼくにわかるんだい？」ザミーニは疑《うたが》わしそうな目で相手を見た。

「魔神は絶対に約束を守るんだ。おまえたちいいかげんな人間どもとは違《ちが》うんだよ」

そういうと、彼はいきなり、ザミーニのえりくびをぐいとつかんだ。次の瞬間、ザミーニは、魔神といっしょに、空高く雲の上を飛んでいた。と、思う間もなく、地面に降《お》り立った。そこはザミーニの住む町に近い丘陵《きゅうりょう》地帯だったが、そのまん中に、これまでに見たこともない宮殿が建っていた。いくつものきらめくドームや塔《とう》を持つ宮殿。大勢の使用人がせかせか動き回っているのが見える。厩舎は、みごとな馬たちと白い競走用のラクダたちであふれるばかりだ。

「おまえ、どうもみじめったらしく見えちまうな」魔神は言った。「着替《きが》えしてもらおうか」

突然《とつぜん》、ザミーニは、自分が、ものすごくぜいたくなシルクのローブをまとい、何本ものクジャクの羽根のついたターバンを頭に巻いているのに気がついた。ザミーニは瓶を渡《わた》そうとして、また手を止めた。

「あのー……もう一つあるんだ」彼は言った。「外見的なことなんだけど……ぼくは、まえから、そんなにみにくい人間じゃないと言われてきた。でも……もうちょっと、どこかに手を加えて、かっこう良く見えるようにしてもらえないかしら？」

ラドバーグは肩《かた》をすくめた。それから衣服の中から鏡を取り出し、ザミーニに渡した。それをのぞきこんで、ザミーニは目を見開いた。鏡の中の自分は、思っていた以上にハンサムだった。そのうえ、魔神は彼に、両端《りょうはし》がカールした立派《りっぱ》な口ひげまであたえてくれていた。

「ちょいと、おまけしといたのさ。かっこいいだろ？」ラドバーグは言った。「さあ、その瓶をもらおうか」

ザミーニは喜んでそれを渡した。そのあとひとしきり、鏡の中の自分にうっとり見入ったり、口ひげをひねりまわしたりしていたが、ふと気がつくと、魔神は、別れのあいさつもしないまま、すがたを消していた。

「ああこれで、やっと、ぼくはアジザ王女に愛を告白し結婚を申しこんでもいい立場になれたんだ」とザミーニは叫んだ。

使用人に命じて、十二頭のラクダに、無尽蔵《むじんぞう》な宝庫から取り出した宝物の数々を積ませると、自分はすばらしい馬にまたがって行列の先頭に立ち、道行く人々の畏敬《いけい》と驚異《きょうい》のまなざしを浴びながら、王宮に向かった。ならわしにしたがって、彼女の愛を求めるには、まず、彼女の親たちの許しを得なくてはならない。王宮に着くと、侍従長《じじゅうちょう》が最大級の丁重さで彼に応対した。

「わたしは……ニーミザ王子です」ザミーニは言った。「国王さまと王妃《おうひ》さまにお目にかかりたいのですが」

彼が持ってきた高価な贈り物を見て、侍従長は即座《そくざ》に彼を部屋に招き入れた。

ザミーニが自分の用件を明らかにすると、国王は言った。

「親愛なるニーミザ王子よ。わたしは、あなたが完全無欠な婿《むこ》になることがひと目でわかります」

王妃も、アジザ王女に知らせるよう侍従長に命じたあと、ザミーニに言った。

「娘《むすめ》のところに行ってください。あの子はきっと喜んで、あなたを受け入れますわ」

廷臣《ていしん》たちは彼をアジザの部屋に案内した。ザミーニは前もって、えり抜きの宝物のはいった宝箱を彼女にとどけておいた。部屋に着くと、彼女は、その箱を開いて、指輪や、ブレスレットや、貴重な宝石をはめこんだブローチにうっとりと見とれているところだった。

「ニーミザ王子」彼女は言った。「すばらしい贈り物をありがとう。どんな娘もそうかもしれないけど、わたし、あなたの贈り物に、夢中になってしまった。あなたは間違いなく、求婚者《きゅうこんしゃ》たちのなかでいちばんお金持ちで、いちばんハンサムですわ。あなたの口ひげも、ほんとうに魅《み》力的《りょくてき》だし。でも……」と、彼女は続けた。「申しわけないけど、だめなの。まだ本人には話してないんだけど、わたしの心は別の人のものなの。わたしがただ一人愛しているのは、井戸掘り職人のザミーニなんです」

11 家畜《かちく》売り場

「早く行かねえとラクダのいい売り物がなくなってしまう」――そう言いながら、バクシーシュは、ぼくを肘《ひじ》でつついて、せかしつづけていた。しかし、ぼくは、物語屋のことがなぜか気になって仕方なかった。それに、話をもっと聞きたかった。シーラも同じ思いのようだった。

「これでおしまいなの？」彼女《かのじょ》は言った。「もっといい終わり方はないのかしら？」

「もしあったとしても、ぼくらは知ることができないのさ、バクシーシュのおかげでね」

ぼくたちはもう物語屋の店を離《はな》れて大スークの雑踏《ざっとう》を横切って歩いていた。ぼくの言葉《ことば》にバクシーシュは口をとがらし、「何をおっしゃる、百年に一度あらわれるかどうかのすばらしき人よ。物語の続きを知ることはできやすとも。らちもない物語をでっちあげることは、どんなバカ者にだってできることでがす。あんないいかげんな、口から出まかせの、インチキ商売よりは、あっしのやっていることのほうが――たとえ、何かのかげんで法律《ほうりつ》とぶつかることがあるにしても、よっぽどまともだと思いやす。

あなた、あの物語の結末を知りたいので？　じゃ、あっしが一つ、あなたのためにちょいと作って進ぜやしょう。どんなに簡単《かんたん》なことか、おわかりになるはずでさあ。

さて、物語はこうなるわけ。そのなんとかいう井戸《いど》掘《ほ》りは、王女がひそかに自分を愛してくれていたことを知って天にものぼる心地だった。だが、すぐに絶望の淵《ふち》に落ちこんだ。自分があの井戸掘りだということに王女は気づいていないのだ。

それで、ううむ」バクシーシュは顔をしかめた。「それで彼《かれ》は何をしたんでがす？　次に何が起きたんでがす？」

「ぼくが知るわけないよ」とぼくは言った。「物語を話しているのはあんたなんだよ」

「ああ、そうだ。あっしだ、あっしだ。起きたことはこうでがす。――彼は王女に言った。少しだけ待っててください。すぐもどってきますから。

彼は王女の部屋を飛び出し、王宮を飛び出し、馬に飛び乗った。家に帰って、いつもの服装《ふくそう》に着《き》替《が》えよう、口ひげを――これをひねるのが好きになりかけていたけれど――思い切ってそり落とそう、もとの自分にもどろう。そう思っていた。だから通りを猛烈《もうれつ》な勢いで駆《か》けた。自分が望んで引き起こしてしまったゴタゴタに早く決着をつけたかった。

『あの瓶《びん》を見つけなければよかったんだがなあ』彼はつぶやいた。『そもそもあの怪《あや》しげな魔神《まじん》に出くわさなけりゃよかったんだがなあ』

これらの言葉を口にしたとたん、彼は道路の埃《ほこり》のなかに尻餅《しりもち》をついていた。いまのいままで乗っていたすばらしい馬は消えていた。身につけているのはいつもの古いぼろ服だった。口ひげは――なくなっていた。

すべてがもとどおりだった。彼は大喜びだった。立ち上がり、大急ぎで、王宮に駆けつけた。王宮は大混乱《だいこんらん》だった。彼がさっき連れてきたラクダたちはみな消えてしまった。彼がさっき持ってきた宝物《たからもの》もみなきれいに消えてしまった。侍従長《じじゅうちょう》はショックのあまり頭をかかえていた。国王と王妃《おうひ》は、すべての財宝《ざいほう》が一瞬《いっしゅん》にして煙《けむり》のように消え去ったことに驚《おどろ》きあきれ、そして怒《いか》り狂《くる》っていた。

彼を見て喜んだのは、ただ一人、王女だけだった、二人は喜びに満ちて、互《たが》いの腕《うで》のなかに飛びこみ、永遠の愛を誓《ちか》いあった。国王と王妃は、それを見て自分の目を疑《うたが》い、身震《みぶる》いし、憤激《ふんげき》した。彼らはとてつもない富を失い、一文無しの井戸掘り職人を得たのだ。

しかし、彼らにできることは何もなかった。それで、その何とかいう井戸掘り職人と王女はいっしょに王宮を去り、その後ずっとまずまず幸せに過ごした……。ま、こんな話でさあ」バクシーシュは言った。「簡単なもんでしょうが？」

「でも、丘陵《きゅうりょう》地帯の宮殿《きゅうでん》はどうなったの？」とぼくはたずねた。

「ああ――消えちまったんでさあ。ほかのものと同じにね」

「彼が掘っていた井戸は？」ぼくは言った。「彼、それを完成させたのかな？」

「どうですかねえ、わかりやせんねえ」バクシーシュは言った。「あなたは結末を聞きたがった。それであっしはこんな結末もありやすぜって話しただけでがす」

ぼくは、まだまったくは満足していなかった。シーラはまずまず満足したようだった。

「物語はみんな終わりが幸せでなくちゃいけないと思うわ」と彼女は言った。

だれに教わらなくても、家畜売り場の場所はわかった。においのする方向に歩いていけばよかったのだ。ハエの群れについていくのでも、よかった。家畜売り場をめざしてハチドリぐらいの大きさに見えるハエたちが大挙して押《お》し寄せていった。ものすごい数で、彼ら自身のバザールを持ったほうがいいんじゃないかと思えるほどだった。

ぼくはラクダを、こんなに間近で、ましてや何十頭もいちどきに、見たことがなかった。エバリステ叔父《おじ》さんが背骨《せぼね》をくじいて泣きわめいたことがあったけれど、あの日からこっち、これほどものすごい悲鳴、絶叫《ぜっきょう》、うめき声を、聞いたこともなかった。ラクダたち、何か悪い病気にとりつかれて断末魔《だんまつま》の状態なのかなと言ったぼくに、バクシーシュは、

「気にしちゃいけやせん。やつら、わざとやってるんでがす。ペテン師なんでがす！　仮病《けびょう》使いなんでがす！　働くのを逃《のが》れるためならどんなインチキだってやってのけるんでさあ。ああ、なんて世界だ、正直な人間が動物さえも信頼《しんらい》できないなんて」

そう言いながら、バクシーシュは、ラクダたちをただながめて、足をもじもじさせ、あごをぽ

りぽり引っ掻《か》いているばかり……ついに、ぼくは心配になってきて、あんた、ほんとうにラクダ引きの商売のことわかっているの、とたずねてしまった。

「ラクダを見る、そうしてラクダを引く」彼は言った。「ほかに何を知ることがありやしょう？　だいじょうぶ。安心なさっておくんなさい、すべての価値《かち》あるものの手本のようなお方よ」

シーラはもう囲いの中に入っていた。動物たちのあいだをきびきびと歩きまわり、一頭一頭に抜《ぬ》け目ないまなざしを投げかけ、時おり立ち止まって、しげしげと観察した。動物たちの鼻孔《びこう》や口をのぞきこみ、背中のこぶをなで、足の大きさを目測《もくそく》し、彼らを跪《ひざまず》かせたり、立ち上がらせたりした。商人と少しばかり言葉をかわして値段《ねだん》を決め、二頭選んで連れだした。商人は、付いてきながら、ラクダたちと同じぐらい騒《さわ》がしくがなりたてた。「こんなみごとな動物をこんなはした金で持っていかれるなんて、これじゃ、こちとらは破産しちまう。こんな目にあうくらいなら、いっそ自分で自分の心臓《しんぞう》に刃《やいば》を突《つ》き立てたほうがまだマシだ……」

「わたしの決めた値段で払《はら》ってあげて」シーラがそっとぼくに言った。「ラクダ売りがにこにこしたらだまされたと思え、わあわあ泣いたら、ちょうどいい値段だったと思え、って言葉があるの」

「そうでがす」バクシーシュが口をはさんだ。「そしてラクダ売りが、あんたが気に入った、安くしておくよと言ったら、すぐ逃《に》げ出せ、ってね」

ラクダ商人の、ほほを流れ落ち、あごひげをびしょ濡《ぬ》れにしている涙《なみだ》の川を見ると、シーラはまさに的確な買物をしたに違《ちが》いない。ぼくはマネーベルトに、まるでそれがガリャルディ銀行ででもあるかのように、ある程度の金を入れている。そこから金を引き出して払ってやった。シーラが大いに値切ってくれたおかげでかなりの金が残った。

ずいぶん節約できたから、馬を一頭買いましょうと、彼女は言いだした。道の状態しだいで、だれかが乗ったり、荷物を運ばせたりするのに、重宝《ちようほう》だろうと言う。彼女の意見だから、もちろんぼくは同意した。バクシーシュだけがぶーぶー言った。

「あんたたちだけで、買っておくんなさい。あっしの忠告《ちゆうこく》や意見はどうせ聞いちゃくれねえんだろうし。馬を売ってる連中ときたら、ラクダ売りよりも、物語屋よりもタチが悪いんでがす。やつら、三本脚《あし》のラバだって、これはめったにない特別の品種だとかなんとか言って売りつけるんでがすぜ。あっしは、あいつらとはかかわり合いになりたくござんせん。やつらの声を聞くだけで、こっちの品格がけがされちまいやす」

シーラとぼくだけで馬の売り場に向かった。バクシーシュは残って、鳴いたり唾《つば》を吐《は》いたり暴れたりするラクダたちを相手に悪戦苦闘《くとう》していた。どうもラクダたちは、バクシーシュのことをバカにしきっているようだった。

馬の売り場に着いてみると、十二、三頭の馬がいた。それぞれ、かなりしょぼくれた状態だ。シーラは一頭の白い雌馬《めうま》に目を止めた。

この馬、さんざんこき使われろくに餌《えさ》も食べさせてもらっていないことがひと目でわかる。たてがみと尻尾《しっぽ》は垂《た》れさがってもつれている。鞭《むち》で打たれた跡《あと》もいっぱいある。

「あれをもらうわ」シーラは言った。

馬商人は柵《さく》のそばでぶらぶらしていたが、彼女の言葉に急に元気づき、「やあやあいらっしゃい」を連発しながら近寄って来て、「わしの売り物の中じゃこれが最高だよ。お嬢《じょう》さん、あんた、馬の良しあしについちゃ、すごい目利《き》きだね」

「ほかのことにも目は利くわ」シーラは言った。「おじさん、この馬、盗《ぬす》まれたものね」

「何？　盗品《とうひん》だと？　おれが盗品を売ってると？」彼は叫《さけ》んだ。「あんた、おれをバカにするのか！　おれの先祖をバカにするのか！　ひょっこりやってきて、おれに、この正直者に文句をつけるのか――どうしてそんなことを言う。何か証拠《しょうこ》でもあるのか？」

「知っているからよ」シーラは言った。「わたし、自分でこの馬を盗んだから知ってるの」

「おまえが、ほんとか？」商人は片目《かため》でシーラをちらりと見て、「そういうことならここから出ていけ。おれは泥棒《どろぼう》どもとは取引しない」

「あんたがどうやってこの馬に出会ったのかは、どうでもいいの」シーラは続けた。「でも、言っておくけど、この馬、ある、すごい金持ちで有力者で身分の高い人の持ち物なの。彼、この馬を取りもどそうとして血まなこになっていると思う。

でも、わたし、あんたが気に入ってる。あんたを災難《さいなん》におとしいれたくはない。だから、こうしたらどうかな。

わたしたち、もうすぐマラカンドを出て行くんだけど、そのとき、この馬もいっしょに連れていく。そうすれば、この馬がどうなったか、だれにも知られることはない。

それとも……だれかに話してしまおうかな、この馬があんたのところにいるってことを。その有力者ってのは——名前はあんたに関係ないでしょ——怒《おこ》りっぽくて自分がコケにされるのに我《が》慢《まん》できない人だから、それを聞いたら、子分たちを引き連れてここに駆けつけ馬を取りもどそうとする。あんた、覚悟《かくご》しておいたほうがいいわね」

「おれはバカじゃないぞ」馬商人はどなった。「嘘《うそ》ばかりつきやがって」

「わたしが嘘つきだっていうの？」シーラは切り返した。「そんなこと言えるのも、いまのうち。彼らにつかまってしばりあげられて、ナイフでもって生皮《なまがわ》を少しずつ剝《は》がされて、そのあと、もっともっと恐《おそ》ろしいことをされて……そうなったとき、わたしのことを嘘つきと呼《よ》べるの？」

「呪《のろ》われたけだものを持っていけ」馬商人は叫んだ。真っ青な顔になっている。「あんたにやるよ。そんな馬はいない。もともと、ここにいたことはなかった。おれは見たこともなかったんだ。二度と見たくもないんだ」

「だめ」シーラは言った。「だめだめ。考えなおしたわ。わたしたち、この馬といっしょにいたら、危険《きけん》だもの。いちばんいいのは……あんたにとってはともかく、わたしたちにとっていちばんいいのは、やはり、持ち主に知らせること。そうすれば、彼、もしかすると、わたしたちに謝礼をくれるかもしれない」

「この馬を持ってってくれ！　頼《たの》むよ！」馬商人は、必死の形相《ぎょうそう》で、何枚《まい》ものコインをシーラの手の中に押しつけ始めた。「お願いしますよ！」

しばらく拒《こば》みつづけたあとで、シーラはようやく言った。「そんなに言うのなら、しかたないわね。きっと、あなた、わたしたちのことを感謝の気持ちといっしょに思い出すでしょうよ」

馬やラクダたちを引き連れて家畜売り場をあとにしたとき、けっきょく、ぼくたちは、来たときとほとんど同じ額のお金を持っていたのだった。ふたたび大スークを通ることになった。

「ちょっと先に行っててくれない？　すぐ追いつくから」シーラとバクシーシュに向かって、ぼくはそう言った。

ぼくには、大スークで、やっておくべきことがあった。あの物語屋を見つけたかったのだ。自分の通った道をたどって、彼の「店」があったと思えるところまで行った。何もなかった。

何人もの人にたずねたが、ただ肩《かた》をすくめたり、妙《みょう》な目つきで見つめたりするだけだった。ようやくあきらめ、掻き分けるようにして人垣《ひとがき》の外に出た。さっき、彼の話を聞くために立ち止まったときと同じように、頭がぼーっとしていた。

なぜだかは、わからない。もしかすると、彼がぼくに注いだ値踏《ねぶ》みするような目つきのせいなのかもしれない。ともかく、あの物語屋は、ぼくに、マゼンタのことを思い出させた。――いまでは何年もむかしに思えるあの晴れた日の午後。あの地図。エバリステ叔父さんの怒り。そして、ぼくがこの見知らぬ土地に来ることになってしまった運命のいたずらのそもそもの始まり……。

つまり、彼は、ぼくにあの本屋のおやじを思い出させたのだ。

宿屋に着いた。シーラとバクシーシュは動物たちを厩舎《きゅうしゃ》に導き入れているところだった。ぼくが厩舎に入っていったとき、突然《とつぜん》、バクシーシュがラクダの綱《つな》を手離《てばな》して、わめきだした。

「泥棒！　やめろ！　悪党野郎《あくとうやろう》！　ロバ盗人《ぬすっと》め！」

12
サラモン老人

「つかまえたぞ、陰険《いんけん》なヘビめ！　もう逃《のが》れられないぞ。おれさまにつかまった日をおまえは一生悔《く》やむこったろう」わめきちらしながら、バクシーシュは、両腕《りょううで》を振《ふ》りまわしたり、こぶしを突《つ》き出したり、一種、踊《おど》りみたいな動作をし始めた。いかにも怒《いか》りに満ちている感じだが、しかし、ぐるぐる回っているばかりで、肝心《かんじん》の「ロバ盗人《ぬすっと》」にはさっぱり近づかない。

ぼくは、シーラといっしょに、「ロバ盗人」のところに駆《か》け寄った。彼《かれ》は、まったく逃《に》げようとせず、何かほかの行動をとろうともせず、ただ、たたずんで、ぼくたちを見つめているだけだった。

「やつをつかまえておくんなさい。おお、悪党《あくとう》に対する断固たる懲罰者《ちょうばつしゃ》さまよ！」バクシーシュは叫《さけ》んだ。「押《お》さえつけておいてくれれば、あとは、あっしが相手をしてやりまさあ」

「あんたの友だち、逆上しているようだね」見知らぬ男は言った。小柄《こがら》でずんぐりして、セラノ島のレーズンみたいに日焼けした、しわだらけの顔。頭のほとんどは禿《は》げて火ぶくれだらけだが、その回りを残りわずかなもしゃもしゃの白髪《しらが》が縁取《ふちど》っている。きらきら光る灰色《はいいろ》の目をぼくに向け、それから、礼儀《れいぎ》正しく会釈《えしゃく》した。

「サラモンです。これはあんたのロバですかな？ 誓《ちか》って言いますが、わたしは、このすばらしい仲間を盗むつもりなど、さらさらなかった。わたしはただ、このロバくんに見とれていたのです。わたしはこのようなみごとな生き物に一度も出会ったことがない」

バクシーシュは、そのときまでに、恐《おそ》る恐る、近寄ってきていたが、そこで口をはさみ、「まさか！ あんた、これまでにロバを見たことがねえって言うんか？」

「とんでもない。何万頭も見たよ」サラモンは答えた。「しかし、このロバくんを見るのは初めてだ。じっくり見てごらん。ロバは一頭一頭、みんな違《ちが》う。たとえばこのロバくんの耳だ。耳の長さを見たかね？ 心に銘記《めいき》しておかなくては。まことにすばらしいものだ！」

バクシーシュは鼻を鳴らした。

「そうかね、サラマレク――だったっけね――の旦那《だんな》。あっしもあっしなりにロバはずいぶん見てきたつもりだが、やつらをすばらしいと思ったことは、まず、ないね」

「どうしてかな？」サラモンは言った。「わたしには、ロバという生き物は、何もかもがすばらしいと思える。時どきはすばらしく良いし、時どきはすばらしく悪い。しかし、どちらにしても、実にすばらしいんだ。

それに、あなたがたはラクダも持っている。しかし、気の毒なことに、ラクダたちはあまりにも不幸だ」

「あんた、ラクダたちに話しかけたんだろう」バクシーシュはつぶやいた。「やつらがあんたにしゃべったんだな」

「そんな必要はない」サラモンは言った。「彼らの目を見ればわかる。彼らは長く苦しめられてきた生き物だ。彼ら自身に選ばせたら、違う種類の仕事を選ぶはずだ。

そしてこの馬。手入れはされていないが、堂々たる馬だ。かの有名な〈風の馬〉の血統を継《つ》いでいる。驚嘆《きょうたん》すべき動物。もちろん盗まれたものだ」

「そのとおりよ。どうしてそう思ったの？」シーラはけらけらと笑った。

「最初に言っておくが、お嬢《じょう》さん」やさしいまなざしでシーラを見やりながら、サラモンは言った。「わたしはあんたがたのどなたをも非難《ひなん》はしない。とんでもない、非難などするものか。あんたがたの理由は、きっと立派《りっぱ》なものだったのだろうし、間違いなく、やむを得ないものだったに違いない。ともあれ、じっくり観察し判断するに、この馬が、あんたがたの手に入る唯一《ゆいいつ》の方法は、盗むことによってであるとしか考えられない。どう見ても、あんたがたのうちのどなたにも、そんな経済的余裕《けいざいてきよゆう》は――」

「それは違うぞ！」口を閉《と》ざしていろというぼくの身ぶり手ぶりを無視《むし》して、バクシーシュが叫んだ。「あっしのご主人さまはとっても裕福なお方なんだ」

「それは気の毒だなあ」サラモンは顔をしかめた。「ご当人にとって大変な重荷だよ」

バクシーシュは、さらにわめいた。

「あんたの観察と判断は、とんでもない的はずれだ」

「そうかな？」サラモンはバクシーシュをしげしげと見て、「あんたは、ときおり泥棒《どろぼう》で、しばしば嘘《うそ》つきだ。ほかにもいろいろ特徴《とくちょう》はある。しかし、あんたは、やさしい心の持ち主でもある」

相手を見くだしたようにほほをプッとふくらませたバクシーシュにはかまわず、サラモンは言《こと》葉《ば》を続けた。

「そうだとも。あんたが着こんでいるそのたくさんの衣服の下に、やさしい心と気立てのよさとが隠《かく》れているんだ。あんたがそれを好もうと好まなかろうと、ね」

サラモンはふたたびシーラに目をやり、「お嬢さん、あなたは多くのことを知っている。しかし、知ろうとしていないこと、知るのを恐《おそ》れていることが一つだけある」

それからぼくに向かって、「あんたはどうか。あんたは三人の中でいちばんわかりやすい。あんたは何かを探《さが》し求めている」

ぼくは息が止まりそうになった。バクシーシュは怪訝《けげん》そうにサラモンを見つめた。

「いったい、どういう手品を使ってるんだ？」

「単純《たんじゅん》なことさ」サラモンは答えた。「種も仕掛《しか》けもありゃしない、あんたみたいにいろいろ、なんというか――うさんくさいところのある人間には、少なくとも一つぐらいは、それをおぎなう長所があるものなんだよ」

続いて、するどい視線《しせん》をぼくに向けて、「あんたについてだが……、何かを探し求めていない若者《わかもの》なんて、この世の中に一人もいやあしないからね」

それからシーラに向かって、「若い女性は、いや若くない女性もふくめて、すべての女性は、多くのことを知っている。しかし、彼女たちが知りたくないことも少しはあるものなんだ」

ふたたび、ぼくに向き直り、「わたしの言葉には何の仕掛けも秘密《ひみつ》もない。単純明快な判断でしかない。しかし、あんたがたに不審《ふしん》をいだかせたとしたら謝《あやま》ります。悪気《わるぎ》がなかったことをわかってもらうために、あんたがたの動物の世話をやらせてもらえないだろうか。あのすばらしい雌馬《めうま》も、彼女《かのじょ》にふさわしいみごとな状態にしてあげるよ」

「そいつはいい交換《こうかん》条件だ」バクシーシュが言った。「すぐにもやってもらいてえもんだ」

サラモンの申し出はありがたかった。ぼくは、ではお願いしますと言い、三人の名前を教え、よかったらいっしょに夕食をとりませんか、ところで、あなたはこの宿屋に泊《と》まっているんですか、とたずねると、彼は答えた。

「喜んでごいっしょします。わたしはほとんど食べないんだが、あなたがたと食卓《しょくたく》をともにするだけで、元気が出てくると思う。そう、しばらく、ここに泊まっている。ただ、わたしは厩《きゅう》舎《しゃ》に寝泊《ねと》まりしてるんだ。わたしに言わせれば、睡眠《すいみん》はひどい時間の浪費《ろうひ》。だから、わたしはめったに眠《ねむ》らないが、ただ、動物たちといると心が休まり落ち着くのでね。人間が相手だとなかなかそういうわけにはいかなくて……」

そろそろ夕食の時間だった。シーラとバクシーシュは先に宿の本館に向かった。

バクシーシュはまだ、サラモンのさっきの言葉にこだわっていて、「なんだってわしのことをやさしい心の持ち主だなんて言いやがるんだ。このじいさん、バカなんじゃねえか」などとぶつぶつ言いながら出て行った。

ぼくはサラモンとふたり、あとに残った。バカかどうかはともかく、たしかに、不思議な人間だった。一見、ふつうの旅人の身なりだが、帯《おび》にはタルワール刀も短剣《たんけん》も差していない。どんな武器もたずさえていないらしいのだ。それに、靴《くつ》を履《は》いていなかった。

「天然自然の靴がいちばんいいんだ」サラモンは、ぼくの驚《おどろ》きのまなざしに気づいて、言った。片方《かたほう》の足に重心を置いて立ち、少年のようにすばやく、もう一方の足をひょいと上げて、足の裏《うら》を見せ、それを片手でパンパンとたたいた。マゼンタの靴直し職人の持っているいちばん固い革《かわ》よりも厚くてごわごわした足の裏だった。

「これはわたしと同じぐらい長持ちするだろう。いや、わたしよりも長く持つかもしれない。それに、わたしにぴったり合っている」とサラモンは言った。

さっきから気になっていることがあった。サラモンとぼくは〈交易言葉〉で話し合っていた。しかし、彼の発音の仕方は、どこかカンパニアの訛《なま》りを感じさせるものがあった。

「あなた、故郷《こきょう》はカンパニアなんですか。カンパニアで生まれたんですか」

「うーん、そうかもしれない。大むかし、カンパニアで、ちょっとしたできごとが起きてね。細かいことは忘《わす》れてしまったが、ともかく、それ以来、数えられないほど多くの土地を転々として生きてきたんだ」

「ぼくの叔父《おじ》の意見では、カンパニアには阿呆《あほ》たれがものすごく大勢いるんだとか。もちろん、あなたはその中の一人じゃないけど」と、ぼくは言った。

「あなたの叔父さんの言うとおりだ」サラモンは答えた。「驚嘆すべきほどに大勢いる。もっと驚嘆すべきことは、それが、よそのどこの土地ともまったく同じ割合《わりあい》だということ。ある国の阿呆たれたちと別の国の阿呆たれとの違いを言え、なんて言われたら、わたしはとほうに暮《く》れてしまう。阿呆であるってことは、人間の共通のきずななのかな」

夕闇《ゆうやみ》が迫《せま》っていた。サラモンとぼくは本館にもどった。宿屋育ちのシーラがあれこれ注文をつけてくれたおかげで、なかなかすてきな夕食が用意されていた。しかし、サラモンは自分の食べ物にほんの少ししか手をつけなかった。

バクシーシュは大いに親切心を発揮《はっき》して、サラモンの残したものに手を伸《の》ばし、ぱくぱく食べながら、「ねえサラマンカの旦那、なにしろ、わしは心がやさしくって、気立てのいい人間なんだからね。全部平らげてあげるよ」

食欲《しょくよく》もなく靴も履いてないというのに、サラモンは食事をいっしょにとる仲間として実に楽しい人だった。それに、いろいろなことに詳《くわ》しかった。学者はみんな意地が悪いというけれど、彼は、数少ない気立てのいい学者なのかもしれない。学校の先生だったんじゃないだろうか、いずれにせよ、高い教育を受けた人だという気がした。

そのことをたずねると、彼はくすくす笑って、「とんでもない。わたしは、人生の半分を費《つい》やして、ばかばかしいことを学び、あとの半分を費やして、それを忘れようと努力しているんだ」

そのあと、好奇心《こうきしん》をあらわにして、逆に質問してきた。あんたは、どうしてマラカンドくんだりまでやってきたのか、と。ぼくは用心深く、あたりさわりのないできごとをいくつか選んで話してきかせた。叔父さんの店をくびになったこと、シディアへの旅、ものすごい船酔《ふなよ》い、ラビット——実は愛すべきシーラ——との最初の出会い、などなどだ。

サラモンは聞きながら、「驚嘆すべきことだ！」とか「それは心に銘記しておかなくては」とか、つぶやきつづけていた。食卓でのおしゃべりとしては、まずまずおもしろい話題を提供できているなと、ちょっぴり得意になっていたのだが、——そのとき、バクシーシュが口をはさんだ。

「おお、弁舌さわやかなお方よ。あっしに、ひとこと言わせておくんなさい。あなた、肝心かなめの話をまだ話しておられやせんよ。あっしがいかに献身的《けんしんてき》に任務をはたしているか、いかにみごとに無限の価値ある支援《しえん》を行なっているかを。そして、われわれが探し求めている宝物《たからもの》のことを」

ぼくは舌打ちした。おしゃべりなバクシーシュ！　マゼンタの町に役場からの知らせを大声で告げて回る「お触《ふ》れ役」がいたけれど、あれと同じだ。何でも、ぺらぺらしゃべってしまう。「あなた、宝物を探しているので？」サラモンはぼくに悲しげな視線を向けた。「発見したら、ひどいことになるよ……発見したことで、探索《たんさく》の旅は終わってしまう。それからどうする？　宝物が、それを発見するまでの苦労に見合うものだろうか。とんでもない、旅そのものが、宝物なんだ」

彼はこの話題にもっとこだわりたかったようだが、ぼくがいらだっているのを見たシーラが、機転をきかせて話題を変え、サラモンに、あなたの目的地はどこなんです、ときいた。

「東方だ」彼は答えた。「ひたすら東方に向かうんだ」

これを聞くとシーラは身を乗り出し、サラモンの顔をじっと見て、「わたし、東方には秘密の智恵《ちえ》が隠されているんだって、聞いたことがある。旅人たちがそんな話をしていたわ」

「彼ら、その智恵を見つけたのかな？」

シーラはかすかにほほえんだ。

「少なくとも、わたしは聞いてない」

「そうだろうと思った」サラモンは言った。「ねえお嬢さん。東方に、ほかのどこにもまして、そんな偉大《いだい》な智恵があるってこと、わたしはあまり信じていない。人間は、どこにいようと、智恵の発達は同じようなものだ。同じことを違う言葉で表現しているだけなんだ」

「じゃあ、あなたが東方に行く目的は何なの？」

「カタイの国の向こうまで行くためだ。カタイの向こうに何があるか。大きな海が広がっているという人もいる。島々や半島や群島があり、大きな大陸もあるという人もいる。まったく何もないという人もいる。旅を始めた場所にまたもどってしまうのだとも言われている」

「それであなたは、いったいカタイの向こうに何があると思うの？」

「わからない。わたしはただ自分でそれを見つけ出したいだけなのさ。そうだとも、わたしは断固として海に向かって突《つ》き進む。われわれの流儀で、われわれの民がむかしからやってきたやり方でね」

「あんたの気持ちが満足するまで、せいぜい突き進むこったな、サルマグンディの旦那」バクシーシュは言った。「あっしは、必要以上には一歩だって進むのはご免《めん》だよ」

13 キャラバン頭《がしら》

楽しい夕食が終わった。サラモンはすぐさま厩舎《きゅうしゃ》に向かった。いまつくづく思うのだが、もしあのとき、ぼくたち全員を待ちうけていることをうすうすでも感づいたとしたら、ぼくはあそこから引き返していただろうか？　たぶん引き返さなかっただろう。しかし、たしかなことはだれにも言えない。ずっとあとになって、ぼくはこのことについてサラモンと話し合った。彼《かれ》は目をパチパチさせ、ぼくが世にもおろかな質問をしたみたいに、にこやかな、思いやりに満ちた表情で、こう言ったものだ。

「現在のことを気にするだけで十分じゃないのかね？　なぜ未来のことを知りたいのかな？　ただ頭が混乱《こんらん》するだけじゃないのかな」

それはともかく、サラモンは、ぼくらの動物たちの世話をするという、自分が言いだした仕事を、立派《りっぱ》にやってのけた。その後の数日間、バクシーシュが泥棒《どろぼう》市場をうろつき回って、いろいろ追加の品物を買い、シーラとぼくが額を寄せ合って必要な食料品の計算をやっているうちに、サラモンは奇跡《きせき》を起こしたのだ。

シーラの馬――ぼくは、あの雌馬《めうま》は、シーラが最初に奪《うば》い取ったものなのだから、彼女《かのじょ》のものだと思っていた――はふたたびすばらしい状態にもどっていた。ロバの毛並《けな》みは輝《かがや》くばかりで、もう、あばら骨《ぼね》を数えることはできなかった。ラクダたちは以前ほどしょぼくれてはいなかった。

ぼくの心の奥《おく》で、サラモンにぼくらの仲間に入ってもらいたいという思いが育っていた。ぼくらのキャラバンといえば、ぼく自身と、何か用事を言いつけられそうになると、あの物語屋の話の中の魔神《まじん》のようにパッとすがたを消すという才能を持ったラクダ引きと、ぼくのほうは心底ほれこんでいるのだけれど、当人は、自分の都合で、いつなんどきぼくの前からいなくなるかわからない少女、――この三人から成り立っている。これが、さまざまな困難《こんなん》を乗り越《こ》えるだけの強力な集団でないことがわかる程度には、ぼくもケシャバルで多少の時間を過ごしている。

驚《おどろ》いたことに、バクシーシュも同じことを言いだした。

「彼があっしを侮辱《ぶじょく》したことは大目に見てやりやす。あのじいさん、茹《ゆ》でた羊肉みたいに丈夫《じょうぶ》でがす。足はまるっきり鉄でできてる。食いものはごくわずかしか食わねえ。動物たちの面倒《めんどう》はよく見てる。それはたいしたもんだ。ま、もちろん、あっしほどではござんせんが。しかし、ともかく彼がいればいろいろ役に立つ。ああ、注文の多いお方よ、彼がいれば、あっしはあなたへの直接の奉仕《ほうし》に、いままでよりも十分な時間と注意をささげることができるんでござんすよ」

シーラは即座《そくざ》に同意した。サラモンもいいですよと言った。彼はすでに、自分がぼくらに仲間入りするのは当然だと思っていたらしかった。これで四人――。しかし、ぼくは、もっと仲間がほしかった。なるべく大勢で旅をするほうが危険《きけん》が少ないはずだ。

バクシーシュが役に立つところを見せた。ある朝、食事のあとしばらくすがたを消したが、もどってきたときは一人の男を連れていた。大柄《おおがら》で白髪頭《しらがあたま》で、鍛《きた》え抜《ぬ》かれた感じの、有能そうな男だった。

彼は、この地域《ちいき》で「カルワンブシ」つまり「キャラバン頭《がしら》」と呼《よ》ばれる職業――つまり商人たちの遠い東方への往復の旅を彼らの先頭に立って案内する職業――の人間だった。彼は「キャラバン頭」と呼ばれるよりは、ただ、「親方」と呼んでくれればいい、ということだった。みんなで旅館の日の当たる中庭にすわって話し合い、ぼくらのグループを彼の仲間に加えてもらうための値段《ねだん》をとりきめた。

「包み隠《かく》しはしないで言うがね」と彼は切り出した。ぼくは、即座に、警戒《けいかい》した。こっちのことも包み隠しなく言えとあてこすっているのじゃないかという気がしたのだ。しかし、話を聞いているうちに、彼が実際に真実を語っているのだとわかってきた。ぼくはこの男が気に入ってきた。

親方は、マラカンドから真東に向かうつもりだと言った。ぼくはこれまでに折を見ては、こっそりあの地図を勉強していて、その中身はほとんど頭に入っていたから、親方の話はとてもよく理解できた。

親方は言った。こことカタイの境界とのあいだには、長く平坦《へいたん》な道がある。ほどよい間隔《かんかく》を置いてキャラバン宿があり、泉《いずみ》に事欠くこともない。道の表面はラクダが歩くのにも馬が歩くのにも適している。――なんだ、ぼくの予想したよりいいじゃないか、と思ったとき、彼は付け加えた。

「率直《そっちょく》に言おう。おれはほんとは、この道を行きたくない。この道だと、あんたがたの安全を保証できない。いや、正直言って、もっと大事なことだが、おれ自身の、さらには、おれの仲間たちの安全も保証できないんだ」

さらに言葉《ことば》を継《つ》いで、「盗賊団《とうぞくだん》が出没《しゅつぼつ》しているらしいんだ。そう、実のところ、泥棒どもは、いつだって絶えたことはない。ほとんどは腹《はら》をすかしたみじめな連中だ。犬にたかったノミみたいに、ただ、いらいらさせられるだけだ。おれは、そういうやつらには慣れている。やつらの始末のしかたは知っている。

ところがどうも、やつら、だんだん図太《ずぶと》くなってきているらしいんだ。人数もふくれあがっているという。これまでのところ、大きな騒《さわ》ぎは起きてない。といって、無視《むし》するわけにはいかない。こういう状態だってことを計算に入れなくちゃならない。旦那《だんな》、おれには女房《にょうぼう》と子どもたちがいる。のどもとにナイフを突《つ》きつけられるようなことをしたくはないんだ」

じゃ、なぜ、わざわざその道を行くのか、とぼくはきいた。ぼくの地図には、ほかの道がいっぱい描《か》いてある。何もその道を行くことはないはずだった。

「キャラバンを組んでいる商人たちがその道を行ってくれって言うんだよ」親方は言った。「ほかの道はだめだと言うんだ。その道に沿《そ》って、いちばん大きい町、いちばん良い市場や交易所がある。商人ってやつは何が何でも金もうけをしたいから、その道を通りたい。金はたっぷり払《はら》うからその道を行けと言って聞かないんだ。仕方ないから、恐《おそ》ろしい道を連れてって連れ帰らなくちゃならないんだ。

ところで――あんた、この界隈《かいわい》にいるにはあまり似つかわしくない人だね。何の目的でこんなところまでやってきたんだい？　買うのか？　売るのか？　もっとほかのことか？　まさか物見《ものみ》遊山《ゆさん》に来たわけじゃないだろう」

宝物《たからもの》を探《さが》しに来たんだと答えるほど、ぼくはおろかではなかった。うーん、まあ、その、などともごもご言っただけで、まともな返事はしなかった。

親方は肩《かた》をすくめ、「ま、いいさ。おれには関係ないことだ。ところで、わかっておいてほしいのは、旅が始まったら、あんたはおれの指揮《しき》下《か》に入ること。おれの言うとおりに行動してもらう。おれはほんとは、女といっしょに旅をするのは好まないんだが、まあそれは仕方ない。それから、はっきり言っておくが、体に差しさわりのない男は全員武装《ぶそう》してもらう」

バクシーシュが突然《とつぜん》、はでに咳《せ》きこみ、のどをぜーぜーいわせて身もだえし始めたが、親方は知らん顔で言葉を続けた。「それから、頼《たの》みがある。ロバが必要なんだよ。このあたりで見かけたロバは、どれもこれも、まるで三十歩と歩かないうちにぶっ倒《たお》れそうなやつばかりだ。しかし、おれは、ロバがいなくちゃ、マラカンドを離《はな》れられない。というのは、キャラバンの先頭にはロバがいなくちゃならないんだ。あんたのロバを先頭に立ててもらいたい。あれは、おれの見たどのロバよりもちゃんとしている」

それはいいよ、でもどうしてなのか、ときくと、親方は、「ずっと、そういうことになってるんだ。しきたり、伝統ってやつさ。幸運を呼ぶためだと言う人もいる。おれはよくわからない。何の意味もないデタラメなのかもしれない。しかしまあ、しきたりどおりにやっても別に損はしないからね」

旅館を去るとき、ぼくの胸《むね》は少しうずいた。大スークをもう一度おとずれて、あの物語屋がもどって来ているかどうか、見てみたかった。それに、この町は、なんといっても、とても快適で居心地のいい場所だった。シーラを説得して、ここにもうしばらくいることにしようかと、ほんのつかのま、思ったりもした。でも、すぐあきらめた。宝物がぼくを急《せ》きたてていた。それに、なにごとであれ、ぼくがシーラを説得することなどできそうもないことだった。

キャラバンの親方の指示どおり、ぼくたちは荷物をまとめ、それをラクダたちの背《せ》に載《の》せた。夜明けと同時に、町の壁《かべ》のすぐ外側の、集合場所に行った。広い空き地がもう人と動物であふれていた。

数えきれない数のラクダが鼻を鳴らし奇声《きせい》を発していた。ラクダ引きは、動物に向かって、またラクダ引き仲間に向かって、声をかぎりにわめきちらしていた。商人たちはただただ、目的もなしに右往左往しているように見えた。

親方は鹿毛《かげ》の雌馬に乗ってあらわれた。こちらにさっと視線を投げ、ぼくがそろえている武器に満足したようだった。サラモンは自分から言い出して、ロバといっしょに歩くことにしていた。シーラは、さっさと馬に乗っていた。バクシーシュはそのかん、ラクダたちに、どうか跪《ひざまず》いて自分らを乗せてくれと、一生けんめい説得していた。そのとき、ぼくは、人ごみの中に、ちらりと、見覚えのある顔を見た。マラカンドに着く前に出会った商人の一人だった。

ラクダの後ろに隠れたほうがよさそうだ、と思った。が、男はすでにぼくに気づいていた。ぼくはタルワール刀を握《にぎ》りしめ、歩み寄ってくる彼の前に立った。

「これはこれは、チューチの若旦那《わかだんな》さま」彼は言った。「わしらを守るためにお出でくださったのですかな」

少しほっとした。特に、彼が、たいへんな貴人《きじん》にでも呼びかけるみたいに、ぼくを若旦那さまと呼んだことに気をよくしていた。

「わしらは感謝しとります」彼は続けた。「あんたが慈悲《じひ》深くもわしらの命を救ってくださったことに、感謝しとります」

「ただあんたが白髪だったからだけさ。年寄りの命はなるべく奪いたくねえからね」バクシーシュが口をはさんだ。「白髪を乗っける頭がまだくっついていることを喜ぶんだな」

ぼくはあえてたずねた。

「鼻をなぐられたあの男、どうしてる？　この近くでは見かけなかったけど」

「あの男かね？　やつは、あんたに怨《うら》みを持っていますぜ。あの娘《むすめ》さんにも、ね。しかし、やつは、もう、わしらといっしょじゃない。ひとりで旅をしとるんでしょう。正直言って、やつがいなくなってくれて、ホッとしてまさあ。

マラカンドで、やつはある商人と知り合いになりました。そこそこの金を持った男のようでね。フェレンギだった。――そいつの名前？……そう、チャルコシュといったね」

シーラはぼくたちの会話を聞いていたらしい。馬のそばを離れて、まっすぐ商人のそばに歩み寄った。

「あなた、彼を見たの？　彼と話をしたの？　彼、いつ、どこへ行ったの？」

商人は肩をすくめた。

「やつはわしらの宿屋に一日か二日いただけなんだ。お嬢《じょう》さん、あんた、やつの知り合いなのかい？」

「まあね」とシーラは答えたが、その顔には、ぼくが前に見たのと同じあの表情が浮《う》かんでいた。ぼくは少し怖《こわ》くなった。

あいつは悪名高い奴隷《どれい》商人なんだと、ぼくが言うと、商人は、「そうかもしれないね。しかし、そのことについては何もしゃべらなかった。やつら二人で額を寄せあって、何か仕事の打ち合わせをしているようだった。どんな話か、わしは知らないし、知ろうとも思わない。あんたに話せるのはそれだけさ」

キャラバンの隊列がしだいに整ってきていた。親方は、隊列にそって馬を走らせながら、全員、自分の位置に着くようにと命令した。商人は、自分の場所にもどろうと立ち去りかけて、ふと足をとめた。

「たいへん失礼ですが、チューチの若旦那さま」深々とお辞儀《じぎ》をして、「この賤《いや》しい男に、ひとつ質問をすることをお許しください。あんたと会った日のことを思い出すたび、いつも不思議な感じがするんだが、なぜ、あんたのような高貴で勇敢《ゆうかん》な戦士がロバなんかといっしょに旅をするのかね？」

「子どものころからの友だちなんだよ」バクシーシュが割《わ》って入った。「切っても切れない仲なのさ」

14 襲撃《しゅうげき》

ラクダに乗っての旅を楽しみたいと思ったら、その旅のあいだじゅう眠《ねむ》っているしかない、とぼくは思う。ぼくはそれができなかった。どうやらバクシーシュは、自分にとって居心地のいいこぶのあるほうのラクダを選んだらしい。旅が始まるや否《いな》や、眠りこんでしまった。ぼくは最初、ラクダにまたがって乗った。次に、鞍《くら》の突起部《とっきぶ》に片脚《かたあし》をからめて乗った。どちらの場合も、まるで、急斜面《きゅうしゃめん》の屋根の棟木《むなぎ》に乗っかっている気分だった。ありがたいことに、やがて下半身がしびれて、何も感じなくなってしまった。

親方は、ロバを使うことへの感謝の気持ちから、ぼくたちを隊列の先頭に置いた。最後尾《さいこうび》よりはずっといい。最後尾だと、前を行く動物たちが巻《ま》き起こしたり落っことしたりする埃《ほこり》やら何やらのすべてを吸《す》ったり呑《の》みこんだりしなくてはならないのだ。ぼくらの位置からは、先導のラクダのお尻《しり》がよく見えた。すばらしいながめだった。お祭りめいたきらびやかな飾《かざ》り――おそらくしきたりによるものだろう——がつけられていた。刺繍《ししゅう》入りの掛《か》け布《ぬの》、リボン、ふさ、そして引き具から垂《た》れ下がり揺《ゆ》れている小さな真鍮《しんちゅう》の鈴《すず》。

親方は、偵察人《ていさつにん》や武装護衛《ぶそうごえい》を雇《やと》っていた。キャラバンの周囲を四六時中パトロールして、盗賊《とうぞく》団《だん》が襲《おそ》ってくる気配がないかどうか、目を光らせる人たちだ。ぼくには彼《かれ》らが、ぼくの想像できるどんな泥棒《どろぼう》とも同じぐらい野蛮《やばん》で悪党《あくとう》らしく見え、それがなんとなくうれしかった。けっきょくのところ、もし番犬が必要なら、恐《おそ》ろしい顔つきのマスティフを飼うのが一番だ。故郷《こきょう》マゼンタの奥《おく》さまがたが愛するふわふわ毛のちびちゃんたちでは話にならない。何人かの商人たちは自分の馬に乗っていた。シーラは自分の雌馬《めうま》のわきを歩いていた。サラモンとロバはしっかりした足取りで進んでいた。ロバはぼくが見たことのないくらい明るく元気だった。

しかし、ラクダの足が小石や砂利《じゃり》を踏《ふ》むザクザクという音や、あの鈴の果てしないチリンチリンという音以外は、キャラバンは、ほとんどの時間、沈黙《ちんもく》に支配されていた。そもそも語り合うべきことが何かあるだろうか？　活発な会話が生まれる場とはとうてい言えなかった。

キャラバンは、一度、短時間、小さなオアシスで休んだ。茶褐色《ちゃかっしょく》の丘陵《きゅうりょう》と、低木の茂《しげ》った地帯のあいだの窪地《くぼち》にある、ただ一つ鮮《あざ》やかな緑色の場所だった。時間がくると、親方は、さあ、今度はキャラバン宿までがんばるんだと命令した。

夕暮《ゆうぐ》れ前に、宿に到着《とうちゃく》した。が、人の気配はなく、すでに崩《くず》れ落ちて廃墟《はいきょ》になっていた。親方は、がっかりして暗い表情になっていたが、驚《おどろ》いてはいなかった。よくあることさ、と彼は言った。このあたりでは、キャラバン宿は、いや、宿に限らず一つの村でさえ、ひょっこりあらわれて、しばらく繁盛《はんじょう》し、それから、どんな理由によるものかさっぱりわからないが、崩れ朽《く》ち果てて廃墟となるのだと、説明した。ここで、少なくとも、ぼくらのキャラバンは夜の冷気をしのぐことはできた。かつて中庭であったところに井戸《いど》があり、あぶくだらけの水が汲《く》めた。飲むとひどいことになりそうだった。

体じゅうの筋肉《きんにく》が悲鳴を上げていたが、ぼくは仲間たちといっしょにいられて幸せだった。バクシーシュはラクダから荷を下ろすときほんの少し体を動かしただけで、あとは、持病の腰痛《ようつう》が急にひどくなったと、ひーひー言って、やめてしまった。サラモンは、一日の終わりにも、一日の始まりにそうであったと同じように明るく潑剌《はつらつ》としていて、バクシーシュの腰《こし》の具合を直してあげようと申し出た。

「あっしに触《ふ》れんでくれ、サラディノの旦那《だんな》。よけいに痛《いた》くなっちまうよ」バクシーシュがしぶい顔で言った。「ちょっと体を伸《の》ばしてみるよ。あっしは、自然に治るまで待つのが好きなんだ」

バクシーシュはラクダ引きの責任者だというのに、ぼくはまだ彼がラクダを引くのもそれに近いことをするのも、見たことがない。だから、ほかの三人で、動物たちの世話をした。そのあと、ぼくたちは、ほんのしばらく、中庭の片隅《かたすみ》に腰をおろし休憩《きゅうけい》した。シーラは落ち着きがなかった。あの赤毛の商人にもう一度会いたいらしくあたりを見回していた。彼が、チャルコシュについて、またその居場所について、まだ何かちょっとした情報でも持っているんじゃないかと思っているようだった。

　ぼくは、そんなこと、もうしないほうがいいと言ったが、シーラは聞いていなかった。彼女《かのじょ》の考えていることは見当がつく。少しでもチャンスがあれば、ぼくらの荷物の中のいちばんいい包丁《ほうちょう》をもって、やつの後を追いかけるつもりなのだ。暗い表情で黙《だま》りこんでいるシーラを、サラモンは不審《ふしん》に思ったようだった。ぼくは彼に、小声で手みじかに、彼女とチャルコシュのことを話してやった。

「お嬢《じょう》さん、それはバカげてるよ」サラモンはシーラに声をかけた。「あんたはそんなバカじゃないはずだ」

「ほっといて。何も知らないくせに――」そう切り返したあとでシーラは両手で顔をおおい、

「ごめん、生意気なこと言っちゃって。許して」

「許すも許さないも……」サラモンはやさしくほほえんだ。「真実を話したのに許しを求める必要なんかないよ。ほんとに、わたしは何も知らない。困《こま》ったものさ。どんどんものを忘《わす》れていくし、どんなに多く忘れたかを思い出すこともできなくなっていく。年をとるにつれて不確かさが増していく。世の中のすべてのことについて不確かになって、もうろうとした、おだやかな気分で最期《さいご》を迎《むか》えられるといいんだが。

　ただね、あんたに話しておきたいんだ。――あんた、その男を殺そうと思っているのかね？　復讐《ふくしゅう》するつもりなのかね？　もしそうなら、彼はもう、ゆっくりと効き目の出てくる毒でもっ

て、あんたを殺しているんだ。だから、そんな考えは捨《す》てておしまい。なぜ時間を無駄《むだ》にするのかね？　そんな男はどっちみち、悪事の報いを受けるものだよ」

シーラは答えなかった。サラモンの言葉《ことば》を心に留めたのかどうかは、ぼくにはわからなかった。そもそも、いつだって、彼女が何を考えているのかは、ぼくにはわからなかったのだ。


ラクダの背中《せなか》に乗っかっていることについて、ぼくは、コツのようなものを身につけた。前よりは楽に乗っていられるようになった。そのかわり、といっていいかどうか、時間の感覚を失った。キャラバン宿は数が少なく、間隔《かんかく》はひどく離《はな》れていた。それぞれが似たり寄ったりで、同じ宿が何度も何度も出てくるような感じだった。いちばん多く休憩したのは、小さなオアシスや貧弱な水飲み場だった。眠っていると、移動している夢を見た。目ざめていると、自分が眠っている白昼夢を見た。昼と夜とがぼやけて混じり合い、どっちがどっちだかわからなくなった。頭をふりしぼって考えてみて、ぼくたちがマラカンドを出てから、どうやら三週間ほどたったと思えるころ――。

殺戮《さつりく》が始まった。

ぼくは、あとになって、ようやくあのできごとが理解できるようになった。それまでは、ただ何が何やらわからないままだった。

その日、親方は朝からキャラバンを急《せ》かし続けていた。もっと速度を上げろと叫《さけ》んでばかりいた。キャラバンは、両側に急な斜面と生い茂《お》った樹木《じゅもく》地帯とが続く、長く狭《せま》い道を通っていた。親方はいらだっていた。いかにも盗賊たちが襲ってきそうな場所だった。道がふたたび広くなると、全員がホッとして呼吸《こきゅう》もずいぶん楽にするようになった。さらにうれしいことに、そのあとすぐ、大きなオアシスに着いた。緑の草木が、湧《わ》き出る泉《いずみ》を取りまいていた。土手に咲《さ》く花々も、ぼくたちとは比べものにならない甘《あま》い香《かお》りを放っていた。

夜になるまでは、しばらく間があった。夕空に、うっすらとした紫《むらさき》とピンクのすじだけが浮《う》かんでいた。こうして休憩できることに、ぼくたちはみな感謝していた。サラモンとロバもやってきた。どちらも元気溌剌《はつらつ》だった。ぼくらはラクダの荷を下ろし始めた。キャラバンの末尾はまだオアシスに着いていなかった。そのとき、すさまじい騒《さわ》ぎが聞こえた。襲撃《しゅうげき》だった。ポニーにまたがった男たち。毛が長くて小柄《こがら》な山地生まれのポニー。ものすごい速度で、キャラバンの隊列の後ろのほうに突《つ》っこんで来ていた。人数はわからない。ぼくは、ちらっと見ただけだった。親方は、腹《はら》を減らしてしょぼくれた、ろくに武器も持たない連中を予想していたかもしれないが、この男たちは、槍《やり》やら長い刃《やいば》の剣《けん》やらでしっかり武装しているようだった。

ラクダや馬が悲鳴を上げていた。あとで知ったのだが、盗賊たちはラクダや馬の目を刺《さ》したり脚《あし》に切りつけたりした。ラクダたちがうずくまったところを、手当たりしだい、めぼしいものを奪《うば》った。

動物たちを守ろうとキャラバンの護衛たちが突進して行った。親方がどれだけ払《はら》っているか知らないが、彼らはそれに見合うだけの仕事をした。ものすごい勢いで、重くて反《そ》り返った三日月刀で切りつけ、薙《な》ぎ払い、切り倒《たお》した。しかし、盗賊たちは抜《ぬ》け目がなかった。この攻撃《こうげき》はただ、護衛たちをキャラバンの本体から切り離すためのものだった。

ここへ来るまでの道中、盗賊の気配はまったくなかった。彼らはすでにここに先回りして、ぼくらの到着を待ち構えていたのだ。いまや彼らは茂みの中からほーほーわーわーと鬨《とき》の声を上げてとびだしてきた。と、思う間に、もうキャラバンの隊列にとびこんできていた。

ぼくが唯《ただ》一つはっきり覚えているのは、シーラをつかまえ、彼女をバクシーシュの腕《うで》のなかに送りこんだことだ。彼女をここから連れ出せ、と、ぼくは叫んだ。彼女はバクシーシュともみ合っていた。もし彼が手を離したら、彼女は、まともに盗賊たちに向かっていったに違《ちが》いない。サラモンがバクシーシュに駆《か》けよった。彼らは二人して彼女を引っぱっていった。三人はやがて見えなくなった。

これらのことは、またたく間に起きた。そして永遠に続くように見えた。ぼくは、もみくちゃにされ、刺されこづかれ、なぐられた。ぼくはただただ、両手を振《ふ》りまわしなぐりつけるだけで、自分の短剣もしくはタルワール刀を引き抜くチャンスさえなかった。これはなかなか終わらないぞと、ぼくは思った。

事の流れがこちらに有利に変わったのが正確にいつなのか、ぼくにはまったくわからない。盗賊たちはぼくらの意表をついたが、ぼくたちも彼らの意表をついたのだ。彼らは、ぼくらが、あんなふうに激《はげ》しく反撃してくるとはまったく思っていなかった。一人の盗賊に、商人とラクダ引きが数人がかりでとびかかり、引き倒し、殺してしまうのをぼくは見た。そんな光景が続いた。けっきょく、盗賊たちはおじけづいた。ばらばらになって、逃走《とうそう》した。

それからぼくは、実にまずいことをやらかした。

15 処刑《しょけい》

ぼくはシーラの馬に乗ってしまったのだ。

親方は顔に刀傷《かたなきず》を負っていた。ひどく怒《おこ》っていた。やつらを追え、つかまえて殺せ、あの豚《ぶた》の子孫ども、絶対逃《に》がしちゃならないと、叫《さけ》びつづけていた。ぼくもまったく同意見だった。ぼくが憤激《ふんげき》したのは、シーラが殺されたかもしれないからか？　みんなが殺されるかもしれないからか？　ぼくらの荷物をめちゃくちゃにされたからか？　そう、それらのすべてのせいだった。そしてもちろんおろかさがあった。何にもまして狂気《きょうき》があった。さしあたり、やつらを追いつめて殺すことが、正しいことに見えたのだ。

白い雌馬《めうま》は周囲の争いなど少しも気にならないかのように、泉《いずみ》のきわにたたずみ、草を食《は》んでいた。ぼくは駆《か》けより、飛び乗った。

馬はびっくりして首を振《ふ》った。ぼくは踵《かかと》で馬の横腹《よこばら》を蹴《け》った。馬は駆けだし、商人やラクダ引きたちの中を、ぼくを振り落とすほどの勢いで突《つ》っ走った。道路の真ん中あたりに来たところで、馬は自分の背中《せなか》にしがみついているのが、どこかの阿呆《あほ》たれ男だと気づいたらしい。走るのをやめて、棒立《ぼうだ》ちになった。ぼくは手綱《たづな》とさよならして馬のお尻《しり》を滑《すべ》り落ち、地面に四つん這《ば》いになってしまった。馬は涼《すず》しい顔で鼻を鳴らし、ゆったりとした足取りでキャラバンの列にもどっていった。

落ちた拍子《ひょうし》で息が詰《つ》まった。上半身を起こし見まわした。ポニーに乗った盗賊《とうぞく》は一人も見えない。徒歩でわれわれを襲《おそ》った連中は斜面《しゃめん》を駆け登って藪《やぶ》のなかにすがたを消しつつあった。ぼくはよろよろと立ち上がった。走った。走りながら、なんとか息をととのえようとした。

驚《おどろ》いたことに、ぼくは一人つかまえることができた。まったくの偶然《ぐうぜん》だ。ぼくは藪に飛びこんだけれど、なかなか前に進めずにいたのだ。もし足が滑らなかったら、もし転ばなかったなら、そいつは、たやすく逃げおおせたことだろう。しかし、実際には、そいつはぼくの体の上に倒《たお》れこんで来たのだ。

しっかりと見る余裕《よゆう》はなかった。ちらっと見ただけの印象だが、ぼくと同じぐらいの背丈《せたけ》で、たぶん一つか二つ年下だろう。桃《もも》の綿毛のようなひげがうっすらと生えかかっている。痩《や》せているが、力は強かった。彼《かれ》がぼくを蹴ったりなぐったりしている間、ぼくはただ、彼にむしゃぶりついて離《はな》れないでいるだけだった。

彼はぼくのほっぺたを噛《か》んだ。ひるんだが、ますます強くしがみつき、ただただ引っぱり続けて、やつをなんとか、藪と茂《しげ》みの外側に引きずり出した。

やつとぼくは、取っ組み合ったまま、斜面をごろごろ転げて道路のわきまで落ちて行った。ぼくはまだしがみついていた。やつは両腕《りょううで》を振りほどこうとして暴れた。護衛《ごえい》の一人が駆けつけて、さっと馬を降《お》り、近寄って、頭をゴツンと蹴とばすと、相手はぐったりとなり、ぼくは自由の身になった。

護衛は身をかがめて片方《かたほう》の膝《ひざ》で少年の首をおさえつけ、その両腕を手早くうしろにしばり上げた。ぼくはふらふらと立ち上がった。

「よくやった」護衛はぼくに言った。「あんたはもう行きな。こいつの面倒《めんどう》はおれがみる」にやりと笑って、「そのために金をもらってるんだからね」

キャラバンにもどった。オアシスは目も当てられないありさまだった。荷物の多くは切り裂《さ》かれ中をかき回されていた。衣類だの細かな備品だのが草地の上に散らばっていた。商人たちは盗賊どもを呪《のろ》ったり運命を嘆《なげ》いたりしながら、持ち物を整理していた。

シーラはすぐにぼくを見つけて、やってきた。怒《いか》り狂《くる》っていた。ぼくをののしった。彼女《かのじょ》が知っているとはとても思えないような言葉《ことば》をぶつけてきた。彼女が憤慨《ふんがい》しているのが、ぼくが自分の命を危険《きけん》にさらしたからなのか、それとも、彼女の馬に無断で乗ったからなのか、ぼくにはわからなかった。たぶん馬のせいなのだろう。ともあれ、ぼくは彼女の言葉をあまり熱心には聞いていなかった。さっき噛まれたほっぺたがずきずき痛《いた》んだ。だれによってであれどなられるのを受け入れる気分ではなかった。——ましてやシーラにどなられたくはなかった。

バクシーシュとサラモンのすがたも見えた。どちらも傷など負ってはいないようだった。ぼくらの動物たちも同様だった。しかし、キャラバンの末尾《まつび》に近いところでは、かなりの数の動物が脚《あし》をやられてもがき、うめいていた。ラクダ引きたちは哀《あわ》れな動物たちをその苦痛《くつう》から解放してやらなければならなかった。

親方がぼくたちを呼《よ》び集めた。刀傷はもうかたまっていて、口元がすぼんで見えた。手みじかに被害状況《ひがいじょうきょう》を説明した。ラクダ引きのうち一人が重傷。二人が軽傷。商人のうち三人が死亡《しぼう》。ぼくのことをうやうやしく「チューチの若旦那《わかだんな》さま」と呼んでくれた男もその一人だった。ぼくは地面に倒れている彼を見た。のどは切り裂かれて、カフタンは真っ赤に染《そ》まっていた。親方は、死者たちをオアシスから少し離れた場所に葬《ほうむ》るよう命令した。

盗賊たちの問題が残った。ぼくの体に倒れこんできたやつのほかに三人、つかまえられていた。両手をしばられて砂利《じゃり》の上にうずくまり、押《お》し黙《だま》っていた。顔はこわばってなんの表情もなかった。ただ、あいつは、あの少年は、違《ちが》った。目を大きく見開いていて、白目がすっかり見えた。

「やつらを始末しろ」親方は、盗賊の背後《はいご》に腕組みをして立っている護衛たちに言い、道路の向こう側を指さした。護衛たちは盗賊をかかえて立ち上がらせ、親方の示した場所に向かって歩かせた。だれも急がなかった。ほとんどのんびりとした歩みだった。

その間に二、三人のラクダ引きが、テントの柱を何本か見つけてきて、それの先端《せんたん》を削《けず》ってとがらせた。夕闇《ゆうやみ》が迫《せま》ってきた。空気そのものが分厚く青く垂《た》れこめているようだった。だれかが松明《たいまつ》をともし、それを道の向こう側に持って行った。護衛たちが手元を狂わさないよう、仕事がよく見えるようにするためだった。

「もっと用心深くやれば、あの豚どもも、もう少しは娑婆《しゃば》にいられたんだが」と商人の一人が言った。

どういう意味なのか、ぼくにはわからなかった。ぼくはシーラのそばにいたかった。バクシーシュとサラモンのかたわらでこちらを見ているシーラのところに行きたかった。そのくせ、ぼくは自分の気持ちに反して、道路の向こう側を見守ったのだ。商人の何人かが、食材を取り出して夕食の料理を始めた。五、六人の商人とラクダ引きが道路を横切っていき、なにやら話し合ったり冗談《じょうだん》を言い合ったりしながら、護衛たちの仕事を見物した。

護衛たちは盗賊を地面に突き倒した。盗賊の一人は土壇場《どたんば》になっても、脚をばたつかせてわめいていたが、護衛たちはそんなことにおかまいなく平然と仕事を進めた。

見ていられなかった。ぼくは向きを変え、両手を口にあて、大急ぎでキャンプを駆け抜《ぬ》けた。泉の向こう側の茂みの中に行きたかったのだが、そこまでは行けなかった。体をかがめて、何度か嘔吐《おうと》した。

シーラがついてきていた。ぼくは、あっちへ行ってくれと身ぶりで言った。近くにいてほしくなかった。ぼくはものすごくひどいにおいを発していた。胃は痙攣《けいれん》しつづけていた。茂みのきわを通ってどんどん歩いた。悲鳴はもう聞こえないはずだった。

まだ頭の内側でそれは聞こえたが、ともかくぼくは腰《こし》を下ろした。また嘔吐するんじゃないかと思ったが、もう胃の中に何も残っていなかった。——しばらくして、かたわらにサラモンがいることに気づいた。

だいじょうぶかね、と彼はきいた。

いや、だいじょうぶじゃない、とぼくは言った。

「だいじょうぶになるさ。——多かれ少なかれ、遅《おそ》かれ早かれ」と彼は言った。

「一人はまだ少年だったんだ」ぼくは話し始めた。こんなことが起こるなんて思いもしなかった、それなのに、手を貸してしまった、ぼくは彼を殺したんだ、直接ナイフで彼を刺《さ》したのと同じことをしてしまったんだ……。

「そのとおりかもしれない」とサラモンは言った。

もっと気のきいたせりふを言ってくれればいいのに、とぼくは思った。そんな言葉を聞いても少しも心は晴れなかった。

「ぼくは、どうしたらいいんだろう?」ときいた。

「やるべきことをやるしかない」彼は言った。「あんたにできない、あるいはだれにもできない唯一《ゆいいつ》のこと、それは自分のやったことをなかったことにすることだ」

「それでいいんだろうか」ぼくは言った。「気になってしかたがないんだ。いっそのこと、意味のないことを口走ってそこいらじゅう走りまわりたいよ」

「世の中はいまのままでも十分に問題だらけだ」サラモンは言った。「これ以上面倒なことを増やさないほうがいいんじゃないかな？」

しばらく考えてからぼくは言った。

「でも、ほんとうに彼を殺したのは親方だ。直接やったのも同じだよ。裁判官《さいばんかん》で処刑人。彼があの盗賊たちに死ぬ運命をあたえたんだ」

するとサラモンは言った。

「そしてきみは、生きる運命をあたえられている」

やがてサラモンは、動物たちの世話をするために立ち去ったが、ぼくはまだすわっていた。両膝《りょうひざ》を胸《むね》に寄せ、目を固く閉《と》じ、両手で耳をおおってすわりつづけた。

ずっとここにすわっていようと思った。——いったい、いつまで？ まさか、永遠にじゃないだろう？

体が答えを出した。

ぼくは眠《ねむ》ってしまった。

16 親方の決断

朝、目覚めるとすぐオアシスに行った。完璧《かんぺき》に快適な日になりそうだ。涼《すず》しくて澄《す》み切って空には雲ひとつない。草地が露《つゆ》に濡《ぬ》れている。泉《いずみ》のきわにしゃがんで、ぴしゃぴしゃと顔に水をかけた。水に映《うつ》る顔を見た。自分の顔とは思えなかった。以前、シーラに、あなたは犯罪者なの海《かい》賊《ぞく》なの、ときかれたことがある。間違《まちが》いなく言えることは、もし、いまのぼくみたいな顔つきの男がマゼンタの波止場をうろついているのを見かけたら、ぼくは大急ぎで反対の方向に行ってしまうことだろう。

だれもがもう起きて動き出していた。キャンプはだいぶ片《かた》づけられている。ぼくは道路の向こう側を見ないようにしていた。シーラに会いたかったが、どこへ行ってもいなかった。いつも、どこか別のところにいる。どうも、ぼくを避《さ》けているらしかった。

親方が馬にまたがってあらわれ、全員を呼《よ》び集めた。親方の顔は灰色《はいいろ》だった。刀傷《かたなきず》は黒ずみ、かさぶたができていた。最初に会ったときよりもだいぶ年とって見えた。みんなに身ぶりでもって静かにしろと伝えてから、口を開いた。

「まあ聞いてくれ。おれは臆病者《おくびょうもの》ではないが、バカ者でもない。あの盗賊《とうぞく》どもがまた寄り集まって、もう一度襲《おそ》いかかってこないという保証はない。今夜来るか、あす来るか。ここに来るか、もう少し行った先で来るか。だれにもわからない」

彼《かれ》は長い棒《ぼう》を持ちあげて見せた。ぼくの身長のほぼ二倍の長さ。槍《やり》の一種で、片方の先端《せんたん》には斧《おの》のような刃《は》が付いていて、別の先端はごつい感じの鉤《かぎ》になっている。マゼンタの町の夜警《やけい》が持っている「鉾槍《ほこやり》」に似ているなとぼくは思った。

「連中はこれをどこで手に入れたか?」親方は言った。「もちろん、どこかで盗《ぬす》んだのだ。やつらはこれをもっと持っているだろうか? たぶん持ってないだろう。もしたくさん持っていたら、おれたちの被害《ひがい》はもっとすごいものだっただろう。ほとんどの者が腕《うで》だの足だの頭だのを失くしていたことだろう。それから、あいつらのほかにも盗賊団がいるのかどうかの問題もある。もっと人数の多い、もっと凶暴《きょうぼう》なのがいるのかいないのか。おれにはわからない。おれにわかるのは、この界隈《かいわい》のにおいが気に入らないってことだけだ。

つまり、こういうことだ。もしこのまま進むなら、おれはあんたがたに安全を保証することはできない。だからこれ以上先には連れて行かない。キャラバンは引き返すことにする」それから顔をしかめて、「あんたがたを無事マラカンドに連れもどすことだって約束はできないんだ」

商人の何人かは少しぶつぶつ言ったが、ほんとうに不満だったというよりも、ただぶつぶつ言ってみせただけという感じだった。よく考えてみれば、そしてその恐《おそ》ろしげな「鉾槍」をじっくりながめてみれば、親方の意見が正しいことを、しぶしぶながら認《みと》めるしかなかった。彼らはほんとうは喜んでいたのではないだろうか。

ぼく自身、喜んでいた。ぼくの宝探《たからさが》しの旅は始まり方があまりよくなくて、口の中に苦《にが》い味わいを残していた。計画を作り直し、別の道路を通ることを考える必要があった。

「あんたの仲間にも用意させろ」親方がぼくに言った。「早ければ早いほどいい」

サラモンはもう、ロバにくつわをつけ手綱《たづな》を持っていた。ぼくはバクシーシュに、荷物をまとめてラクダたちに積むよう言った。バクシーシュは文句を言わなかった。腰痛《ようつう》についても膝《ひざ》の痛《いた》みについてもマメについてもほかの何についても、ひとことも言わなかった。具合でも悪いのかと心配したが、そうではなかった。彼は大喜びしていたのだ。うれしくてうれしくて、踊《おど》りだしたい気分だったのだ。

「ただちにあなたの指揮《しき》にしたがいやすよ。おお、智恵《ちえ》の宝庫《ほうこ》のようなお方よ」彼は言った。「ただ、まことに失礼ではござんすが、ひとつ言わせていただくならば、もし最初に、あっしの言葉《ことば》に耳を傾《かたむ》けていておくんなさったならば、われわれはそもそもこんなところに来ることはなかったんでがす。あっしがこの世の中でいちばん望まねえことは、ああ、気高く価値《かち》あるお方よ、あなたに死なれることでがす。いちばん望まねえことのもう一つは、自分自身がおっ死《ち》ぬこと」

それからサラモンを見やって、「ま、あんたにも死なれたくはねえしね」

「ほかの人間のことを気づかってくれるんだね」サラモンは言った。「思ったとおり、あんたって、やさしい人なんだ」

「ともかく、すごくやさしいのさ、自分の命についてはね」バクシーシュは言った。「それに、あっしは、あまり運命を試してみたくはねえ。無鉄砲《むてっぽう》なことはしたくねえ。なにごとも慎重《しんちょう》にやらなくちゃいけねえんだよ」

「そうだ。ある程度まではね」サラモンは答えた。「死は、不便なもので、われわれがそれを好もうが好むまいが、必ずやってくる。われわれには、どうしようもないものだ。しかし、運命はわれわれが自分たちの力で作るものだ。だから、時には試してみることも必要だ」

「どうぞ気のすむまで試してくんな、スカラマゾの旦那《だんな》」バクシーシュは言った。「試しながらでいいから、ラクダの世話でも手伝ってもらいてえもんだ」

シーラはもう雌馬《めうま》に鞍《くら》を置きおえていた。昨夜から、ぼくとは、ほとんど言葉をかわしていない。ぼくが近寄って行っても、チラリと視線《しせん》を投げただけだった。世の中のすべてのことが、とりわけぼくのことが、気に入らないような顔つきをしていたが、それにもかかわらず、とてもきれいに見えた。

「あなた、ひどい顔している」彼女《かのじょ》は言った。

わかってる、とぼくは言った。そして、馬のことはごめん、と付け加えた。

彼女は袋《ふくろ》のなかにものをしまいこみ始め、「もういいのよ」と言った。

「うまい具合になりそうだよ」ぼくは彼女に親方の話を伝え、こう言った。「親方の意見はもっともだ、そのとおりにするのがいちばんいい、ぼくたちはマラカンドにしばらく滞在《たいざい》して、それからやり直そう。それが唯一《ゆいいつ》、まっとうなやり方だと思うんだ」

「好きなようにすれば」彼女は袋の口をしばり、それを鞍のうしろに綱でくくりつけた。「この旅はあなたが主役なのだもの」

「そうかもしれない」ぼくは言った。「そんな風に考えたことはなかったけど」

彼女はくちびるをきゅっと引きしめ、馬具を整えた。必要以上に時間をかけて馬具をいじくっていたが、しばらくたって、ようやくこちらを向いた。ひどく思い悩《なや》んでいる表情だった。見方によっては、見捨《みす》てられて絶望の淵《ふち》に沈《しず》んでいるかのように見えたかもしれなかった。

「カアルロオ」彼女は言った。「わたし、さよならするわ」

17

避難民《ひなんみん》の宿

「このこと、最初から話してあるわよね」とシーラは言った。

彼女《かのじょ》はほんとうに、ぼくの不意をつく得意技《わざ》を持っていた。でも、いま、彼女の顔には、ぼくが以前に見たことのない、もろくはかない表情が浮《う》かんでいた。

「そうだったね」少し沈黙《ちんもく》したあとで、ぼくは言った。「そんなことを言ってたね」

「でも、さよならしたがっているとは、話さなかった。ただ、わたしはここまで来てしまったんだから、先へ進まなくてはならない。家に帰るんだもの」

「だからぼくにさよならを言うのかい？　でも、ぼくはきみといっしょに行くよ」

「それはあなたの選択《せんたく》、あなたの決断よ」

「それに、この旅の主役はぼくだ、ってわけだね。二人にも話したほうがいいな」

彼女はうなずき、「そうして」と言った。

サラモンはぼくの意見を歓迎《かんげい》した。

「すばらしいね。驚《おどろ》くべきことではないが。むしろ、わたしはあんたが別の決断をしたら、驚いただろうよ。あんたの心のままにやればいい。わたしは付いていく。ロバの世話をする人間が必要だからね」

バクシーシュの反応は違《ちが》った。ぼくの心づもりを聞いたとたん、予想したとおり、まくしたて始めた。嘆願《たんがん》したり懇願《こんがん》したり、きっと災難《さいなん》が起こりますぜと警告《けいこく》したり、すすり泣いたり、わめいたり……。

「ああ実に情けねえ！　宝物探《たからものさが》しの旅が、災難探しの旅になっちまった」

ぼくは彼《かれ》に、あんた、親方といっしょに行ってもいいんだよと言った。

「そのほうがいいって言うんですかい？」と言いさして、「いやいや、それはできねえ。あっしはあなたに約束した――」

「そう、たしかに約束した。でも、その約束はなかったことにしよう。行きたまえ。自分の思いどおりに行動すればいいよ」

「おお、親切な解放者さまよ」バクシーシュは口をとがらせた。「海よりも広く深い寛大《かんだい》さをお持ちのお方よ。お断わりせざるを得やせん。ひとつ、問題があるんでがす。

あっしがマラカンドの泥棒《どろぼう》市場で、――あなたに代わって、もちろんあなたに奉仕《ほうし》するために――品物を見て回っているとき、ささやかな行き違いが起きやした。あれこれの言葉《ことば》がかわされ、まったく根拠《こんきょ》のない非難が行なわれ、脅《おど》し文句やら何やらがぶつけられやした。まあ、もし、あっしが生きつづけていたいのなら、マラカンドに二度とふたたび足を踏《ふ》み入れちゃならねえ、というようなせりふが吐《は》かれたわけなんで……」

「あんた、そんなことが起きたこと、ひとことも言わなかったね」

「言いやせんでした？　そうか、言い忘《わす》れたんでがすな。うっかりしとりやした。あなたに心配かけたくなくて黙《だま》ってて、そのまま忘れちまった。たったいま、思い出したわけで――」

「ねえきみ」サラモンが口をはさんだ。「敬意《けいい》と親愛の情をこめて言わせてもらうが、あんた、嘘《うそ》つきだよ」

「あっしは被害者《ひがいしゃ》だよ。あの場の全体的状況《じょうきょう》がいけなかったんだ」バクシーシュは憤然《ふんぜん》として肩《かた》をそびやかした。「ともかく、わしはあなたの運命に結びつけられてるんでさあ。好むと好まざるとにかかわらず、そうなってるんでがす。そう、わしは、そんなことを好まねえ。好んだこともねえし、これからも好まねえのはたしかなんだが」

「あんたは、たとえ油で揚《あ》げられてフライになったって認《みと》めようとはしないだろうが」サラモンは言った。「わたしの見るところ、あんたは、実にまっとうな精神の持ち主なんだね」

「へーえ、あんた、何でもお見通しってわけだ」バクシーシュは言い返した。「一つお願いがあるんだが、サボナローラ先生、あんたのそのバカ話は自分のおつむの中だけにしまっといてくれねえかね」

口げんかは二人に任せて、ぼくは親方のところに行き、別れのあいさつをした。彼は、ひどく心配そうに首を振《ふ》った。

「自分たちだけで行くのか。じゃ、あんたは最高級のおろか者だな。ダイヤモンドなら傷《きず》一つない最高級品だ。ふむふむ、間違いなく、あの娘《むすめ》がからんでるな。あんたの頭には常識ってやつの入る余地がないんだ。ま、しかたない。他人が口出しすることじゃないからな。あんたの上に平安がありますように。それから、ロバを貸してくれてありがとうよ」

彼が無事に帰郷《ききょう》したかどうか、ぼくは知るよしもなかった。


シーラが言ったように、旅の主役はぼくだった。とはいえ、そのことに自分が実際に責任を持っているのだということが、初めのうちは、なかなか頭に入らなかった。マゼンタでぼくは、勇敢《ゆうかん》に遠征隊《えんせいたい》をひきいて、みごとに宝物を探しだす自分のすがたを思い描《えが》いていた。げっぷをし唾《つば》を吐きかける騒々《そうぞう》しいラクダたちのことは予想していなかった。できるだけ働かないことに全力を尽《つ》くすバクシーシュを絶えず見守っていなければならないことなど、考えてもいなかった。変わった形の岩石やめずらしい植物を見かけるとふらふらと歩いていき見とれてしまうサラモンのことも、思ってもみなかった。すべての衣類に浸《し》みこんで下着までジャリジャリにしてしまう砂《すな》粒《つぶ》のことも、できるはずのないところにできてしまう水ぶくれのことも、想像していなかった。

最後にシーラだが、彼女はもちろん街道や脇道《わきみち》のすべてのつながりをのみこんでいた。この地《ち》域《いき》についての知識は、ぼくがどんなに勉強したところで追いつけるものではなかっただろう。それでも、やがて、ぼくは、自分が、まずまずのキャラバン頭《がしら》になったと思うようになり、あるいはなったふりをするようになり、そのことに喜びを感じていた。ともあれ、ぼくは、本物のチュ
ーチ（阿呆《あほ》たれ）であるよりは、偽物《にせもの》のキャラバン頭であるほうが好きだったのだ。

とはいえ、いっしょだったキャラバンと別れた日、ぼくは、あの場所からできるだけ遠く離《はな》れることばかりを考えた。度胸《どきょう》のあるキャラバン頭とはいえない行動だった。あの親方は、ほかの盗賊団《とうぞくだん》への見せしめとして、賊たちの死体を、テント柱のてっぺんに突《つ》き刺《さ》されたまま腐《くさ》らせておくよう命令していたのだ。

盗賊たちは、ぶざまな姿勢《しせい》でしばられたまま、すでに死んでいた。あるいは死んでいてほしいとぼくは思った。まだ、目をそらさざるを得なかった。まだ、まともに見る度胸はなかった。たまたまちらっと見てしまったのだが、彼らはもはや人間のようには見えなかった。そのすがたは、その後長い間ぼくの悪夢のなかにあらわれた。

少し不思議でもあり心配でもあったことがある。ぼくたちは東から来るキャラバンに一度も会わなかったのだ。道路は人影《ひとかげ》がなくただただ荒涼《こうりょう》として伸《の》びていた。水飲み場にはよく出くわした。時たま、小さなオアシスも見つかった。キャラバン宿はごくわずかしかなかったが、宿の人たちは、ぼくたちを見てもあまりうれしそうでもなく、歓迎《かんげい》するそぶりさえ見せなかった。

最後の宿屋のことを話そう。一泊《いっぱく》して、少なくなってきた食糧《しょくりょう》を補充《ほじゅう》するつもりだったのだ

が、玄関払《げんかんばら》いを食わされそうになった。

先頭に立っていたシーラが馬を降《お》り、入り口のところまで行って、立ち止まった。そばに行ってみると、重い鎖《くさり》が門にかけられているのが見えた。これは、ぼくの経験から言えば、夜、侵入者《しんにゅうしゃ》を防ぐためのものだ。いまはまだ真昼間《まっぴるま》だ。シーラは眉《まゆ》をひそめてぼくのほうを向いた。

「満員だっていうのよ」

「満員だって？」バクシーシュがつぶやいた。「旅人なんてどこにもいやしねえのに。あっしたち、何日も旅人なんて見ちゃいねえぞ」

「実に驚嘆《きょうたん》すべきことだ」がっくりしたようすもなくサラモンは言った。「旅人がいないのに満員なんて話、聞いたことがない。心に銘記《めいき》しておかなくては」

シーラは宿の従業員《じゅうぎょういん》に、ともかく中に入れてちょうだい、お金は持っているんだから心配しないで、と言っていた。そこへ宿の主人が出てきた。

「あんたがたの金は、ここではなんの値打《ねう》ちもないのさ」彼は言った。「食い物と泊《と》まる場所だって？　こちとらには、そのどっちもないんだよ」

けっきょく彼が同意したのは、ぼくらの動物たちに水を飲ませること、ぼくらが井戸《いど》で水袋《みずぶくろ》に水を満たすこと、だった。それ以上は何も提供できない、というのだ。ぼくたちは、泊まることもできずに、旅を続けるしかないようだった。

ぼくには理解できないことだった。ぼくが見たキャラバン宿は、みな、町か村に近かった。町や村から、肉や野菜やそのほかの必需品《ひつじゅひん》を供給してもらっていた。ぼくがそのことについてたずねると、主人は顔を曇《くも》らせた。

「村だって？」彼は言った。「親方、村はここなんだよ」

彼は従業員に言って、鎖を下ろさせた。ぼくたちは中庭に入った。

ぼくはいままでに、こんなに狭《せま》い場所にこんなに多くのみじめさが集まっているのを見たことがなかった。ぼろとごみくずのかたまりが、中庭とそれを取り巻《ま》く屋根付き通路にあふれていた。よく見ると、それらのかたまりは、男たちや女たちなのだった。子どもや赤ん坊《ぼう》をかかえて、うずくまり、茫然《ぼうぜん》として押《お》し黙っていた。彼らと、そのかたわらに置かれた持ち物とが、ぼくには、ほとんど区別できなかった。

「これが村さ。避難民の村さ。村じゅうの人が逃《に》げてきたんだよ」主人は両手を広げた。「おれは連中を受け入れた。受け入れる以外、何かおれにできただろうか？」

呆気《あっけ》にとられているぼくを見て、主人は続けた。「部族と部族がまたしても争っているんだよ。カジク族とカラキト族。むかしからの仇敵《きゅうてき》同士だ。なぜ仲が悪いのかはもうだれにもわからない。ずっとそうだったというだけだ。

今度の争いは、いちばんひどかった。すさまじい被害だった。火のせいなんだ。カジク族のある軍団が攻《せ》めてきて村の半分を焼いたんだが、それがなんとも不思議な火だった。だれもそんなものを見たことがなかった。炎《ほのお》が消せないんだ。水をかけると炎は燃え広がるばかりだった。逃げられなかった人たちは——焼かれて灰《はい》になってまだくすぶっている」

「すると、ここにいるのはカラキト族なのかい？」ぼくはきいた。

「いいや」彼は言った。「といってカジク族でもない。彼らはおれと同じくアフタビ族だ。どちらの側とも争っちゃいない。ところが実際には、次の日にカラキト族が攻撃《こうげき》してきて、村の残り半分に火をつけた。もう、わけがわからないよ。村はまる焼け。どちらの側も村を自分のものにすることはできなかったんだ。

彼らはもう三日間ここにいる。あとどれだけ置いておけるかな？」そう言いながら宿の主人は一面に散らばる衣類と家庭用品の包みの間を縫《ぬ》うようにして、ぼくらを、井戸まで案内した。

「食糧はもう尽きてしまっている。全員そろって飢《う》え死にするんだろうか？　それとも、どこかの軍団の頭目が、この宿が燃え上がって煙《けむり》となるのをながめて楽しむために放火する、なんてことになるのかも知れやしない。さあ、水袋をいっぱいにしな、親方。そしてさっさと出て行くんだ」彼は言った。「平安があんたたちとともにありますように。——それは間違いなくおれたちとともにはないがね」

18 脇道《わきみち》を行く

宝物探《たからものさが》しは先延《さきの》ばしにし、シーラが無事に家に帰りつくまで彼女《かのじょ》といっしょにいよう。ぼくはそう決心していた。宝物は、それがどこにあるのであれ、だれもわからないほどの長い間そこに埋《う》まっていた。もう少しだけ長く埋まっていられないわけがない。

ぼくの地図で判断するかぎり、いまたどっているこの道を二日か三日進むと、これと交差する一つの道にぶつかる。その道を今度はただ南に向かって進めばよい。いたって単純《たんじゅん》だ。——しかし、ケシャバルでは何事であれ単純なものなどないということを、ぼくは知るべきだったのだ。

ぼくたちがキャラバン宿の外側に足を踏《ふ》み出すや否《いな》や、新しいおんぼろ集団がぞろぞろとやってきた。別の村を逃《のが》れてきた避難民《ひなんみん》たちで、やはり寝《ね》る場所を求めていた。ぼくらが向かっている方角を知ると、口々に、街道沿《ぞ》いの全域《ぜんいき》に戦いが広がっている、危険《きけん》だから行かないほうがいいと言った。何はともあれ、とりあえずは命拾いをした彼《かれ》らとは逆に、ぼくたちはこれから命を捨《す》てに行くことになるのじゃないだろうか、と、ぼくは少し不安になった。

　ぼくがこの世でいちばん望まないことは、戦争しなくてはいられなくなったみたいなカジク族やカラキト族と出くわすことだ。シーラはそんなこと気にしないでどんどん行こうと言いだしかねない。それで、ぼくは、これは効き目があるぞと思ったことを口にした。

「どちらの部族に出会ってどんなことをされるにしても、一つだけ確実なことがある。きみの馬が奪《うば》われてしまうってこと」

　彼女はたちまちぼくに賛成した。

　ぼくらの最良のコースは、だから、この呪《のろ》われた道路からできるだけ早くはずれることだった。ちょうどいい道があった。あのキャラバン宿から遠くない所で、狭《せま》い脇道を見つけたのだ。狭くてあまり魅力《みりょくてき》的な道ではなかったが、少なくとも南に向かって伸《の》びていた。ぼくの地図には描《えが》かれていない道だが、そんなことを気にしていても仕方がない。ぼくは提案した。――この道を行こう。この道は、遅《おそ》かれ早かれ、もっと人通りのある街道にぶつかるはずだ。その街道沿いには、中継《なかつ》ぎの休憩所《きゅうけいじょ》や町や交易所があるだろう。

「もし、なかったら？」バクシーシュが言った。

「そのときは、ほかのことを考えるよ」

「もちろん、あなたはお考えなさるでござんしょう。不屈《ふくつ》の精神の持ち主さまよ」バクシーシュは少し不満そうに言った。「それがあっしには気がかりなんでさあ」

サラモンは、一人で先に行ってみようと申し出た。前方のようすを見てきて、報告しましょうと言った。ぼくはそんなことしなくていいと言った。四人がばらばらになるのはまずい。それに、もしだれかが偵察《ていさつ》に行くべきなら、それは当然、キャラバン頭《がしら》のやるべきことだ。この職務についた以上、ぼくはそれにふさわしく行動すべきだ――。

シーラは、男たちがごちゃごちゃ話しあっているのを尻目《しりめ》に、さっさと前に進み、木々の茂《しげ》みの中に入りこんでいった。

「動物たちもだいじょうぶ」やがてもどってきたシーラは言った。「なんとか通れるわよ。ずいぶん人が歩いているみたい」

「それがよい知らせなのかね？」バクシーシュが口をはさんだ。「ひとが歩いているって、どんなひとだい？　あっしはむしろだれも歩いていねえほうがいい。もしかすると、このあたり一面、盗賊《とうぞく》どもやら得体の知れねえ連中やらのねぐらなんじゃねえかね。

そうは言っても」バクシーシュは続けた。「これまで、ひとりのカジク族にも、カラキト族にも出会ってねえ。やつらだって母親から見ればかわいい子なんだろうけど、……ともかく、やつらと鉢合《はちあ》わせするなんてことだけは願い下げにしてえものだよ。

まあ、この道ともいえねえみじめな道だが、ひとつ、魅力的なことがある」

「いいぞ。あんたからそういう言葉《ことば》を聞けるのはありがたいことだ」サラモンが言った。「あんたのほんとうの性格がいまみごとに花開いている。どんなに困難《こんなん》な環境《かんきょう》にあっても、あんたは、興味深いもの、楽しみになるものを見つけ出すことができるんだね」
「そのとおりさ。サラザールの旦那《だんな》」バクシーシュは答えた。「この情けねえ道について、あっしがいちばん楽しみに思うのは、それが下り坂だってことさ」

ケシャバルでいちばん小さいこと間違《まちが》いなしのキャラバンの頭として、ぼくは、二つの大きなしかし単純な真理を学んだ。――第一、キャラバンはそのいちばん遅いラクダより速くは進まない。第二、いちばん遅いラクダは、そのいちばんやる気のないラクダ引きより速くは進まない。

シーラの判断は正確だった。脇道はなんとか通れた。ぼくらのロバはしっかりした足取りで進んだし、シーラの雌馬《めうま》も同様だった。ラクダたちは、彼らの日々の生活にまたしても加えられた新しい苦難をあきらめきった顔で受け入れて、重い足取りで歩いた。バクシーシュは、それでも、ひっきりなしに遅《おく》れていた。また、複雑な地形の傾斜地《けいしゃち》をくだっていく道中でも、ひっきりなしに文句を言いつづけ、静かにしているのは眠《ねむ》っているときだけだった。この脇道、少なくとも盗賊どもがひそんでいることはなかった。そのことを喜ぶ一方で、ぼくは、カジク族やカラキト族と出会って自分の運命を賭けてみたいと半ば願っていたのだった。

ぼくたちが傾斜地を下りきったのは、昼ごろだった。それが、この道を歩き始めてから二日目だったのか三日目だったのか、はっきりしない。ぼくは、昼と夜とを、バクシーシュがぶーぶー文句を言っているか、ぐーぐーいびきをかいているか、によって計算するようになってしまっていたのだ。

高いごつごつした丘陵《きゅうりょう》のふもとに沿って、広い平らな道が伸びていた。どこまでも続く荒涼《こうりょう》とした砂《すな》の道。こんなながめは初めてだった。わびしくなってしまった。しかし、サラモンは有頂天《うちょうてん》になっていた。

「すごい！」彼は手をかざして激《はげ》しい陽光から目を守った。「実に驚嘆《きょうたん》すべきことだ！」

「やれやれ」バクシーシュは小声で言った。「あのじいさん、吹《ふ》き出物のことだってすばらしいって言うんだから」

もしぼくが、ここがどこかわかっていたら、そして、ぼくの頭が、これから四人どうやって生き延びるかといった質問でいっぱいでなかったなら、ぼくもサラモンに同意したことだろう。そう、それは驚嘆すべきことだった。何よりも色がすばらしかった。それは光線のいたずらだったかもしれない。ともかく、木々の生えていない丘陵が、カンタロープ・メロンのようにイエローオレンジに輝《かがや》いていた。さらに向こうの斜面の中腹《ちゅうふく》にはたくさんの丸い穴《あな》が開いていて、巨大《きょだい》なミツバチたちの巣のようだった。

シーラは、両手を腰《こし》に当て、不毛な土地をながめて立っていた。バクシーシュがぼくににじり寄ってきた。

「ああ、観察の王者さまよ」彼は言った。「あなたの献身的従者《けんしんてきじゅうしゃ》に、こうおたずねすることを許しておくんなさい。町は見えますか？　村は？　小さな集落は？　このものすごい太陽の光。おまけに目の中は砂だらけ。そんなわけで、あっしは、いつものようにはものが見えねえのでがす。しかし、遠目のきく鷲《わし》のようなお方よ、あなたには見えるんでがすね、キャラバン宿が？ オアシスが？ 泥だまりが？」

黙《だま》ってくれと言ったが、彼は話しつづけた。

「あっしは無学《むがく》な人間でがす。われわれのいまのこの状態を言いあらわすにも、脳《のう》みそを絞《しぼ》らなきゃなりやせんが、そう――何というか、われわれは要するに、五里霧中《ごりむちゅう》って状態なんじゃござんせんかね？」

ぼくは嘘《うそ》をついた。いや、ここがどこか、ちゃんとわかっているよ、と言った。

「あっしだって、わかってやすとも、地理の達人さまよ」彼は言った。「ここは、広大無辺《こうだいむへん》な砂《さ》漠《ばく》の中の、どことも知れない名もない場所のど真ん中なんでがす」

「あなた」シーラが口をはさんだ。「方角のこと、きいたの、親方や宿の主人やほかのだれかに？」

そんな必要があるとは思わなかった、とぼくは言った。

シーラの顔が曇《くも》った。そのうちに怒《いか》りに満ちた言葉の雨が、時どきマゼンタの町を襲《おそ》うあの激しい雷雨《らいう》のように、ぼくに降《ふ》りかかってくるのではないかと思ったが、彼女は半ばあきらめたような表情でぼくをちらりと見ただけだった。雨も降らず雷も鳴らなかった。

「わたしに地図を見せて」と彼女は言った。

いままで彼女は一度も地図を見せてとは言わなかったし、ぼくも一度も見せようとはしなかった。そんなこと、必要とは思えなかったのだ。バクシーシュは、ぼくの荷物を持って出て行ったあの日に、何もかも見てしまっていたが、ぼくはほかの人にあの地図をあまり見せたくはなかった。シーラを信用していなかったのではない。何といったって、ぼくは彼女に恋《こい》していたのだから、信用してないわけがない。ぼくはただ、地図を自分一人のものにしていただけだ。ぼくらマゼンタの人間は、自分のことについてしゃべらないようにしつけられている。家族でない人には、昼食に何を食べたかということだって話したがらないのだ。

ともかく、ぼくはシャツをめくりあげ、腰につけた小物入れからあの羊皮紙を取りだした。注意深く開いていき、地面に広げた。

シーラは膝《ひざ》をつき、のぞきこんだ。地図の端《はし》から端まですーっと指を走らせた。

「これが、本の中にあったものなの？」

ぼくはうなずいた。

「そう、話したとおりさ」

彼女は、さらに時間をかけて丹念《たんねん》にながめ、それから、ぼくを見上げて言った。

「カアルロオ。この地図、間違ってるわ」

第三部　夢のバザール

19　洞穴《ほらあな》の中

ぼくは、さっと腰《こし》を下ろした。ぶっ倒《たお》れないためには、そうするしかなかった。砂漠《さばく》の真ん中で船酔《ふなよ》いになりそうだった。大地がぼくの足の下でぐらぐら揺《ゆ》れていまにもぱっくりと口を開くかのようだったのだ。エバリステ叔父《おじ》さんの言ったとおりだった。なにもかもインチキだった。ぼく、カルロ・チューチは、まんまと、それにひっかかった阿呆《あほ》たれだったのだ。

震《ふる》えが止まり、口をきくことができるようになると、ぼくは言った。

「じゃ、これは偽物《にせもの》なんだ、クズなんだ」

シーラは首を振《ふ》った。

「いいえ、正確にはそうじゃない。これは古いの。ものすごく古い。それはたしか。でも、本物だと思う——地図としてはね。ただ、いったい何のための地図なのかしら？

これには何の意味もない。ある意味で、半ば正しいとも言えるけれど、ほかの意味では間違《まちが》っている。いろんなものが、本来あるべき場所に描《か》かれていない。わたしのわかることで言えば、わたしの家、わたしの生まれ育ったキャラバン宿はある渓谷《けいこく》の中になくちゃいけない――つまり、ここになくちゃいけない」彼女《かのじょ》は指で地図の一点を指した。「でも渓谷がない。近くに川があるはずなんだけど、それは別のところに描かれている。まるで何もかもずれているみたいなの。そしてここに、――地図を描いたのがだれかは知らないけれど、その人は、砦《とりで》のようなものを描こうとした。わたしはこの地域《ちいき》で育ったけれど、砦など見たこともない。ましてや宝物庫《ほうもつこ》なんて聞いたこともないわ。

いくつかの場所は正確らしい。ここ――マラカンドはちゃんとあるべきところにある。でも、ほかの場所は、そうじゃない。この地図、何のために描かれたのか、わたしにはわからない」

「何のために描かれたのか、ぼくはわかってる。――ぼくをだまくらかすためだ」

ぼくは地図をつかんで立ち上がった。――できるだけかっこよく。ありとあらゆるものが自分のまわりでばらばらに砕《くだ》けていくと思われた。その場で、地図をびりびりに引き裂《さ》こうと思った。それくらい怒《おこ》っていた。怒ったところでどうなるものでもないことはわかっていた。だいたい、何に怒っているのだ？　地図が間違っていることにか？　シーラがぼくにそう告げたことにか？でも、怒ることは、少なくとも船酔いしているよりは気分が良かった。

ぼくは羊皮紙を何度もひっくり返して見た。故郷《こきょう》の家で、あの晩《ばん》、これを引き裂く直前まで行ったことを思い出した。あのとき、けっきょく、ぼくは引き裂かなかった。これが本物だと信じていたからだ。そして、いろんなことはあるにしても、ぼくはいまだに信じている。だれが、わざわざ間違った地図を描くだろうか？　何かわけがあるに違いない。いずれにしても、地図を破いてしまう気にはなれなかった。ぼくは羊皮紙をたたみ、入れ物の中にしまった。

「さあ、マラカンドに行こう」ぼくはついに言った。

「おお、智恵《ちえ》に満ちあふれたお方よ」とバクシーシュが言った。シーラとぼくの会話を全部聞いていたらしい。「まえに言ったとおり、われわれはそもそもあそこを離《はな》れるべきじゃなかったんでがす」

「きみはぼくといっしょに来るんだ」ぼくはシーラに言った。彼女が言いだすかもしれないいろいろな反対意見をあらかじめ防ごうとして、なるたけキャラバン頭《がしら》らしいいかめしい口調で言ったのだ。彼女は何の意見も言わなかった。

ぼくは少し落ち着かなくなった。一方、バクシーシュはずいぶん元気になっていた。といっても、ぼくが、続けて、「もう一度やり直すんだ。今度はもっとうまくやる」と言うと、バクシーシュはまたしてもうめき声をたて始めた。

「宝物《たからもの》を見つけるにはもっと正確な地図が必要だ。キャラバン頭たちはきっとそれを持っているだろう。商人やほかの旅人たちだって持っているかもしれない。なんだったら泥棒《どろぼう》市場で手に入るかもしれない。だからマラカンドに行くんだ」

それからシーラに言った。

「ぼくは最初に、きみを家まで送っていくと言った。いまでもそのつもりだよ」

「もっとも決然としたキャラバン頭さまよ」バクシーシュは、あまりうれしそうではなかったが、あきらめた顔で口をはさんだ。「でも、どうやって行くんでがす？　あなたがするどく見抜《みぬ》いておられるように、この墓場のような砂漠をうろつきまわるなんて正気の沙汰《さた》じゃありやせん。とりわけ、もっとも適切な判断力をお持ちのお方にこんなことを言うのは失礼でがすが、あなたはここがどこなのか見当がついていねえんでがすからね。そして知性の輝《かがや》くランプのようなお方よ、ここがどこかわからねえってことは、すなわち、どっちに向かって進むかもわからねえってことなんでがすからね」

「いや、わかってるよ」ぼくは言った。「ぼくらの来た道だ。来た道をもどればいいんだ」

「何でがすって？」バクシーシュは叫《さけ》んだ。「われわれはいくさを避《さ》けるためにコースを変えたんでがすぜ？　カジク族の連中は――」

「カジク族なんてくたばってしまえだ」ぼくは叫んだ。「カラキト族もだ。キャラバンを襲《おそ》う盗賊《とうぞく》どももだ。みんな地獄《じごく》に落ちるがいい！　もしやつらと関わり合わなきゃならないなら、仕方がない、相手になろうじゃないか」

この言葉《ことば》の一部は――いや、ほとんどは、いやいや、ぜんぶは――虚勢《きょせい》だった。口先だけの強がりだった。でもほかに選択《せんたく》の余地はなかった。ぼくは精いっぱい毅然《きぜん》とした顔つきをしてみせていた。

「地獄に、だって?」バクシーシュは言い返した。「われわれのほうが先に落ちちゃうんじゃござんせんかね。まあ、それよりまえに、少なくとも朝飯《あさめし》ぐらいは食っておきたいもんでがすな」

地図についてのシーラの言葉に気が動転していたせいで、ぼくは、このときまで、明白な不在に気づいていなかった。

サラモンのすがたが見えないのだ。

動物たちのほうを見やっても、彼《かれ》はいなかった。ほかのどこにも見えなかった。

ぼくはバクシーシュの腕《うで》をつかみ、「彼はどこだ? どこに行ったんだ?」

「あっしが知るわけないでしょうが」バクシーシュは肩《かた》をすくめた。「遠くへ行っちゃいねえはず。あのじいさん、間違いなく、ものすごく魅力的《みりょくてき》なキノコか何かを見つけてそれを心に銘記《めいき》しなくちゃならなかったんでござんしょう。こんなところに毒キノコ一つだって生えてるはずはありゃしないのに」

サラモンにもっと注意を払《はら》っているべきだった。ぼくは引き返し、大声でサラモンを呼《よ》んだ。やがて向き直り、砂漠の平坦《へいたん》な道にもどって進み始めた。どちらの方角にも人影《ひとかげ》は見えず、ぼくの叫び声に答えるのは、こだまだけだった。

「彼、あのなかに入ったんじゃない?」シーラが、岩の斜面《しゃめん》の、蜂《はち》の巣みたいな穴のほうを指さした。

そのとおりだ。あれを見て、サラモンが我慢《がまん》できるわけがない。ついふらふらと入りこんでしまったに違いない。ぼくはバクシーシュに動物たちを連れてくるようにと言った。シーラは自分の雌馬《めうま》を引いてきた。三人で、踵《かかと》まで砂《すな》に埋《う》まりながら平らな砂地を歩いていった。近くで見ると、穴の入口は、ぼくが最初に思ったよりも大きかった。たくさんの穴が長い列をなして続いていて、商店の並《なら》んだアーケードや部屋の並んだ廊下《ろうか》のような感じになっていた。シーラの推測《すいそく》は正しかった。しばらくしたら、穴の一つから、サラモンがひょっこり飛び出した。両手を振って、急げとぼくらに身ぶりで伝えていた。

勝手にいなくなってしまったことについて、ぼくは彼に文句を言うつもりだった。しかし、ぼくは、彼をしかる気持ちになれなかった。彼が無事であることを知ってあまりにもホッとしていたからだ。それに、彼は、世界でいちばん幸せな子どものように、大にこにこだったのだ。

「来て、早く!」彼は呼んだ。「いちばんすごいのは水があること――奥《おく》のほうに水たまりを見つけた。そこから先はあまり行ってない。しかし――すばらしいんだ!」

洞穴《ほらあな》はぼくが予想していたほど暗くはなかった。壁《かべ》の高いところに点々とあいている丸い穴から日光が差しこんでいたのだ。しかし、ゆっくり見まわしている時間はなかった。サラモンがぼくらを肘《ひじ》でつついて、固い岩の通り道を奥《おく》のほうへとどんどん進ませたからだ。彼が言ったとおり、少し行った先の、天井《てんじょう》の高い、部屋のような部分の真ん中に、水たまりがあった。水は澄《す》んでいた。両手ですくって、注意深く味わってみた。新鮮《しんせん》で氷のように冷たかった。

すぐにも水袋《みずぶくろ》に水を入れたかったが、サラモンはもっと先に行くよう、しきりに急《せ》きたてた。

そこに動物たちを残して水を飲むのにまかせ、サラモンの言葉にしたがった。

「びっくり仰天《ぎょうてん》だ！」彼は言った。「わたしは、これほど驚嘆《きょうたん》すべきものを見たことがない」

「へーえ、だったら、せいぜい驚嘆させてくれ」バクシーシュは言った。「びっくり仰天させてくれ。きっと、見たこともねえようなご馳走《ちそう》がずらりと並べられてわれわれを待ってるんだろうよ」

「もっとすごいんだ」サラモンは言った。「すばらしい絵がずらりと並べられているんだ」

「絵だって？」バクシーシュはがっかりしたようすで言った。「あっしはここんところ夜もまともに眠《ねむ》っていねえし、まともな食事だって食っちゃいねえ。すっかり痩《や》せ細って、ふっと吹《ふ》けばすっ飛んでしまうようなありさまだ。──それなのにあんたは絵がどうのこうのと言うのかね？この砂漠の真ん中の洞穴の中に、絵があるって言うのかね？　あんた、太陽に照らされすぎて脳《のう》みそが乾上《ひあ》がっちまったんだな」

洞穴の奥に進むにつれて光は薄《うす》れていった。しばらく行くと、なめらかな壁面《へきめん》が続くところがあり、そこに絵が描かれていた。とても華《はな》やかな色で描かれていて、絵そのものが光を発しているようだった。

ぼくの見なれた絵のスタイルではなかった。最初は、いろいろなものが平板にごたごたと描き並べてあるだけのものだと思った。しかし近寄ってよく見ると、すべてが突然《とつぜん》、くっきりと見えてきた。まるで、これを描いた人が、ある丘《おか》の上から、半月形の明るく青い入江を見おろしているかのようななかめだった。

たくさんの船が波止場に係留されていた。防波堤《ぼうはてい》の向こうに、ぼろぼろの帆《ほ》を持った小さな船が見えた――あれは、ぼくがシディアまで漕《こ》いで行くことになった、あの浸水《しんすい》自由の老いぼれ船じゃないだろうか。波止場に沿《そ》って建物がごちゃごちゃと固まっている。市場も見える。あ、あの本屋の屋台も見える。すべてが始まるもととなったあの本屋――。

寒気《さむけ》を感じた。体じゅうががたがた震え、骨《ほね》の髄《ずい》まで痛《いた》むようだった。

シーラが近寄ってきた。

「どうかしたの、カアルロオ？」

「こんなこと、あり得ない」ぼくは言った。「でも、ほんとのことだ。ほら、あそこを見て。ガリャルディ銀行だ。そしてあそこ。あれは叔父さんの家だ。これってマゼンタの港なんだ」

バクシーシュがそばに来て、絵をしげしげと見つめていた。

「すばらしく価値《かち》あるお方よ。それはどうでがすかな。このサルティンボカ旦那《だんな》と同じく、あなたも太陽にやられたんじゃござんせんか。港ってやつはどこの港もみな同じように見えるもんでがす」

「いや」ぼくは言った。「ぼくはあそこで生まれた。これはぼくの故郷だ」

そのとき、背後《はいご》の岩の道を近づいてくる足音が聞こえた。ぼくはさっと身をひるがえし、タルワール刀をつかんだ。

20 鳥の落とし物

「あなたがたの上に平安を、友人のみなさん」

片手《かたて》に松明《たいまつ》をもって、がにまたの小男が立っていた。ひげはひどく汚《よご》れていて、もともとはどんな色なのか見当がつかなかった。ズボンのバンドがわりに、腰《こし》のまわりを荒縄《あらなわ》で結んでいる。乾《かわ》いた絵具が服のあちこちに固まっていて、服がばらばらにならないでしまわないのは、ただただそのおかげのようだった。

「人声が聞こえたようだったのでね。たずねてくださって喜んでおります」

「わざわざ来たわけじゃねえけどね」バクシーシュがぼそぼそと言った。

「たとえそうでも」男は言った。「あなたがたが何か興味あるものを見つけてくださればいいのですがね」

「実にみごとです」サラモンが口をはさんだ。「まことに魅力的《みりょくてき》です」

「これ、あなたが描《か》いたんですか？」シーラが言った。

小さい男はうなずいた。

「ま、たいしたものじゃありませんが」

「なに言ってやがる」バクシーシュはぼくにささやいた。「へぼ絵描きめ！　絵具を塗《ぬ》りたくっているだけのくせに！　なんだってまた、よりによって、こんなところで、こんなインチキ野郎《やろう》に出くわしちゃったんでござんしょう？　悪党《あくとう》どもめ！　物語屋どもと同じくらい悪い。いや、もっと悪い！　こういう手合いは絵具をめったやたらに塗りたくって、あっしらをだまくらかし、まるで、それが何か意味あるものみたいに思わせようとするんでがす。そんなことが正直な生き方といえやすかね？」

「世の中のほかの生き方と同じぐらい正直な生き方だと思いますがね」と小男は言った。目と同様、耳もいいらしい。

ぼくたちが自己紹介《じこしょうかい》すると、彼《かれ》はバクシーシュの言葉《ことば》に気を悪くしたようすもなく、明るくほほえみながら、「チェシムと申します」と言った。そして、まるで古い知り合いでもあるかのように、とても親しげにぼくを見つめた。一瞬《いっしゅん》、彼とどこかで前に会ったことがあるんじゃないかと思ったほどだった。

「ところで、あなた、この絵に関心を持ったようですね。作者としてはまことにうれしいことです」と彼は言った。

「町も、波止場も――」ぼくは言った。「あなた、マゼンタにいたことがありますね」

「どこにいた、ですって？」チェシムは絵具がくっついてかさぶたみたいになっている眉毛《まゆげ》をあげた。「いや、お若《わか》い方よ。わしがこの場所から外に出なくなってから――もう何年になることか？　それまでどこにいたのか、あんまり長い年月がたったのでほとんど覚えていないのです」

「ふん、ぺらぺらとまるでサロニカの旦那《だんな》みたいなしゃべり方だ」バクシーシュは小声で言った。

「きっと、おんなじような人間なんだ。どっちかが片方よりもっと悪いはずだが、さて、どっちのほうなのかな？」

「チェシムさん。あなたは忘《わす》れたのかもしれないけど」ぼくは言った。「でも、絶対にあなたはそこにいた。間違《まちが》いない。あなたは港を見て、それを絵に描いたんです」

「わしが港を見た？」チェシムは目をパチクリさせた。「そう、それは実際、そうなんです。あなたがこの港を知っているのなら、そうなんでしょう。わしとしてはこんなに喜ばしいことはない。しかし、わしはただ頭に浮《う》かんできたものを描いているだけなんです。何が浮かんでくるのか、いつ浮かんでくるかは、まったく予測《よそく》できない。描き終わるまで何を描くのか自分でもわからない。だから、言ってみれば、絵の中身とわしとは関係がないんです。絵がひとりでに勝手に描かれていくんです。わしはただただ、びっくりしているばかりなんで」

「でも――」シーラが口をはさんだ。「なぜ、だれにも見てもらえないところで、絵を描くんです？」

「逆なんです」チェシムは言った。「これらの絵は、見るつもりの人、見ることになっている人のために、ここにあるんです。そして見るつもりの人、見ることになっている人は、間違いなく、わしの絵を見つけるんです」

それから彼は付け加えた。「ほかの絵もあります。どうぞごらんください」

「すばらしい」サラモンは言った。「そいつは楽しみだな」

「早く見てえもんだ」バクシーシュが言った。「しかし、そのすばらしいものを思いっきりありがたく拝見《はいけん》させてもらう前に、あっしとしては体力をつけなくちゃならねえ。あんただって、世《せ》間一般《けんいっぱん》の人間と同じように、食事ってものはするんでがしょう？——まあ、ここにいるサラミ旦那は何日食わなくても平っちゃらなようだが……。もしかして、何か食べ物を少しお持ちじゃござんせんかね？」

「食べ物はたくさんありますよ」チェシムは答えた。「喜んでお分けします」

バクシーシュは元気づき、ぺろぺろ舌なめずりしながら、「そいつはうれしいや。ろくに草木もねえ砂地獄《すなじごく》の中のこった、ろくな食べ物はねえんじゃねえかと心配だったんだ」

「鳥たちが、わしの必要なものを何でもとどけてくれるんです」チェシムは言った。「鷲《わし》、タカ、ワタリガラス——こういう連中はひっきりなしに飛んできます。やつらの落っことすものを、集めるんです」

「あんた、鳥の落っことしたものを食べるのかい？」バクシーシュがチェシムを、きたならしいものでも見るような目つきで見つめた。「ご招待はありがてえけれど、ま、何か食べさせていただくのは、またこの次ってことにさせてもらいやしょうか」

「違うんですよ」チェシムは言った。「鳥の落っことしたものといっても、あんたが考えているのとは違います。連中はいろんな食べ物をちょこちょこ落っことしてくれるんです。つい二、三日まえにも、一羽《わ》のカモメが飛んできて――」

「驚嘆《きょうたん》すべきことだ」サラモンが口をはさんだ。「こんなに内陸で、ですか？――このあたりがどのくらい海から離《はな》れているのかは知らないけれど。しっかり心に銘記《めいき》しなくてはならないな」

「そう。そしてとても味のいい魚の頭を落として行ったんです」チェシムは続けた。「しばらく前には、一羽の魅力的な小さなサヨナキドリが飛んできた。小さすぎて多くを運べない鳥ですが、しかし岩の上に止まって一晩中《ひとばんじゅう》やさしい声で歌ってくれた。これは食べ物をもらうよりうれしかったです」

「言いかえれば」バクシーシュは言った。「あんたの食い物はあまりたくさんあるわけじゃねえってこったね」肩《かた》をすくめて、「まあ、いいだろう。何もねえよりゃあ何かあるほうがマシだ。魚の頭がうまいかまずいかについては、何とも言えねえけどね」

チェシムはぼくらをさらに奥《おく》へとみちびいていった。途中《とちゅう》、サラモンがきいた。

「それで、あなたのすばらしい絵具のことですがね。あれはどうやって見つけたのです？」

壁面《へきめん》のくぼみに置かれたランプに次々と火をともして行きながら、チェシムは答えた。

「ここで見つけたんです。岩を深く掘《ほ》っていくと、自分の求める色の鉱物が出てきます。これをすりつぶして絵具を作るんです。絵筆ですか？」彼はくすくす笑い、ごつごつした指で、自分のひげを指した。「こいつです。自家製です」

マゼンタを見たぼくのショックはおさまり始めていた。バクシーシュの言うとおりじゃないかと思うようになっていた。港はどの港でも同じようなものだ。きっと、ぼくの想像力が羽ばたきすぎて勘違《かんちが》いしてしまったのだろう。

しかし、いまや、シーラが、さっきのぼくと同様、衝撃《しょうげき》を受けていた。はっと息を吸《す》いこむのが聞こえた。彼女《かのじょ》は次の絵に顔を寄せていた。ぼくの見たところ、それはただ、広い川を描いたものだった。岸辺には柳《やなぎ》の木々が生えている。背景《はいけい》に、雪におおわれた山脈が、ほかの景色を圧倒《あっとう》するかのように堂々とそそり立っている。

「わたしたち、あの山脈を『世界の屋根』と呼《よ》んでいるの」彼女はつぶやいた。「あの川は、わたしの家のすぐ近く。カタイとの境界の手前にある最後の渡河《とか》地点なの。わたし、この場所を知ってるわ。

弟とわたし、あそこでよく遊んだわ。そう、まさにあの川で。わたしたち、あれを『わが家の』川って呼んだの。わたしたち、あれは自分たちのもの、ほかのだれのものでもないと勝手に思っていた。

長い斜面《しゃめん》が水際《ぎわ》まで続いているところ、見えるでしょう？」シーラは言った。「あそこで、父がわたしに泳ぎを教えてくれた。わたしはあそこが大好きだった。時どきそこへ行ってひとりですわったものだわ。向こう岸には、そしてその先には何があるのだろうと、いつも、思っていた。少し下流に行くと橋があったのだけれど、それを渡《わた》るのは怖《こわ》かったの。大きくなると、仕事でものすごく忙《いそが》しかった。向こう岸に行くことをまだ夢みてはいたけれど、もうあの川岸に行くこともなくなった」

彼女は絵から視線《しせん》をそらした。目が涙《なみだ》で光っていた。

「きみが泣くのを見たのは初めてだよ」と、ぼくは言った。

「もう二度と見ることはないわよ」

「チェシムの絵をもっと見なさいよ」とサラモンが言っていた。

見ないほうがよかったのかもしれない。次の絵は、キャラバンが攻撃《こうげき》されているところを描いていた。ラクダたちが倒《たお》れたり、膝《ひざ》をついたりしていて、毛深いポニーにまたがった男たちが駆《か》けまわっている。絵の上のほうの片隅《かたすみ》に、死者たちの顔が見える。眼窩《がんか》は黒々とした穴《あな》、口は大きく開いている。頭の肉が腐《くさ》ってはがれ落ち、白い頭蓋骨《ずがいこつ》がのぞいている。

チェシムが後ろに立って待っていた。

「あなたは、自分の見た悪夢を描くんですか？」とぼくは言った。

「わしの悪夢じゃない」ぼくを横目で見て、「たぶん、あなたの悪夢じゃないかな？」

「あなたは、頭に浮かんでくることを描くんだと言いましたよね。でも、あなたは、実際に起きたことを描いてますね」

「あなたがそう言うなら、そうなのかも」チェシムは肩をすくめた。「絵の中のできごとがかつて起きたことなのか、これから起きることなのか、あるいは絶対に起きるはずのないことなのか、わしにはわかりません。それに、なかには、未完成のままにするしかなかったものもあるんです」

シーラとサラモンは先に行っていた。バクシーシュもひとりごとのようにぶつぶつ文句を言いながら、そのあとに続いていた。ぼくは急ぎ足になって三人に追いついた。

いろいろな絵が壁面を埋《う》めていた。それらをちらりと見ただけで、チェシムが、自分の夢を描くのだと言った意味がわかった。とても多くの夢と同様に――ぼく自身の夢はもちろんそうだが――彼の夢にも、とても多くのごちゃごちゃしたものが含《ふく》まれている。彼はそれらを全部いっしょに一つの絵の中に入れこんだのだ。それらがぼくを動揺《どうよう》させ不安にした。ぼくはそれらを見すぎるほど見てしまった。そしていままでは、バクシーシュと同じ気持ちになりかけていた。胃の中にちょっと何かを入れたかった。それが鳥の置いていったものであろうとなかろうと、知ったことじゃなかった。

シーラはと見ると、彼女はわりあい大きな絵の一つの前に立っていた。手を口にあて、目を見開いて、見つめていた。これは、ぼくにとってもいちばん心をかき乱《みだ》される絵だった。砦《とりで》らしいものが軍勢に包囲されていた。戦士たちが城壁《じょうへき》を突《つ》き破って広場になだれこみ、男たち女たち子どもたちを剣《けん》で刺《さ》し殺している。絵の片隅では、ある部屋の中で、王者風のローブを身にまとった男が、宝石《ほうせき》やら黄金製の品々やらを深い穴に投げこんでいる。

「わたし、これが何か知ってる」シーラが言った。「でも、ここに描かれているのとは違った。彼は——彼はいなかった」

ぼくは彼女の視線を追った。絵の上の部分に、あかね色の空を背《せ》にして、巨大《きょだい》なすがたが下界の虐殺《ぎゃくさつ》の光景を圧倒するかのように突っ立っている。高く掲《かか》げられた片手が、燃え上がる球形のものをつかんでいた。

シーラの顔に何とも言いようのない表情が浮かんでいた。憤激《ふんげき》と恐怖《きょうふ》とがないまぜになった表情だった。彼女がひとこと言った。

「チャルコシュ」

21
タリク・ベグの伝説

シーラは身をひるがえしてチェシムと向き合った。彼《かれ》はさっきから彼女《かのじょ》をじっと見守っていたのだ。

「あなた、この男を知ってるの?」質問しているというより咎《とが》め立てしているような口ぶりだった。「あなたは彼を見たのね。彼はここにいた――」

「違《ちが》います、お嬢《じょう》さん」チェシムは両手を広げた。「誓《ちか》って言うが、彼はここに来たことはありません。彼を見たか? そう、ある意味ではそう言えるかもしれない。絵がわしの頭に浮《う》かんだときにね」

ぼくは片手《かたて》を彼女の肩《かた》に置いた。

「これらは彼の夢だ。きみの夢ではなくぼくの夢でもない。ひとはみな、見たいものを見るんだ」

ぼくは彼女を落ち着かせるつもりだった。自分の言っている言葉《ことば》のただ一つだって信じてはいなかった。

「ここにある絵がみんなこの男の夢だって?」バクシーシュが口をはさんだ。「いったい、どういう眠《ねむ》り方をしているのかね? ともかく、このへたくそな絵を見せられたおかげで、こちとらの食欲《しょくよく》がなくなっちまいそうなことはたしかだよ」

「許してください」チェシムは言った。「そんなつもりで見てもらったんじゃないんだが」

「じゃ、どういうつもりだったんです?」ぼくはきいた。

チェシムはほほえんだ。

「あなたはどういうつもりで見たがったんで?」

「ぼくは別に……」ぼくは言った。「見せてくれたのはあなたじゃないですか」

「わしは申し出た。あなたたちは見た」チェシムはにこやかな顔で言った。「それでいいのじゃありませんか」

「だから言ったじゃござんせんか、――こういうへぼ絵描《えか》きどもには用心しろって」バクシーシュがささやいた。「すぐれた知性の持ち主さまよ。こういう手合いはひとの頭を混乱《こんらん》させるのが大好きなんでがす」

たしかに、ひとの頭を混乱させる点では、この世捨《よす》て人《びと》画家は大いに成功していた。少なくとも、ぼくは、シーラが包丁《ほうちょう》をもって追いかけかねない男の顔を見ることができた。きっと実物にそっくりなのだろう。ぼくがこれまでに見たどの顔よりも残酷《ざんこく》な面《つら》がまえだった。

サラモンはシーラに向かって、「あんた、この絵に描かれているできごとになじみがあるようなことを言っていたね？」

「ええ」シーラはもう冷静さを取りもどしていた。「わたしと弟が子どもだったとき、母が話してくれた物語を思い出すんです。『タリク・ベグと黒い砦《とりで》の物語』っていうんです。

——伝説によると、遠い遠いむかし、タリク・ベグはカシュガリ族の族長だった。フンズク族が動き出し、間もなくカシュガリ族のところに攻《せ》めてくるという知らせがとどいた。

カシュガリの人々は恐《おそ》れおののいた。フンズク族は、イナゴの大群よりも凶暴《きょうぼう》な、容赦《ようしゃ》ない略奪者《りゃくだつしゃ》・破壊者《はかいしゃ》として知られていたから。フンズク族の立ち去った後にはもう草が生えないといわれていた。

カシュガリの人たちは、最初、町から逃《に》げ出そうかと考えた。貴重《きちょう》なもの、かけがえのないものを持って逃げてしまおうか、と。しかし、タリク・ベグは、それはだめだと言った。

『フンズクの連中はただおまえたちを追いかけて追いつめて何から何まで奪《うば》いとるに決まってる。自分たちの宝物《たからもの》を連中の手のとどかないところに隠《かく》すほうがいい。たいしたものがないと知ったなら、やつらは去っていき、よそで財宝《ざいほう》を探《さが》すだろう。

わしはおまえたちに許可をあたえる。おまえたちのいちばん価値《かち》ある持ち物をわしの砦に持ってくればいい。わしはそれらを預かって自分の宝物庫に保管しておこう。わしの砦はどんな攻撃《こうげき》にも耐《た》えることができる。そして危険《きけん》が去ったら、おまえたちは自分のものを持って帰ればいいんだ』

カシュガリの人々は、タリク・ベグの親切さと寛大《かんだい》さに感謝した。タリク・ベグは、宝物庫の真ん中に一つの縦穴《たてあな》を掘《ほ》るように命令した。トンネルだの脇道《わきみち》だののもある地下の穴倉《あなぐら》のようなものだった。カシュガリの人々をさらに安心させるために、彼は、自分の宝物のすべても、民衆《みんしゅう》の物といっしょに隠すのだと宣言《せんげん》した。

カシュガリの人々は昼となく夜となく工事にはげんだ。やがて穴倉は完成した。

タリク・ベグがまず第一番に、自分の宝物を、トンネルのいちばん奥《おく》のところにしまった。続いて民衆が、それぞれの持ち物を隠した。豊かな商人たちは先祖伝来の貴重な宝物を運び入れた。貧しい人たちも、それなりに大事だと思っている品物を運びこんだ。全体でものすごい量になり、タリク・ベグは驚《おどろ》いた。

『どうして連中はこんなに多くの貴重な品物を持っているんだ?』とひとりごとを言った。『やつらは、わしが思っていたよりも裕福《ゆうふく》だったのか?　それともわしの税金の取り立て方が十分じゃなかったのか?』

全部が隠されると、縦穴の口はタイルでたいへん注意深く巧《たく》みにふさがれて、ふつうの床《ゆか》と見分けがつかなくなり、下に何かがあるなどとは、とうてい思えなかった。

ついに、恐れていた日が来た。フンズク族が町になだれこんだ。しかしカシュガリの人々を襲《おそ》った運命は、タリク・ベグが予言したものとは違っていた。

たしかに、彼の砦は堅固《けんご》でフンズク族はこれを破ることができなかった。しかし、町に略奪するものが何もなかったことは、ただ彼らを激怒《げきど》させただけだった。立ち去るのではなく、逆上したフンズク人たちは、腹《はら》いせに、家々に火をつけ、町の人々を虐殺《ぎゃくさつ》し始めた。

カシュガリ人たちは砦に駆《か》けつけ、中に入れてくれ、避難《ひなん》させてくれと口々に懇願《こんがん》した。しかしタリク・ベグは、彼らの痛切《つうせつ》な叫《さけ》びに耳を貸さなかった。

『やつら、多すぎるんだよ』彼はひとりごとを言った。『自分たちを一人残らず救ってくれと言うのか？　わしが適当に選ぶべきなのか？　それだと不公平になってしまう。もっと悪いのは、わしが扉《とびら》を開けたらフンズクどもが、やつらに続いて入りこんでこの砦をぶんどってしまう。そうなれば、われわれカシュガリ族が全滅《ぜんめつ》してしまう』

そんなわけで彼は砦の扉のかんぬきをはずさなかつた。多くのカシュガリ人が、砦の門の前で、助けてくれと叫びながら殺された。やがて、さんざん剣《けん》をふるったために腕《うで》が疲《つか》れ、血を見るのにも飽《あ》きてしまったフンズク人たちは何の獲物《えもの》もないままに去っていった。

虐殺を生きのびた人たちは、ふたたび砦の前に集まった。憤激《ふんげき》してタリク・ベグを非難《ひなん》した。人々をむごたらしく殺されるがままにしたことで彼をののしった。預けておいた自分たちの宝物を返せと大声を上げた。またしてもタリク・ベグは冷酷な態度をとった。人々の要求のどれも聞きいれようとはしなかった。

『それはできない』彼は宣言した。『すべての品物をえり分けるのはいまや不可能だ。わしの持ち物とごっちゃになってしまったものもある。それに、持ち主のうち、多くの人が殺されてしまった。いったいどうやって、もともとの持ち主がわかるだろう？　自分のじゃないものを、自分のだと言って手に入れようとする人間もいるかもしれないじゃないか。

それだと、とほうもない不公平になる。わしはそんなことに手を貸したくない。だから、わしがあれを全部預かっているのが、唯一《ゆいいつ》、理屈《りくつ》にかなった適切なやり方なのだ。わしがここに保管しなかったら、フンズクどもはあれを奪い去り、どっちみち、あれは無くなってしまっていたはずなのだ。それに、わしは族長だぞ。わしに逆らうものがいるか？』

憤激した町の人たちは互《たが》いに話し合った。――さあ、どうしようか。

『この悪辣《あくらつ》な族長はわれわれを中に入れなかった』

『われわれは彼を外に出さないようにしようじゃないか』

それで彼らは、砦から外に出るありとあらゆる出口に、かんぬきを掛《か》け、錠《じょう》を掛け、鍵《かぎ》を掛け、釘付《くぎづ》けにした。カブトムシ一匹《ぴき》だって這《は》い出すことはできなくなった。けっきょく、タリク・ベグは自分の宝物庫の中で狂《くる》い死にをし、カシュガリの人々は廃墟《はいきょ》となった町を離《はな》れて、どこか別のところで、新しい生活を始めたのだった」

ぼくがこれまでに聞いたうちでいちばん楽しい物語とは、とうてい、言えなかった。シーラがこんな話をしてくれなければよかったのに、とさえ思った。同時に、この話はぼくに、地図のことを思い出させた。たしかにあの地図は間違っていた。彼女が言ったとおりだった。が、それでも、あの地図には、宝物庫としてしるしを付けられている個所があった。これをどう考えたらいいのか？　一瞬《いっしゅん》、希望の光のようなものを感じた。が、それは、シーラの続きの言葉を聞いているうちに、はかなく消えた。

「それがほんとうのことか、それとも、約束を守ることを子どもに教えるために母親たちが作りだしたただのお話か、だれにもわからない。黒い砦はとっくになくなっている。風雨にさらされ崩《くず》れ落ちて、大地がそれを呑《の》みこみ、埋《う》めてしまった――もしそれがむかしはほんとうにあったのだとしても、ね。かりに実在したとしても、どこにあったのか、だれも知ってはいないわ」

「あっしは知ってるぞ」バクシーシュが言った。

またしてもぼくの心に希望のともしびがともったが、すぐまた消えてしまった。バクシーシュはこう付け加えたのだ。「いたるところに、ありとあらゆるところに、あったんだ。あっしはケシャバル人というものをよく知ってる。やつらは夢を見つづけてる。ここは、かつてすばらしい帝国《ていこく》だったってことが忘《わす》れられずに、いつもその夢を追い求めてるんだ。なぜ、やつらがそんなことに時間を費《つい》やすのか、あっしにはさっぱりわからんよ」

「わたしにもわからんね」サラモンが口をはさんだ。「帝国だって？　まるで象を飼っているようなものじゃないか。もちろん、堂々たる動物だ。しかし――それを維持《いじ》するための努力と費用を考えると。帝国なんてものにあこがれる人の気持ちがわからないよ」

「いいですかい」バクシーシュは言った。「もし道路に出っ張ったところでもあれば、やつらは、ここはむかし宮殿《きゅうでん》だった、城《しろ》だった、栄光ある都市の遺跡《いせき》だと騒《さわ》ぎ立てる。馬の水飲み場だって、むかしの王さまの庭園の上に作られてるんだと言って、ありがたがるんだ。

あなた、砦を見つけたいんでがすか？　宝物庫を見つけたいんでがすか？　探《さが》しつづけなさい、忍耐《にんたい》強さの模範《もはん》のようなお方よ。何十個も見つかりまさあ。もちろん地中深く埋まっているものばかりでがすが、ね。だから、直接見ることはねえ。しかし、少なくとも、それらを見つけたことは間違いねえ。勝ちほこって故郷《こきょう》に帰ることができまさあ」

チェシムが、自分の仕事部屋においでくださいと言った。ちょっとした食事を出しますよということだったが、鳥の落とした食べ物を食べたいという気持ちは起きなかった。それに、彼の絵を少し見過ぎてしまった。ぼくは動揺《どうよう》し、おびえさえ感じていた。絵だけではない。チェシム自身にも、――彼の気立てのよさはわかっているのだが――ぼくを動揺させ、おびえさせるものがあったのだ。

バクシーシュとサラモンがチェシムについて先に行ってしまったとき、ぼくはシーラの腕をとった。ほかの人のいないところで、話したいことがあった。

「しばらく前から気になってるんだけど――」ためらいながら話し始めたが、なかなか、うまく言葉がつながらなかった。「ありもしないものを、いいかげんな地図を頼《たよ》りに探しつづけるなんて、ぼくはバカなんだろうか？」

「それはあなたが決めることでしょう」と彼女は言った。

「チェシムはぼくに故郷を見せてくれた」ぼくは言った。「故郷を離れるとき、ぼくはうれしかった。でも、いま、故郷がなつかしい。それなのに、——まったく故郷に帰らないとしたら、ぼくはバカなんだろうか？」

「ケシャバルにずっといるつもりなの？　なぜ？」

ぼくは足をしばらくもぞもぞと動かしたあとで言った。

「そう——きみのために」

彼女は何か言おうとして、ふっと口をつぐんだ。ほんのつかのまだったけれど、ぼくには何時間もに感じられた。

「だめよ」ようやく彼女は言った。「あなたはフェレンギ（西方人）だわ。そんなこと、あなたには向かない」

「きみのお母さんだって、フェレンギと結婚《けっこん》したじゃないか」

「彼らは愛し合っていたわ」

「そう」ぼくは言った。「だから、ぼくは考えたんだ。きみだって、きみとぼくだって——」舌がもつれてしまって、言葉が続けられなくなった。でも、彼女は、ぼくの言おうとしたことを正確に理解してくれたに違いない。

彼女は首を振《ふ》った。

「カアルロオ」ほとんど聞き取れないような声で言った。「カアルロオ。もしわたしがだれかを愛することができるとしたら、それはあなたよ」

22 チェシムの助言

　ぼくはシーラの言葉《ことば》の意味をもう少し探《さぐ》ってみたかったが、ちょうどそこへサラモンがやってきた。チェシムの仕事部屋をのぞいたせいで、すっかり明るい顔になって、「実にみごとだ。彼《かれ》はなんでも自力《じりき》で作っている」と言う。

　チェシムも出てきて、先頭に立って洞穴《ほらあな》の道を、太陽の照りつける外界へと引き返していく。

「彼は石ですり鉢《ばち》とすりこ木を作りそれを使って、絵具を作るんだ。いろいろ混ぜ合わせて、実に驚嘆《きょうたん》すべき色を生みだしている。あなた、実際、自分の目で見たほうがいい」

　この次に近くに来たとき、ぜひ見せてもらいますとぼくは言った。

「見なくてけっこう。まるでコウモリどものキャラバン宿でさあ」バクシーシュはぼくに言った。

「ほかにどんな生き物が巣食《すく》っていることか、考えるだけでもぞっとしまさあ」

「チェシムさん」サラモンは言った。「あなた、次の絵のことを話していましたね。たいへん魅《み》力的《りょくてき》な絵のようでしたが……」

「そうでした、そうでした」チェシムは言った。「残念なことに、完成させることはできませんでしたが。

ある夜、わしの頭に浮《う》かんだこと――それを何といったらいいでしょうか？――そう、それは一種の物語でした。ある井戸掘《いどほ》りの若者《わかもの》が王女に恋《こい》をした。しかし、あまりにも貧しかったから、相手に思いを伝えることはできなかった。あるとき彼は一本の瓶《びん》を見つけた。ある魔神《まじん》のものだった。瓶を魔神に返してやる、それとひきかえに、魔神から莫大《ばくだい》な財産をもらうという約束をかわした。――おろかな井戸掘りは、富があれば王女の心をとらえることができると思ったのだ。彼は立派《りっぱ》な王子さまにすがたを変え、たくさんの宝物《たからもの》を王女のもとへと運んで行った」

バクシーシュはぼくをちらりと見て、言った。

「前に聞いたことがあるような話でがすね」

「しかし、王女は彼の申し出を断わった」チェシムは続けた。「彼女《かのじょ》はひそかに、貧しく名もない井戸掘りに恋をしていたのだ。それで彼は、ふたたび魔神に頼《たの》んで、自分のすべての財産を煙《けむり》のように消してもらい、自分の真のすがたである貧しい井戸掘りにもどって彼女の元をおとずれた」チェシムは口をつぐみ、「あ、失礼しました。食事を差しあげるのをすっかり忘《わす》れていました」

「もう、待ちきれねえよ」バクシーシュは言った。

世捨《よす》て人《びと》画家が急いで立ち去ったあと、ぼくはサラモンに言った。

「驚《おどろ》いたな。あの人、自分の未完の作品について、会ったばかりの人間に話すなんて」

「逆だね」サラモンは言った。「ああいう人たちは聞いてくれる人には話したくてたまらないんだ。実際、ああいう人たちってしゃべりだすと、途中《とちゅう》でやめさせることなんてできやしない」

「あっしの意見はちょいと違《ちが》うね」バクシーシュが口をはさんだ。「やつは、こういうことを全部、夢でみたんだと言ってるが、とんでもねえ。やつはペテン師だ。嘘《うそ》つきだ。いまのは、マラカンドであのインチキ物語屋がしゃべくってたのと同じ話じゃないか」

バクシーシュの言うとおりだった。ぼくもそれは気づいていた。

「そう、たしかに同じ話だ」サラモンはうなずいた。「たぶん、むかしからの、だれもが知っている物語なんじゃないかな。チェシムは間違いなく、子どものとき、それを聞いたんだ。それが記憶《きおく》に刻《きざ》みこまれていて夢に出てくるんじゃないかな」

「ま、そうかもしれねえ」バクシーシュは言った。「だけんど、結末が問題だ。あのインチキじいさんは途中でやめた。いちばん良いところを話さなかった。あっしは話したよ。歩きながら即《そく》席《せき》で話をつくりだしたんだ」

「そうだったわね」シーラがうなずいた。

「だから、やつはペテン師で嘘つきなだけじゃなく」バクシーシュは憤然《ふんぜん》として宣言《せんげん》した。「泥《どろ》棒《ぼう》なんだ。どうやってかは知らねえが、やつはそれをあっしから盗《ぬす》んだ。画家なんてもんじゃねえ、やつは、ひとの心を盗み取る、心泥棒なんだ」

そのときチェシムがあらわれたので、バクシーシュは顔をしかめ口をつぐんだ。画家は、平たいみがかれた石を四つ、かかえてきた。それらは皿として使われているのだった。チェシムはそれに何やら食べ物らしいものを盛《も》りつけ、ぼくたちにすわるように身ぶりで伝えた。ぼくたちは、洞穴の出入り口に近い、地面が平らになっているところに腰《こし》を下ろした。太陽に直接さらされることはなかった。チェシムが気を悪くしないよう、ぼくは手渡《てわた》された得体の知れない食べ物をちょっと口に入れてみた。が、これが意外においしかった。ぼくは本気でがつがつ食べてしまった。

「あなたがたにはお世話になりました。お礼を言わなくては」チェシムはまずシーラにそれからぼくに、ほほえみかけた。「わしの未完の絵のことです。──夢は消えてしまって、王女の顔と井戸掘りの顔が浮かんでこなくなり、絵を描《か》きつづけられなくなったんです。

若いあなたがたに会えたおかげで、王女と井戸掘りの顔がまたはっきりとよみがえりました。あなたがたと彼らは同じような顔をしているんです。あなたがたのおかげで絵を仕上げられる。実にありがたい。どうですか、絵が完成するまで、みなさんここに滞在《たいざい》したら。わたしは大歓迎《だいかんげい》です。六ヵ月か七ヵ月で仕上げられると思います」

この洞穴で半年暮《く》らすとなったらサラモンは大喜びしたに違いない。しかし、そうもいかなかった。親切な招待はありがたいけれど、時間が切迫《せっぱく》してます、旅を続けなければならないので、と、ぼくはチェシムに断わった。

「若い人たちはいつも急いでいるんだね」チェシムは言った。「お節介《せっかい》なようだが、いったい、どの道を行くんです？　もしかすると、わしの知識がお役に立つかもしれない」

少しでもぼくたちの力になりたくて仕方がないような感じだった。それでぼくは、ぼくらがマラカンドから来たこと、そしていま、マラカンドまで同じ道を引き返して帰るつもりであることを話した。新しい備品が必要なこと、そして、良い地図がほしいことも、ちらりとだけ話した。宝物については、もちろん、何も言わなかった。

「何週間も旅をする必要はありませんせん」チェシムは言った。「もっとずっと近くに町があるんです。何という名前だったか？　そう、シャリヤーとかいったな。――ああそうだ。シャリヤー・エ・ゲルメジです。わしはここに来る途中、そこを通り過ぎた。いつ？　思い出せない。ともかく、ずいぶん前のことです。そこへ行けば必要なものは何でも見つかることは間違いない。決して楽な旅じゃありません。でも、長い目で見れば、そこへ行って良かったと思うはずです」

ぼくも、逆もどりするのは、ほんとうは気が進まなかった。何週間もつらい旅を続けて、けっきょく、出発した場所にもどるなんて、あまり気のきいた話ではない。ぼくは何の疑念《ぎねん》も持たずに、チェシムの言葉に喜んでいたが、――やがて彼はこう言った。

「いたって簡単《かんたん》なんです。砂漠《さばく》をどんどん進んでいく。食べ物が尽《つ》きるまで進むんです。そして食べ物が尽きたら、右に曲がる。今度は水がなくなるまで歩きつづける。水がなくなったとき、町はあんたがたの目の前にあるってわけです。いやでも目に入ります」

これなら道に迷うことはないだろう。ただぼくらは気をつけていればいいだけだ。食べる物がなくなって死にそうになったら右に曲がり、水がなくて日干《ひぼ》しになりそうになったらあたりを見回せばいいのだ。だれにだって、間違いなく、できそうなことだ。

シーラをちらりと見ると、彼女はこっくりとうなずいてみせた。サラモンはにこにこしていた。彼はどんなことだって平気で、何にでも興味を持つに決まっている。バクシーシュはと見ると、渋《しぶ》い顔をしていた。しかし彼はいつだって、内心の思いと関係なく渋い顔をしているのだ。

ぼくは立ち上がり、ピンク色の砂《すな》の広がりと、ギザギザの頂《いただ》きを持つだいだい色の丘陵《きゅうりょう》を見つめた。そう、自然をひっきりなしに賛美するサラモンのくせが、少しぼくにうつってしまったらしい。目の前の景色がぼくには、〝驚嘆〟すべきほどに美しく見えたのだ。

そのくせ、ぼくはその景色を憎《にく》んだ。ぼくら全員はこの景色に殺されてしまうかもしれないのだ。

本物のカルワンブシ――智恵《ちえ》と才覚に恵《めぐ》まれた本物のキャラバン頭《がしら》なら、どう決断しただろうか。――まったく見当がつかない。しかたなく、ぼくは分別があると思われるただ一つのことをした。

「じゃ、そうしてみます」と言ったのだ。

23 ギリシャの火

共通の大きな目的を持っていると緊密《きんみつ》な同志的結びつきが生まれるものだが、退屈《たいくつ》しきっているときも同じことが起きるようだ。

ともかく退屈続きだった。毎日の雑用、朝の不愉快《ふゆかい》さ、午後のいらいら、夕暮《ゆうぐ》れのうんざり感、そして夜が明けると、またしても同じことをくり返す……

においにも悩《なや》まされた。悪臭《あくしゅう》というやつは、ぼくが想像もしなかったほど、いろんな種類があった。ぼくたち自身、ラクダたちと同じくらい臭《くさ》かった。いやラクダ以上に臭かったと言っていいだろう。でも、ありがたいことに、ぼくたちはやがてそれに慣れ、気にならなくなってしまった。砂《すな》も大変だった。絶え間なく口に肺《はい》にとびこんできた。ぼくたちは砂にむせ、ひっきりなしに咳《せ》きこんでいた。そのせいで、いつも生き生きとしているはずのシーラでさえ、時には、ほほがこけ、やつれて見えたのだった。

もちろん、サラモンは、相変わらず、いつも上機嫌《じょうきげん》で潑剌《はつらつ》としていた。――これがまた、バクシーシュにとっては、どんなことにもまして、しゃくの種だった。

「いやみったらしい偏屈《へんくつ》じじいめ」彼《かれ》は言った。「あいつ、なぜあっしらと同じようにみじめになれないんでがすかね？　おたずねしやすが、世界一気高いキャラバン頭《がしら》さまよ、世の中ってやつは、どうしてこう不公平なんでござんしょう？」

ぼくたちは、チェシムの洞穴《ほらあな》を離《はな》れてから、ラクダや馬に乗らないことに決めていた。人間が乗って負担《ふたん》をかけるのはあまりにもかわいそうだった。シーラと彼女《かのじょ》の雌馬《めうま》は、先に立ち、くるぶしの上まである砂のなかを一歩一歩進んでいた。バクシーシュはしんがりを務め、ラクダ引きというよりもラクダ押《お》しといったほうがよさそうな感じで付いてきていた。ぼくは、サラモンとロバのコンビのわきを歩いた。ロバはますますサラモンに心服《しんぷく》しているようすだった。

ぼくはサラモンに、ちょっと冗談《じょうだん》めかして「もし海に行くつもりだったのなら　ずいぶん水に縁《えん》のない道を選んじゃったね」と言った。

「とんでもない」無邪気《むじゃき》なほほえみを浮《う》かべて彼は言った。「わたしは完全に自信を持っている。遅《おそ》かれ早かれ海には到着《とうちゃく》する。どんどん進んでいけばいいんだ。

だから、すべての論理《ろんり》からして、人間、最後には、どこであろうと自分の望むところに行けるんだ。まあ、そこがほんとうに自分の望んだ場所かどうかという問題はあるけれどね。いずれにせよ、そこに到着するまでの道のりが、そこにいることと同じぐらい興味深いんだ」

その日、サラモンは海のことよりもチェシムの絵のことが気になっているようだった。ぼくもあの絵のことが頭の隅《すみ》にこびりついていた。忘《わす》れてしまうことができたなら、どんなにうれしかったことだろう。サラモンは、画家の洞穴を離れてからずっと、絵のことを考えつづけていたに違《ちが》いない。

「頭の働きがむかしほど活発でなくなってるんだが――」彼は言った。「チェシムは、古いタリク・ベグの物語の中の一場面を描《えが》いた。――しかしあの絵の中でチャルコシュは何をしていたんだ？　チャルコシュはそもそもあの物語には関係がない。それなのにチェシムは彼を描いた」

ぼくも自分なりの質問を持っていたが、どんな答えも見つかりそうになかったので、口にしないことにし、サラモンにこう言った。

「あれは頭に浮かんだだけのものなんでしょう。何の意味もないんじゃないのでは」

「すべての夢は真実だ。夢に対して、まともに向き合い、きちんと考えればそのことがわかる」サラモンは言った。「夢はわたしたちにいろいろなことを告げているのに、わたしたちは、なかなか理解しない。夢の中のばらばらの断片《だんぺん》を拾い集めてまとめて、判断するべきなのだ。チャルコシュが手にしていた火の球。――あれを見て、わたしは、カジク族やカラキト族が村を焼き払《はら》った話を思い出した。そしてあのキャラバン宿の主人の話したことを。彼は何を言ったか？　だれにも消せない炎《ほのお》のことを話したよね？

わたしは『ギリシャの火』と呼《よ》ばれるものを思い出すのだ。それは、いったん燃え上がると消すことのできない火だった」彼は続けた。「大むかし、西方の、あなたがたの地域の人々が、敵に対して、それを用いた。幸いなことに、彼らはやがてそれを放棄《ほうき》した。それがあまりにも恐《おそ》ろしいものであることを悟《さと》ったのかもしれない。あるいはいちばんありそうなことは、それの作り方を忘れたのかもしれない。

大学にいたころ。何年前だか数えることもできないほどむかしのことだが、わたしのクラスメートの一人がばかげた考えにとりつかれた。失われてしまったその火の作り方を見つけ出し金をもうけるというのだ。そのころすでに、それがほんとうに存在《そんざい》したのかそれともただの伝説なのか、もうだれにもわからなくなっていたが、彼はあくまでがんばり、考えつくかぎりの、種々雑多なものを鍋《なべ》にぶちこんで煮立《にた》てて、火の球の元を作ろうとしていた。

わたしを含《ふく》めて回りの学生たちは彼をそそのかした——われわれは彼と同様おろかだったのだ——。そんなわけで彼はますます元気づき、沸騰《ふっとう》させすりつぶし発酵《はっこう》させ、蒸留器《じょうりゅうき》だのレトルトなどに入れたり出したり、大奮闘《だいふんとう》した。その結果、彼が得たのは、バケツ一杯《ぱい》のドロドロした液体。——なんともものすごいにおいで、ちょっと嗅《か》いだだけで胃はむかつき、目は涙《なみだ》でくしゃくしゃになった。

彼はそれでもう、例の火を作るのはあきらめてしまった。しかし問題が起きた。そのドロドロをどうするか？　持っているわけにはいかない。しかし、いったい、どう始末したらいい？

ここで告白しなければならないが、われわれの学部の学部長とわたしはいつも角《つの》つき合わせていた。彼はわたしのことを、生まれついての厄介者《やっかいもの》だと見ていたし、わたしは彼のことを知ったかぶりの大間抜《おおまぬ》けだと思っていた。わたしはそのドロドロを煙突《えんとつ》を通して彼の寝室《しんしつ》に流しこんだらどうかと提案した。

ああ、あのころのわれわれは、なんといういたずら者であったことか。われわれは数人で、真夜中、屋根の上に登り、学部長の暖炉《だんろ》に続いている煙道を見つけ、バケツをかたむけて、その臭い臭いしろものを流しこんだ。

われわれが屋根の上から降《お》りる前に学部長は部屋から飛び出した。まだ寝間着《ねまき》のままで、咳《せ》きこみ、あえぎ、鼻をおさえながら、どこかの悪党《あくとう》が睡眠中《すいみんちゅう》の自分を毒殺しようとしたと騒《さわ》ぎ立てた。

ナイトキャップを横っちょにかぶった彼は道路に転がり出て、新鮮《しんせん》な空気をぱくぱく吸《す》いこんだが、残念なことに、そのとき、屋根の上のわれわれを見てしまった。そしてどこかの悪党とはわれわれのことだと理解してしまった。彼はこぶしをふるい、ますますわめき、がなりたてた。というのは、悪臭は教室や食堂や寝室にも広がっていたからだ。道路は悪臭を逃《のが》れようと飛び出してきた教授や講師や学者先生でいっぱいだった。

学部長は、学寮長《がくりょうちょう》に命令して、われわれに、いちばんきびしい鞭打《むちう》ちの罰《ばつ》を科した。わたしの仲間たちはそのうえ重い罰金を払わされたのだが、一方、わたしは、主謀者《しゅぼうしゃ》として特別の恩恵《おんけい》をあたえられた。わたしはこのことについて、ずっと感謝の思いをいだいている。

彼はわたしを放校処分《しょぶん》にしたのだ」サラモンは言った。「こんなうれしいことはなかった。おかげで最高の学校に行くことができた」

「というと……？」

「世の中だよ、きみ。教育の場としてはいちばん苛酷《かこく》だ。しかし内容はどこの大学もかなわない。一時、わたしは人を集めて無料で講義をしていたことがある。町の広場や酒場や宿屋の中庭で教えていたんだ。――しかし、間もなく、生徒たちのほうがわたしよりずっと物知りであることに気づいた。

それから、わたしは人生の目的を求めて、行く手を定めぬ旅に出た」サラモンはまばたきして首を振《ふ》った。「しかし――いま、何を話そうとしていたんだか、考えのすじみちがわからなくなってしまった。まあ、そのうちに思い出すだろう。ずっと考えつづけていれば、いずれ頭に浮かんでくるものだ」

サラモンの考えのすじみちをたどることは、庭園の小道を歩くのに似ていた。自由自在に曲がりくねっていて、突然《とつぜん》、思いがけないものが飛び出してきたりする……。彼が何を考えているかは、ぼくには想像できなかった。ましてや、彼が、厄介者でいたずら好きだったことなど思い浮かべることもできなかった。

彼はずっと考えつづけているようだったが、やがて、この日最後の食事をとる時刻《じこく》になりぼくたちは歩みを止めた。――実をいうと、ぼくは、食事の時間を恐れるようになっていた。食物があまりにもお粗末《そまつ》だったからだ。ぼくは、できることなら何も食べずにすませたいほどだった。

チェシムは、乏《とぼ》しいなかから、精いっぱいぼくたちに提供してくれた。何でできているかはわからなかったが、ともかく実にうまかった。しかし、それはもう尽《つ》きてしまい、ぼくたちは自分たちの持ってきた食糧《しょくりょう》の予備分に手を付けざるを得なかった。

これらの食糧にはコクゾウムシやその他、サラモンさえも名を知らないいろんな虫たちがわんさと巣食っていて、まるで、食糧自身がいのちを得てうごめいているみたいだった。最初のうちは、虫たちをナイフの先でつつき落としていたが、相手は膨大《ぼうだい》な数で、そんなことではとても太刀打ちできなかった。けっきょく、虫たちごと食べるしかなかった。

少なくとも、虫たちは新鮮ではあった。袋《ふくろ》の底を引っ掻《か》いて集めたごみのような食い物よりも、まだましだった。ぼくたちの栄養補給には役に立ったと思う。しかし、背《せ》に腹《はら》は代えられずに、無理に覚えた味だった。そんなに食べたいものではなかった。ラクダ二頭とバクシーシュご当人とをいっしょにして、マゼンタ産のソーセージ二、三本と交換《こうかん》したい、ふとそんな気持ちになることもあったが、もちろんそんな機会がおとずれるはずはなかった。食欲《しょくよく》のないサラモンがつくづくうらやましかった。

日中は太陽に焼かれ、夜になると凍《こご》えるほどになることは予期していた。しかし、風のことは考えに入れていなかった。両側にそびえるごつごつした岩山から風が絶え間なく吹《ふ》きおろしてきて、ぼくたちの回りで、うずをまいて荒《あ》れ狂《くる》い、眠《ねむ》ろうとするとテントの中に入りこんでくるのだった。

風はぼくらの顔にもろに吹きつけた。砂もそうだった。すべての砂粒《すなつぶ》がスズメバチのようにぼくらを刺《さ》した。ラクダたちは鼻孔《びこう》をぺしゃりと閉《と》じられるので良かったが、馬とロバの鼻にはぼろきれを掛《か》けてやらなければならなかった。ぼくらも鼻を布でおおったが、砂は布を通してはいりこみ、ジャリジャリと体のあちこちを引っ掻いたりこすったりした。衣類をふるったり体をゆすったりして落とそうとしても、無駄《むだ》だった。

腹が減るとだれもが不機嫌になる。ぼくたちは互《たが》いののどもとに手をかけるほどではなかったが、それでも互いにいらだちは隠《かく》さなくなっていた。

それに、ぼくには、だれにも言えない悩《なや》みごとがあった。ぼくの決断が、ぼくたち全員を危険《きけん》にさらしてしまったことだ。とりわけ、シーラに対して申しわけないことをしてしまった。宝《たから》探《さが》しに心を奪《うば》われて、シーラへの気づかいを忘れていたのだ。

シーラがぼくに、一人で出て行くと告げたとき、――もしほんとうに彼女を愛しているのなら、彼女を行かせるべきだった。いや、むしろ、ぜひ行けと勧《すす》めるべきだった。その結果彼女がたとえどこにいようとも、少なくとも、この悪夢のような砂漠《さばく》の中にいることはなかっただろう。

盗賊《とうぞく》たちがあんなにも残酷に殺され、そのことにぼくも手を貸していたあのできごと、あのとき、サラモンは何と言ったっけ？　あんたにできない、あるいはだれにもできない唯一《ゆいいつ》のこと、それは自分のやったことをなかったことにすることだ。サラモンはそう言ったのだった。その言《こと》葉《ば》は、あのとき、ぼくを慰《なぐさ》めなかった。いまも、ぼくを慰めてはくれない……。

驚《おどろ》いたことに、道のりについてのチェシムの言葉は正確だった。朝食として、最後の食糧を食べ終えて歩きだすと、すぐ、右側に向かって伸《の》びている小さな道が見つかったのだ。岩が散らばり、砂よりも小石の多い道だった。ぼくたちはその道を進んだ。風は追ってこなかった。

「これは間違いなくシャリヤー・エ・ゲルメジへの道だ」とサラモンは言った。「きわめて単純《たんじゅん》で論理的だ。チェシムはわたしたちに、水がなくなるまで真っ直ぐ進めと言った。わたしたちに水はもうほんのわずかしか残っていない。だから、論理的に、わたしたちはもう間もなくそこに着くはず。たぶん数日中に。なにしろ、水がなくなれば、そこから先は、だれも長くは行けないんだから」

「あんた以外はだれもな」バクシーシュが言った。「なにしろ、あんたは、枯《か》れ枝か、干《ひ》からびたザクロか、しなびたイチジクみたいにからからに乾《かわ》いてるくせに、平気で砂漠を歩いてるんだから……。あの絵描きじいさん、水が尽きたらシャリヤー・エ・ゲジゲジとかいうところに着いてるって言ってたが、──もし、あっしらが、たったいま水をぜんぶ地面にまいちゃったら、どうなんだ？　そうすると町がいまここに、あっしらの目の前にあらわれるってのか？　あんたの好きな論理ってやつで行けばそうなるんだろう？」

「なかなかなかするどい意見だね、わがラクダ引きの友よ」サラモンは、バクシーシュの剣幕《けんまく》にたじろぐこともなく答えた。「しかし論理はしばしば現実と関係がないんだ」

チェシムは、ここまでのところは正確だった。これからは、もし彼の計算がほんの数日分でも狂っていたら、どうなるか？　危険をおかさないほうがいい。慎重《しんちょう》にやろう。ぼくたちは水をほんの一滴《いってき》でも無駄にしないことにした。自分たちより、まず動物たちに飲ませるようにした。

飢《う》えのせいか渇《かわ》きのせいかはわからないが、頭がふらふらしてきた。第二日目の終わりには、くちびるは乾いてひび割《わ》れていた。のどはまるで塩づけのタラを詰《つ》めこまれたみたいだった。唾《つば》を吐《は》きたいと思っても、からからの口からは何も出てはこなかった。シーラも渇きには参っているようだったが、自分は後回しにして、まず雌馬《めうま》が思いきり飲めるよう、気を配っていた。

いちばんへこたれているのがバクシーシュだった。歩いているというより、よろめいているという感じだった。ラクダたちを引くのではなく、ラクダたちに引かれていた。しばらく進むうちに、地面がしだいにやわらかくなってきた。固い道よりはありがたかった。それでも、もしもこの道に石ころが一つでもあったなら、バクシーシュがたちまち蹴《け》つまずいて倒《たお》れてしまうことは確実だった。

翌日《よくじつ》、彼が地上から消えた。

24 流砂《りゅうさ》に呑《の》まれて

あの悪夢のようなキャラバンの道中で親方からいろんなことを学んだが、その一つは、いったん落伍《らくご》すると、もう助からないということだった。隊列の末尾《まつび》を歩く人たちは、知らず知らずのうちに、遅《おく》れがちになる。少しずつ、本隊との距離《きょり》が広がる。ラクダたちはロープでつながれてさえいれば、間違《まちが》いなく前に進む。しかし、徒歩の人間またはラクダなどに乗った人間は、どんどん足どりを速めなくては、ついていけない。キャラバンはあっという間に先に行ってしまう。気がついたときにはもう遅《おそ》い。追いつく方法はない。集団から離《はな》れて孤立《こりつ》して、けっきょく、砂《さ》漠《ばく》の中に消えてしまうのだ。

だからぼくはたえずバクシーシュを見やっていた。サラモンはいつものようにロバのわきを歩いた。シーラも雌馬《めうま》といっしょだった。バクシーシュはもう、ラクダたちとのかかわり合いをすべて放棄《ほうき》していたので、ぼくは、キャラバン頭《がしら》であるだけでなく、ラクダ引きの仕事もやらなくてはならなくなっていた。

さっき振《ふ》り返ってみたときには、バクシーシュは、やわらかい路肩《ろかた》にそって、足を引きずりながらなんとか歩いていた。が、いま見たら、地べたに腰《こし》をおろしている。あるいは、そんなふうに見えた。またマメが痛《いた》むとかいって休んでいるんだなと思い、がんばって進もうと声をかけようとした。が、そのとき、気づいた。彼《かれ》の下半分が見えないのだ。

つぎの瞬間《しゅんかん》、サラモンがぼくのわきを駆《か》け抜《ぬ》けて走った。シーラがそれに続いた。バクシーシュは絶叫《ぜっきょう》し、両腕《りょううで》をふりまわし、しだいに地面に沈《しず》みこんでいく。

ぼくが駆けつけたときには、バクシーシュの肩はすでに消えていた。ふりまわしている両腕も沈みかけている。

サラモンがぼくに、身振りで、離れろと告げた。彼はロバ用の綱《つな》を手にしていた。いまは慎《しん》重《ちょう》に、一歩一歩、地面の固さをたしかめながら前に進んでいる。バクシーシュはあえぎ、うめき、わめいていた。サラモンは彼に綱を投げた。

「つかまるんだ」サラモンは叫《さけ》んだ。「ばたばたするのはやめろ。よけい体が沈んでしまうだけだぞ」それから、「口を閉《と》じてるんだ」と付け加えた。というのはバクシーシュは、わめくついでに、黒ずんだどろどろべとべとのものを吐《は》き散らかしていたからだ。

「流砂《りゅうさ》だわ」シーラは低い声で言った。「あのおバカさん、どうやってあの中に入りこんだのかしら?」

しかし、流砂がケシャバルのどこかにある以上、バクシーシュがそれにはまってしまわないはずはない、という気がした。流砂のことはただ漠然《ばくぜん》とだけ聞いていた。なんの害もなさそうな地面の一部分が、不注意な旅人をあっという間に呑みこんでしまうのだ、と。

これは、しかし、あまり正確ではない。あとでサラモンが教えてくれたところによると、流砂の中におぼれるのには長い時間がかかる。落ち着いていれば助かる見こみは高いのだという。バクシーシュの場合、ほんとうに危険《きけん》だったのは、彼が、ぼくたちみんなと同様、疲《つか》れきっていて、なかなかサラモンの指示にしたがえなかったことだ。そのうえ、二人はお互《たが》いに食い違っていた。

サラモンが落ち着いてと言えば言うほど、バクシーシュはますますじたばたした。どんどん沈みつづけるかと思うと、またひょいと浮《う》き上がり、ぶるるっと鼻を鳴らしたりげふげふとむせたりした。しかし、ともかく、頭の働きが完全に止まっていたわけでないことは、投げられた綱の端《はし》をつかんだことでわかった。

「いいぞ」サラモンは呼《よ》びかけた。「それで、仰向《あおむ》けに横たわるんだ。ちょうどバスタブの中で浮かぶみたいにね」

「あっしがバスタブを知ってるわけねえだろ？」バクシーシュは、口いっぱいの泥砂《でいさ》のあいだからつぶやいた。

ようやく、彼の体が泥《どろ》の表面に浮いた。サラモンが綱を引いて、彼を引っぱり出すのを、シーラとぼくは手伝った。この時までにバクシーシュは流砂の中に完全につかっていて、全身、茶色っぽい濡《ぬ》れた砂《すな》で覆《おお》われ、まるでジンジャーブレッドみたいだった。固い地面の上に来ると、倒《たお》れこみ、しばらく、頭をかかえこんでいたが、やがて息遣《いきづか》いが元にもどり体力のいくぶんかを取りもどすや否《いな》や、さっきぼくらに引っぱり出されるとき出していたのと同じくらいの大声で、わめき始めた。

「呪《のろ》われた穴《あな》め！　ケシャバルじゅうの小鬼《こおに》どもが寄ってたかって、あっしの足を引っぱりやがった。地獄《じごく》の門の前まで行ってきたよ！」

「うーん、それはどうかな」サラモンは、バクシーシュを落ち着かせたいような口調で言った。「地獄は、地下よりもこの地上に多いはずだよ」

「あんたの考えつきそうなセリフだな」バクシーシュは言い返した。「じゃ、スパゲティニさんよ、教えてくれねえか、どうしてあっしは砂漠の真ん中でおぼれかけたりしたんだね？」

「われわれの周囲は水ばかりだ。時どき、少しだけが、表面にしみて出てくる」サラモンは言った。「ともあれ、あんたの足の下には大きな川やその支流がいっぱい流れている。皮膚《ひふ》の下の静脈や動脈のようにね」

「あんたの皮膚の下はそうかもしれねえが、あっしの皮膚の下は違うよ」バクシーシュは言った。

「ともかくあっしは、いつ自分が地獄に行ってもどってきたか知ってるんだ」

「恩知らずだなあ」シーラと二人でバクシーシュを立たせてやりながら、ぼくは言った。「彼はあんたの命を救ったんだよ。それなのにお礼の言葉《ことば》も言わないのかい？」

「必要ない」サラモンが口をはさんだ。「遅かれ早かれ、彼は自分で這《は》い出したはずだもの」

「あはー！」バクシーシュは叫んだ。「聞いたでがんしょうが。やっこさん自身がそう言ってるじゃござんせんか。お礼を言う? やなこった。やつは、あっしのことを『思いやりがある』とかなんとか言って、侮辱《ぶじょく》しやがった。やつのほうこそ、わしに詫《わ》びを言うべきなんでがす」

バクシーシュのえりくびをつかんでゆさぶれば、ほんの少しでも感謝の気持ちがこぼれ出てきたかもしれない。しかし、あまりにものどがかわいていて、仲間同士の礼儀《れいぎ》のことを思い悩《なや》むゆとりはなく、ぼくは何もしなかった。

あやうく命を落とす体験をしたうえに、ものすごい速さで乾《かわ》いていく泥に全身をおおわれ、茶色の貝がらみたいになっているバクシーシュだったが、疲れ果てたようすはなかった。

それどころか、旅を続けながら、元気にしゃべりまくった。恐怖《きょうふ》の経験のおかげで、それ以前の不平不満は消し飛んでしまった。マメの痛みさえ忘《わす》れてしまったらしい。休憩《きゅうけい》するたびに、ああこれを忘れてたと言っては、冒険《ぼうけん》物語の新しい部分を披露《ひろう》した。思い出語りの中で、彼のはまった穴はどんどん深くなっていき、流砂との彼のたたかいはどんどんすさまじいものになっていった。

「ふたたびお天道《てんと》さまを拝《おが》めるとは、まったく思わなかったね」と高らかに言う。もう、五、六回は聞いているせりふだ。「息ができず窒息《ちっそく》しそうだった。全身を恐《おそ》ろしいどろどろが締《し》めつけてきて、肺《はい》が破裂《はれつ》しそうだった。

そこから抜け出す強さを、あっしが、どうやって見つけたか？」彼はまくしたてた。「ただ、おお、気高き恩人さまよ、あっしはあなたのことを考えたんでがす。あっしがお仕えしていなければ、あなたはお手上げだ。あなたを希望なき混乱《こんらん》の中に残してはならねえ。そう思ったとたん、新しいやる気がわいてきた。あっしは、泥の中を必死にもがき、のたうち、表面に向かって浮かんでいったんでござんす」

ひとつのことを彼はすっかり忘れている。サラモン、シーラ、そしてぼくが、彼の冒険談の中には出てこないのだ。ぼくたちはまったくそこにいなかったみたいなのだ。ぼくはそのことを指《し》摘《てき》して彼に文句を言うべきだったかもしれない。しかしシーラが、勝手にしゃべらせておきなさいと、身ぶりでぼくに伝えていた。

彼はしゃべりつづけた。一方で、それは時間つぶしになり、のどの渇《かわ》きを忘れさせてくれた。他方で、それは、ぼくの心の中に――時たま、ちらっとだけ、決して真剣《しんけん》にではないけれど――彼をひとりで流砂とたたかわせておけばよかったかも、という思いを生んだのだった。

こんな意地悪な考えが浮かんだのは、ぼくが味わっていた苦労のせいだろうと思う。寝《ね》ても覚めても、水のことを考えていた。ぼくの回りに水があふれているようだった。こんなに多くの魅《み》惑的《わくてき》なかたちの水を想像したことはなかった。川、滝《たき》、せせらぎ、マゼンタの噴水《ふんすい》。グラスにあふれる水、樽《たる》にたまった雨水、ピッチャーの水、バケツの水、みんな澄《す》みきってきらきらしていた。

一度、ついに宝物庫《ほうもつこ》を発見した夢を見た。部屋部屋が果てしなく続き、そのどれにも、とほうもなく大きな壺《つぼ》がたくさん並《なら》べられていて、それぞれの壺には、あふれるばかりの――水が入っているのだった。

現実には、ぼくたちの水袋《みずぶくろ》の底に残されたものは悪臭《あくしゅう》を放っていた。でも、ぼくたちはそれを飲んだのだ。

翌日《よくじつ》の午前中、ぼくは町を見た。

喜びの叫びをあげたのだが、それはまるで、いじめられているアヒルみたいな声だった。ラクダの綱を落とし、町の方角に向けて駆け出した。シーラが引きとめたが、その手を振り切って走った。シャリヤー・エ・ゲルメジ！　すばらしいながめだった。チェシムがほのめかした以上に立派《りっぱ》だった。息をのんで見つめた。太陽にきらめく塔《とう》が並びたち、花でいっぱいのテラスが続く。ヤシの木々が微風《びふう》の中でおだやかに揺《ゆ》れている。

ひとつ、変わったことがあるのに気づいた。

町は空中に浮かんでいるのだった。

25 シャリヤー・エ・ゲルメジの町

足の力が抜《ぬ》けて、ぼくはへなへなとしゃがみこんだ。シーラが駆《か》けつけたときには、頭がふらふらしていた。山々の頂《いただ》きの真上に浮《う》かぶ町はしだいに遠のき始めていた。

ぼくは立ちあがり、みんなを急《せ》きたてた。とどかないところへ行ってしまう前にハシゴを見つけなくては。たくさんの綱《つな》を見つけなくては。われながら、よく気がつく、実際的な人間だと思っていたのだが、――どうやら、声がうわずっていたらしい。

ぼくのほほにシーラがそっと手をあてた。ああ、なんという幸せ！　もう一度、しゃがみこんでやろうか。

「カアルロオ。あれはなんでもないのよ」彼女《かのじょ》は言った。「ただのタスビルよ」

サラモンが来て、シーラのわきに膝《ひざ》をついた。

「あんた、よく見てみなさい。あれは町じゃないよ」

ぼくは回りを見まわした。「ぼく、気が狂《くる》ったのかい？」

「いや、そんなに狂ってはいない」サラモンは言った。「あれは、あんたの国のほうではファータ・モルガーナとか、まぼろしとか、蜃気楼《しんきろう》とか呼《よ》ばれているものさ」

「町が見えたんだ」ぼくは言い張った。「まだ見えてるんだ」

「わたしらも見てるさ」彼《かれ》は言った。「そう、みごとな蜃気楼だ。本物そっくりだ。とりわけ黄金の塔《とう》はみな実にすばらしい。これは心に銘記《めいき》しておかなくちゃならない。しかし、あれはどこか遠いところにある町を映《うつ》しだしたものにすぎないんだ。蜃気楼がオアシスや泉《いずみ》を映しだすことも、しばしばある。砂漠《さばく》では人を引き寄せずにはおかないながめだ。しかし、それに近づこうとして命を失う旅人も多いのだ。

　そこにあるように見えて、――実は、そこにはない。光線や、空気の流れの微妙《びみょう》な作用が生みだすトリックなんだ」

「その知ったかぶりの言うことなんか信用しちゃいけやせん」バクシーシュは小声で言った。「あっしが大地の奥《おく》深くに潜入《せんにゅう》してるのに、やつは、泥池《どろいけ》にはまりこんだとかなんとか、見当違《けんとうちが》いなことをしゃべくってたんでござんすからね」

　それから手をかざして遠くを見て、「見える見える。あの絵描《えか》きのじいさん、わしらをかついだな。たしかに、町は見える。だけど、あいつ、町が空に浮いてるなんて言わなかったじゃござんせんか」

「そうじゃないの」シーラは立ち上がっていた。「あなた、こっちを見てみなさいよ」

そう言って前方を指さした。彼女もまたまぼろしを見ているのかと、心配になったが、そうではなかった。ぼくたちの行く手、少し離《はな》れたところに、現実の、がっしりとした城壁《じょうへき》が見えていた。シャリヤー・エ・ゲルメジの町の壁《かべ》に違いなかった。

けっきょく、チェシムはまたしても正確だったのだ。ぼくの頭の混乱《こんらん》がおさまり、足の力も元にもどると、ぼくたちは、また歩き始めた。町の門に着いたときには、どの水袋《みずぶくろ》の中身もすっかり無くなっていた。

町はぼくらの命を救ってくれた。しかし、ぼくはちょっとがっかりしていた。シャリヤー・エ・ゲルメジは蜃気楼にくらべればずっと見劣《みおと》りのする町だった。ただのこぢんまりした市場町という感じで、そのご立派《りっぱ》な名前にふさわしくなかった。チェシムは魅力的《みりょくてき》な町だと言っていたし、たしかにそうだと思う。しかし、あの時、そんなことは別にぼくにはどうでもよかった。ぼくが求めていたのは、ただ、動物たちを休ませ世話をしてやれること、自分たちが何ヵ月か、食べて飲んで眠《ねむ》れること――できることなら、それらを同時にやれること、それだけだった。

町は、蜃気楼にくらべれば、それなりの優《すぐ》れた点があった。それはまぼろしでなく、現実のものだった。街路には水売りたちや食べ物売りがいっぱいだった。ぼくらは彼らにとびかかり、彼らの商品を全部買い取り、むさぼり食い、がぶ飲みして、さあ、もっと食べ物飲み物はないかと、きょろきょろ見まわした――かもしれなかった。

そうなるのを防いだのが、サラモンの警告《けいこく》だった。慎重《しんちょう》におやんなさい、最初はちょっとずつ食べたり飲んだりしなきゃいけません、と彼は言った。それでぼくらは、けんめいにがんばって食欲《しょくよく》をおさえたのだが、バクシーシュはサラモンの言葉《ことば》をはねつけ、水売りの屋台におかれている壺《つぼ》の中身のほとんどを一気《いっき》飲みし、カバブや菓子《かし》やその他、口に入るものはなんでもかでも胃袋にほうりこんだ。が、けっきょく、あとで全部、外界にもどすことになったのだ。

小さな旅館がわりあい簡単《かんたん》に見つかった。手入れの行きとどいた厩舎《きゅうしゃ》があり、それなりに清潔できちんとした部屋があった。部屋に入るなり、ぼくはベッドにもぐりこみ、ざっと一年ぐらい眠ったような気がしたが、実際に眠ったのは一日半だった。そのかん公衆浴場《こうしゅうよくじょう》に行きスチームバスに入ったのをぼんやり覚えている。シーラやサラモンも入ったようだが、バクシーシュが入ったかどうかは、いつもたくさん着こんでいる彼のことだから、ぼくには見当がつかなかった。

やっと人心地がつき、ぼくらがこの町に来たそもそもの理由を考えることにした。そうだった。もっといい地図がほしかったのだった。

故郷《こきょう》で、船乗りたちが、「ポルトラーノ」というもののことを話すのを聞いたことがある。それは単なる海図ではなく、海岸線、陸上の目印、浅瀬《あさせ》、その他航海にかかわるすべてについてくわしく書いてある案内書のことだ。ぼくは〈黄金の夢の街道〉についてもこのようなものがあるのではないかと思った。それにマゼンタの港には、船専門《せんもん》の雑貨店があって、航海に必要なありとあらゆる品物を売っていた。もしキャラバンや陸上の旅人のためにもそういう店があるのなら、いろんな食べ物や備品をあちらこちらの店を回って買い集める手間がはぶけるだろう。

チェシムの話では、ぼくたちは、ここシャリヤー・エ・ゲルメジで、ほしいものを何でも見つけられるということだった。ぼくは彼の言葉を信用したかった。そういう店を探《さが》しに、みんなで町へくりだした。

ここのバザールはどれも、マラカンドのバザールに比べると、小さかった。そして、同じ商売ごとに分かれているのではなく――たとえば金細工師はみな一つの街路に、絨毯《じゅうたん》商人はみな別の街路にまとまっているというのではなく――いろんな種類の店がごちゃごちゃに混ざりあって並《なら》んでいた。だから、かなりの時間、うろうろと歩きまわった末に、ようやく、これはと思う店にめぐりあったのだった。

店の中は、鞍《くら》やさまざまな馬具のたぐいや綱や水袋やその他いろいろの品物が棚《たな》いっぱい床《ゆか》いっぱいにあふれ返っていて、店主の居場所など、ありそうもなかった。が、毛布を山のように積み重ねた向こう側から、ひょいと顔を出したのが、店主だった。長いあご、これまで見たことのないようなぼさぼさの眉毛《まゆげ》。

「いらっしゃい、わたし、ダフタンと申します」と自己紹介《じこしょうかい》し、「食糧《しょくりょう》でも備品でもどんなものでもお望みどおりにご注文に応じます。注文の翌日《よくじつ》にはお泊《と》まりの旅館におとどけいたしましょう」と言った。

ぼくは「ポルトラーノ」のことを説明し、こういったものが手に入るだろうかときいた。

「お探しのものは、ここいらでいう『ケタブ』のことだね」ぼさぼさ眉毛をあげて、「わかりました。すると、あんたは、フェニックスの尾羽根《おばね》を二、三本、お望みかもしれないね？『ギリシャの火』の作り方読本とか、ユニコーンの角の粉末とかも？」

一瞬《いっしゅん》、とまどったが、すぐ冗談《じょうだん》を言っているのだとわかった。彼は続けた。

「なぜ、そこでやめるんです？わたしの右腕《みぎうで》を買いたいと言いなさいよ、わたしの妻や子どもたちを売ってくれと言いなさいよ」グアハハと鼻を鳴らして笑い、目をきょろりと上に向け、天井《てんじょう》に向かって、「ああ、お守りください！若《わか》いフェレンギ（西方人）があらわれて、まるで羊の脚《あし》一本を注文するみたいに、ケタブをほしがっております」

「わかったよ、あんた、売るものを何一つ持ってないんだね」

「持ったことはないし、これから持つ気もない」彼は言った。「もし持ってたとしても、わたしはあんたに売っただろうか？売らないね。あんたより前に、ケシャバルで指折りの金持ち商人たちの列がずらりと並んで互《たが》いに値《ね》をつり上げあったこってしょう。あんたは、それがいかに稀《まれ》で高価であるかを、全然わかっていない。そんなものを持ってたら、わたしはとっくに商売をやめて、一生涯《いっしょうがい》、日陰《ひかげ》にすわってミントティーを飲んでドミノをやって過ごすよ」

ケタブ一つのおかげで手に入れた富をどういうふうに使うかについて、娘《むすめ》たちには持参金としてわたしてやる、妻には宝石《ほうせき》を買ってやるとかなんとか、彼はだらだらと話しつづけた。ぼくはうんざりして、立ち去ろうとした。

「待って」と彼は少しあわてて呼び止めた。「あんたにちょっとばかり役に立つかもしれないものがあるよ」ゴタゴタの山の中をかき回し、ハンカチほどの大きさの四角い絹《きぬ》の布を引っぱり出し、カウンターの上に広げた。

バクシーシュはぼくの肩越《かたご》しにのぞきこみ、「あっしの潔癖《けっぺき》で礼儀《れいぎ》正しいご主人は、やたらと鼻をかむのはお嫌《きら》いなんだよ」

「たぶんそうだろうね」ダフタンは言った。「でも、自分の旅の目的地を見るのはお嫌いじゃないかもしれないよ」

それはハンカチではなかった。一種の地図だったが、むしろ、景色を描《えが》いた絵に近いものだった。山や川や平原が生き生きとした色で描かれている。小さな人影《ひとかげ》から成るキャラバンの隊列さえ描きこまれている。宝物庫《ほうもつこ》らしいものはどこにもない。もちろん、ぼくもそんなものが描かれているなどとは予想もしなかったが。

じっくりとながめていたシーラが、「なかなかいいじゃない、カアルロオ。あなたが持っているのよりいいわ」と言った。

たしかに、美しい手芸品といっていいものだった。ぼくはダフタンに、どうやってこれを手に入れたのかと、たずねた。

「いまは亡きわしの父親が、それと食べ物ひと袋とを交換《こうかん》したんだ」彼は言った。「当時わしは仕事見習い中のほんの若僧《わかぞう》だったが、それを持ってきた男のことはよく覚えてる。小柄《こがら》なじいさんで、自分がそれを描いたんだと言ってた。――チェシムという名前だったな」

え、チェシムだって！　ちょっと、びっくりした。なぜ、チェシムはこんなに熱意と努力をかたむけてこの絵地図を描いたのだろう？　ぼくたちがこれを見つけたのは何という奇妙《きみょう》なめぐり合わせだろう。ぼくたちがダフタンの店に来たのは、まったくの偶然《ぐうぜん》だ。幸運な偶然と言っていいだろう。とはいえ、やはり、それは皮膚《ひふ》のひりひりするような不思議な感じだった。

「こんな取引をするなんて、おやじはバカだな、とわしは思った」ダフタンは言った。「そのとおりだった。これはそれ以来ずっとここに居すわって埃《ほこり》をかぶっていたんだからね。こんなものをほしがる客なんて一人もあらわれなかった」

ダフタンはほかにも買物をしてくれたらこいつはサービスしておきますよと言った。けっきょく、ぼくたちは旅の必要品を全部ここで買いこんだ。店主は、さすがのバクシーシュも文句を付けられないような格安の値段《ねだん》で売ってくれた。

ぼくはその「絵地図」をたたんで、上着の内ポケットにしまいこんだ。お買い上げの品物は確実に配達します、あなたがたの上に平安を、というダフタンの言葉を背《せ》に受けて、ぼくたちは街路に踏《ふ》み出した。

旅館に向かって歩き始めたそのとき、ぼくの腕がぐいと引っぱられた。

26 カビブの店

引き離《はな》されないよう、振《ふ》り払《はら》われないよう、ぼくにしがみついているのは、ぽってり太った小《こ》柄《がら》な男だった。満月みたいにまん丸い顔。バターを塗《ぬ》ったようにテカテカ光るほほ。ぼくを見てとても喜んでいるようだった。何か売りつけようとしているに違《ちが》いない。

「情け深い運命があなたをわたしの店にみちびいてくれました」彼《かれ》は言った。蜜《みつ》を混ぜた油みたいになめらかな口調だ。「星たちがいっせいにあなたの道を照らしてくれたのか、それとも、どなたかがわたしを推薦《すいせん》してくれたので？

ともあれ、あなたはわたしの店への道を歩んでこられた。歓迎《かんげい》いたします、親しい友人たちよ。わたし、カビブは、喜びいさんで、お求めのものをご提供するつもりです」

ぼくが求めているのはケタブなんだが、あんたがそれを持っているとは思っていない、と、ぼくは言った。

「わたしはもっと価値《かち》のあるものを持ってます」彼は言った。「わたしのお客さんは、わたしのすばらしいサービスを求めて、遠い近いを問わず至《いた》るところからやってきます。

――つまり夢です。わたしは夢を見させてあげるんです。わたしは自分の店を、誇《ほこ》りを持って、『夢のバザール』と呼《よ》んでいます」

「ちょっと待った、カブーブさんとやら」バクシーシュは片方《かたほう》の目でちょいと彼を見やり、「よそ者だからといって、あっしらを、簡単《かんたん》にだまされて羽根をむしりとられるおバカなハトの群れだと思っちゃいけねえよ。あっしらは無知モウマイなアンポンタンじゃねえんだ――うーんと、ともかく全員がアンポンタンってわけじゃねえ。夢を売るだって？　デタラメ言って。夢が売れるわけねえだろうが」

「デタラメだって？」カビブは返した。「とんでもない。夢はわたしの大事な商品です。売る？いいえ、わたしは売りません。ただ、みなさんに夢見る機会を提供するだけです。そしてあなた、わが友よ――悪く取らないでほしいが、あなたもいかにも夢を見たそうな顔をしていなさるね」

バクシーシュはふふんと笑って、「あっしは夢ぐらいいつもただで見てるよ」

「もちろんそうでしょう」カビブは少し気づかわしそうに言った。「ただ、ちょっと聞かせていただきたい。――ここだけの話ですが――あなたの見る夢、どれも、何というか、少し擦《す》り切れてる感じじゃありませんか？　少ししょぼくれている感じでは？　いわば、擦り減っちゃって生き生きしたところがなくなってる感じでは？　何度も何度も同じ退屈《たいくつ》なしろものを見てるのでは？　そしてみな長続きがしないのでは？　ハッキリ言えば、始まったとたんに、ばらばらに千切れてしまう。ひと晩《ばん》続く夢なんてないでしょうが。どうです、図星《ずぼし》でしょう？」

「まあそうだな」バクシーシュはしぶしぶうなずいた。「しかし、あんたには関係ないことだ」

「いいえ、親しい友よ」カビブは言った。「大いにわたしに関係あります」

さっきから、押《お》したりつついたり引っぱったりして、ぼくたちを歩かせてきた彼が、このときようやく足をとめた。間口《まぐち》の狭《せま》いいまにもくずれそうな店の前だった。

「入ってください、どうぞどうぞ」彼はふっくらした手をドアに向けて振った。「実に運がいい。つまり、みなさんは幸運の持ち主だってことですが――いま現在、ひとつも予約が入ってないんです。みなさんは四人ですな？　たいへんけっこう。みなさん、良い人ばかりだから、大奮発《だいふんぱつ》して特別の安値《やすね》で提供させてもらいます」

ぼくは、夢のバザールという話に心を奪《うば》われてしまった。わくわくするような話だった。丸ぽちゃ男は間違いなくペテン師だ、実体のない風みたいな約束をちゃらちゃら並《なら》べている食わせ者だ。――でも、生まれつきのチューチ（阿呆《あほ》たれ）にとっては、彼のそんなところもすごく魅力《みりょく》的《てき》に感じられるのだ。

しかし、バクシーシュは、疑《うたが》わしそうな目でこの奇妙《きみょう》な商人を見つめた。

「あんたが大嘘《おおうそ》つきじゃねえとしても、あっしにインチキ商品をつかませたがってるんじゃねえってことが、どうやって、あっしにわかるんだね？」

「わが親しい友よ、わたしにも守るべき評判というものがあります」カビブは答えた。「あなたは好きなものを選べばいいんです。どれを見ても満足していただけるはずです」

「わたしとしては、非常に関心があるね」熱心さを少しも隠《かく》そうとせず、サラモンは言った。実際、まくしたてている感じだった。「彼が詐欺師《さぎし》であろうと正直な商人であろうとかまやしない。実にユニークで、心に銘記《めいき》する価値のある経験だ」

サラモンを喜ばせるために、ぼくたちは、それぞれが持つ疑念《ぎねん》をわきに置き、カビブの後について、暗い店の中に入っていった。

故郷《こきょう》で、ぼくはちょくちょく薬局にお使いに行った。――エバリステ叔父《おじ》さんは消化不良と猛《もう》烈《れつ》な下痢《げり》に苦しんでいたのだ（それらの原因は、疑いもなく、ぼくだった）。薬局の棚《たな》に置かれた背《せ》の高いジャー、いろんな色の液体を入れた器、乾《かわ》いた薬草《やくそう》の束といったものに、ぼくは目をうばわれたのだった。が、いまのいままで、これほどさまざまな形、さまざまなサイズの、ボトルやガラス瓶《びん》やジャグやフラスコが、こんなにたくさん、並んでいるのを見たことはなかった。

それらは、床《ゆか》から天井《てんじょう》まで、棚いっぱい、壁《かべ》いっぱいに、隙間《すきま》もなく並べられていた。

「これがわたしの商品です」カビブは腕《うで》を広げた。「すべての夢が分類され登録されています」

「カビブさん」サラモンが口をはさんだ。「ちょっとおたずねします。あなた、仕事をどんなふうにやっているんです？　夢を買うだけじゃなく、夢を売りに来る客もいるんでしょう。どういうやり方で、商品を手に入れるんです?」

カビブはウインクして、一本の指を鼻のわきに当てた。「商売上の秘密《ひみつ》。いわば、職業上のミステリーです。もちろん、どの商品もお役に立つことは保証します。つまり、ちゃんと夢を見ることができます。それで、……人生のほとんどのことと同じく、けっきょくは、値段《ねだん》の問題になります。いくつかは、何度か使われています。中古《ちゅうぶる》といっていえないこともない。実は、わたし、『中古』って言葉《ことば》は好きじゃありません。中身は全然古くないんですから。ともかく、何度も使われた夢もありまして、そういうものはややお安くなっています。しかし、どれもこれも、値段の割《わり》には、すばらしいものばかりです」

彼はボトルやフラスコの並んだ壁の一方に近寄り、ひらりと片手を振って、「これらは死者たちの夢です。もちろん、彼らが亡《な》くなる前、亡くなる少し前に採取したものです。色合いも華《はな》やかでおもしろく、結末は息をのむほどのものです。まあ、死にゆく人のものですから、当然ですが。しかし、残念ながら、これらを見たがる人はあまりいません。

それから、これらは不眠症《ふみんしょう》の人の夢です。ちっとも眠《ねむ》れなくて苦しんだ、気の毒な男です。眠れない割には、いろんな夢があるんですが、これらも見たがる人はほとんどいません。

そしてこれ――」突然《とつぜん》鼻にしわを寄せて、一つのガラス瓶を手に取った。「ちえっ! この悪夢め。こんなところにいやがった。つい見落としていたぞ」

瓶を隅《すみ》っこにほうり投げ、「さあ、これから最高級品をお見せします。いちばん見識のある、感受性豊かなお客さまのために、特別に用意してあるものです。きわめて新鮮《しんせん》で純粋《じゅんすい》で、これまでだれも見ていない夢。誇りを持って申し上げますが、これらはすべてわたしが見た夢です。こんなすばらしい夢はわたしからしか採取できないのです。もし値段の点でためらわれるのなら、わたしの長い経験から言って、値段良ければ品物も良い、と言っておきましょう」

「やつのお粗末《そまつ》な夢なんか買っちゃあいけやせん」バクシーシュはぼくにささやいた。「どこで仕入れたものか、わかったもんじゃござんせん」

ぼくはカビブに、いちばんいいものを提供してほしい、でも、あまりに多くの種類があってどれを選んでいいかわからない、適当なものを推薦してもらえないか、と言った。

「けっこうですとも」彼は言った。「たいへんな名誉《めいよ》です。わたしを信用して、あなたのお求めにもっともぴったりした商品を選ばせていただけるとは――」

「わしはやつを信用しやせんぜ。鼻紙一枚《まい》だって選ばせたくはねえ」バクシーシュは小声で言った。「だけど、話がここまで来ちまった以上、やつのやりたいようにやらせてみやすか」

「そうそう、細かいことですが」カビブはぼくのほうを向いた。「ちょっとデリケートなちょっと下品でちょっと俗《ぞく》っぽい事柄で、とりわけ上品なお客さんと取引するときには、いつも気恥《きは》ずかしく、申しわけない思いがするんですが」彼は首をちぢこめるような身ぶりをして、「お許しください。でも言わなくてはなりません。これはわたしの固い方針です。前金《まえきん》でお願いいたします」

ぼくが、カビブの言っただけのコインを取り出していると、バクシーシュが、「あっしにも固い方針がある。目隠しされては何も買わねえ。よく調べねえでは何も買わねえ。あんたがあっしにつかませようとたくらんでいるしろものを、先にひとめ見てえんだ」

「手順から言ってそれは無理なんです」カビブは金庫のふたをパタンと閉《と》じて、「一部分だけ見ることはできないんです。もちろん、おわかりいただけると思いますが」

「それを見て、あっしがそれを気に入らなかったら、どうなるんだい？」バクシーシュは言った。

「そんなことはまずあり得ません」カビブは受け合った。「そのようなことはこれまで起きたことがない。親しい友よ。わたしの商品は折り紙つきなんです。

どなたにでもきいてください。だれもが、口をそろえて、カビブの商品は絶対、信用できると言うでしょう。しかしながら、万が一、あなたが完全には満足できないということになった場合、もちろんお取り換《か》えいたします。当然、商品を取り出したり、手直ししたり、詰《つ》め換えたりの手間や、磨滅《まめつ》した部分の補償《ほしょう》などいささかの代金はいただきますが――」

「そんなこったろうと思ってたよ」バクシーシュは言った。「もうひとつ。けっきょく、金を払って買ってしまえば、それはあっしのものなんだね。あっしが持ってることになるんだね。あとになってあっしのところに来て、もう貸出《かしだし》期限が過ぎたとかなんとか嘘っぱちを言って、取りもどそうなんてことは、しねえんだろうな」

「いったんお渡《わた》しした以上、それは永遠にあなたのもの。あなたお一人のものです。お好きなようになさればいい。気の向いたときにいくらでもお使いなさい。わしの商品は長持ちします。蒸発《じょうはつ》してしまったりはしません。

あるいは、大事にしまっておくのもいいかもしれません」彼は付け加えた。「時どき、特別な機会にだけ使うんです。こうすると、いつまでも新鮮に保たれます。まさに永遠に長持ちすると言っていいでしょう」

「そうかい、そうかい」バクシーシュは肩《かた》をすくめた。「いずれにしても、金を払うのは、あっしじゃねえ。いいだろう、やってくれ。夢を見せてもらおうじゃねえか。しかし、あっしはあんたから目を離さねえからな」

27 それぞれの夢

その人その人にぴったりした夢を選ぶには、少なくとも、その人その人に合ったズボンを選ぶのと同じくらいの時間と思案《しあん》が必要だろう、と、思ったのだが、カビブは、実にてきぱきと仕事を進めた。せかせか歩き回って、ぼくたち一人一人の背丈《せたけ》だの胸幅《むねはば》だのを計っているみたいに、ちらりちらりとながめては、暗算でもしているかのように口の中でぶつぶつ言っている。

が、すぐに暗算の結果に満足したのかどうか、うんとうなずいた。サラモンはいらだたしげに足をもじもじさせているし、バクシーシュはカビブに疑《うたが》わしげな視線《しせん》を注ぎつづけている。

シーラは——ぼくはこれまで、彼女《かのじょ》が何に対してであれ、ひどくおびえるのを見たことはないのだが——、いま、ぴりぴりしているようだった。これを見て、ぼくは、なんだってぼくはみんなに、夢売りと称《しょう》するこの男の怪《あや》しげな商売にかかわり合いを持たせてしまったんだろうと、悔《く》やむような気持ちになった。ふっくらした指を折り曲げてさかんに揉《も》み手をしているカビブは、もしかすると、いちばん悪い場合は血も涙《なみだ》もない大悪党《だいあくとう》、いちばん良い場合でも、まん丸ほっぺのいかさま師なのかも知れなかった。

ぼくの好奇心《こうきしん》はぼくの心配を圧倒《あっとう》した。ともかく、これまでのところカビブはぼくたちを殺そうとはしていないのだ。――いかさま師かどうかは、まだわからないが。

カビブに案内されて、ビーズのカーテンの向こうの薄暗《うすぐら》い廊下《ろうか》に出た。開いたドアが並《なら》んでいるのがぼんやり見えた。彼《かれ》は、ぼくたちが、一人一人、別々の部屋に入るよう、身ぶりで伝えた。

ぼくが入ったのは、空気のよどんだ狭《せま》い部屋だった。カビブが入ってきて木のテーブルの上のランプに火をともした。ぼくはなんとなく全員いっしょにいられるものと思っていたので、ばらばらにされたのはおもしろくなかった。とりわけシーラと離《はな》れるのはつらかった。ぼくがそれを口に出すと、

「なにしろ、この作業は人によって異《こと》なる対応が必要ですのでね。別々のほうがいいんです。どうかお任せください。何といっても、わたし、専門家《せんもんか》ですから」そう言って、クッションがいくつか置かれている低いソファーを指さし、「すぐにもどってきます。どうぞお楽になさって、おくつろぎください」

まるで、この息苦しい部屋で楽にしたりくつろいだりできるかのような口ぶりだった。部屋には古い香水《こうすい》のような重苦しいにおいがこもっていた。ぐっと体を伸《の》ばしたが、全然楽にもならずくつろぎもしなかった。ただ、驚《おどろ》いたことに、不安でいっぱいなのにもかかわらず、ぼくは眠《ねむ》く

なってきたのだ。

カビブはすぐまたやってきた。重いまぶたをやっとこさ開いて見えたのは、彼が白く濁《にご》った液体の入ったガラス瓶《びん》とその他いくつかの品物を載《の》せたトレーを持っていることだった。

　カビブはこちらに背を向けてテーブルでごそごそやり始めた。何をしているのかは見当もつかない。ランプの明かりが彼の影《かげ》を壁《かべ》の上に大きく映《うつ》し出していた。

カビブは鼻歌を歌っていた。大工や靴職人《くつしょくにん》が、長くなじんだ、いくぶん退屈《たいくつ》な仕事をやっているときのような感じだった。しばらくすると、近寄ってきて、ぼくをのぞきこんだ。

「すばらしい」彼は言った。「あんた、立派《りっぱ》にやっていますよ」

立派も何も、ぼくはまったく何もやっていないのに……。殺人者といかさま師のどちらかといえば、どうも彼は後者なんじゃないだろうか。

彼は、小型の銀のカップを取り出し、ぼくに、中身をすぐ飲み下すように言った。くちびるにつけたが、カップの中には何も入っていないみたいだった。

ぼくはいらいらし始めて、「あんたのすてきな商売はいつ始まるんだい」ときいた。

彼は目をパチクリさせて、「始まる？　わが親しい若《わか》い友よ。それはもう、始まっていますよ」

「だとしたら、ぼくの夢はどこなんだい」

「まわりを見てみなさい」カビブは周囲を見まわすような身ぶりをした。「見るんです――しかし目は開かないで」

そう言って彼は立ち去ったようだった。言われたとおりにやろうとしてみたが、思ったより、むずかしかった。しばらくは、暗闇《くらやみ》しか見えなかった。がっかりだった。ソファーから立ちあがってカビブの跡《あと》を追おうかと思った。が、ぼくの手も脚《あし》も、まったくぼくの言うことをきこうとしなかった。

それから、突然《とつぜん》――カビブの商品のために声を大《だい》にして言いたいが――実にすばらしい世界があらわれたのだ。そこにシーラがいた。しかし、いったいどこなのだ？　ケシャバルなのか？　それとも、マゼンタを見おろす丘《おか》の上なのか？　よくわからなかった。どうでもよかった。ぼくたちは互《たが》いにやさしく、愛情にあふれていた。ふたりでさまざまなことを発見した。ふたりで、声を上げて笑った。ぼくの頭の中に一つの詩が浮《う》かび、ただよっていた。これまで一度も聞いたことのない詩なのに、まるで、そらで言えるような気分なのだった。

わたしはあなたに花々をあげて、
あなたはわたしにハトの群れをくれた
わたしはあなたにザクロの実をあげて、
あなたはわたしに歌をくれた
わたしはあなたにイチジクの実をあげて、
あなたはわたしに旅をくれた……

ある瞬間《しゅんかん》、ぼくたちは川のほとりに立っていた。シーラは柳《やなぎ》の枝で冠《かんむり》を編んでいた。とても美しい柳の冠。……でも、それ以上思い出せなかった。カビブがぼくをつついていた。ぼくを抱《だ》き起こすようにして立たせ、小部屋から連れ出した。シーラも、サラモンも、バクシーシュも廊下にいた。三人ともどんよりした目をしていた。ぼくの目もそうだったに違《ちが》いない。

カビブは追いたてるようにしてぼくたちを店先へ連れていった。商売が終わった以上、ぼくたちに一刻《いっこく》も早く出て行ってもらいたがっているようすだった。

「お買い求めいただき、ほんとうにありがとう。お友だちがたにわたしを推薦《すいせん》してください」ぼくたちを急《せ》きたてながら彼は言った。「さあ、どうぞどうぞ。約束がありますので、申しわけない」

ぼくが店の外に出かかると、彼はぼくの腕《うで》をとり、わきに引っぱって行った。頭をひょいと上げて、媚《こ》びるような微笑《びしょう》を浮《う》かべて、「楽しい夢を見ましたか、カルロ・チューチョの旦那《だんな》？」

あとになって、気持ちが落ち着いてからも、彼に自分の名を教えたことがあるという記憶《きおく》は浮かばなかった。街路に出て、日光がまぶしく目をこすっているぼくたちに、カビブは、みなさんの上に平安を、とあいさつして、店のドアをパタンと閉《し》めてしまった。

ぼくは、しばらくたたたずんでいた。まだ、頭がくらくらした。自分がどこにいるのかもはっきりしなかった。そんななかで、みな、カビブの売ってくれたそれぞれの夢の中身を知りたがっていた。でも、ぼくは自分の見た夢を話すつもりなどさらさらなかった。もしカビブが言っていたように、夢を見る前の作業が、人によってやり方が異なるのなら、見る夢だって人によって異なっているはずだ。ぼくは、自分の夢を自分だけのものにしておくつもりだった。

サラモンはそうではなかった。彼はご機嫌《きげん》だった。

「すばらしかった」うっとりとして、そう言い、「すごかった。実に銘記《めいき》するに値《あたい》するものだった。わたしは海に到着《とうちゃく》していた。そうなんだ。渚《なぎさ》に立っていた。海はわたしの前で輝《かがや》き、どこまでもどこまでも広がっていた。そうなんだ。果てしなく広がっていたんだ。さらに驚嘆《きょうたん》すべきことに、古い友人たちがみなそこにいた。大学で教わった先生たちもいた。みんな、あのころのまま。若いままだった。みんなで笑い、抱擁《ほうよう》し合った。再会できたことを喜び合った」

「それで？」バクシーシュが言った。「その次は何をしたんで？」

「というと？」サラモンは目をパチクリさせてバクシーシュを見た。

「水遊びはしなかったのかい？　泳がなかったのかい？　少なくとも足の爪先《つまさき》を水に入れるぐらいはしなかったのかい？」

「いや、そうしようと思った瞬間にカビブに起こされてしまった。彼が言うには、まだ残っているから次の時に使えばいいのだそうだ。でも、あれだけでも、ほんとにみごとなものだった」

「ほー。そんなものかね、サルサパリリャの旦那」バクシーシュは言った。「あんた、簡単《かんたん》に満足してしまう人なんだ」

「満足なんてものじゃなかった」サラモンは言った。「きっと、あんたの見た夢もわたしのと同じく、すばらしいものだったんだろうね」

「あのずうずうしい盗《ぬす》っ人《と》め！」バクシーシュはわめいた。「口から出まかせのろくでなしめ！　わるがしこいヘビ野郎《やろう》め！　絶対、あっしの金をとりもどしてやる——いや、あなたの金でがしたな。高貴《こうき》なるご主人さまよ」とぼくのほうを見て、「なにがなんでも取り返してみせますさあ——」

いったい彼はどんな夢をみて、そんなに憤慨《ふんがい》しているのだろうか。ぼくはそれをきいてしまった。

「故郷《こきょう》に帰ったんでさあ」彼はぼそりと言った。

「じゃ、幸せな夢だったわけね」シーラは言った。

「とんでもねえこった」バクシーシュは言い返した。「ずれているんでさあ。ふざけてやがるんでさあ。ありえないことなんでさあ。だって、あっしには故郷はねえんだから」

28 消えた店主

バクシーシュはまだ、自分の金つまりぼくの金を絶対とりもどすぞと言いつづけていた。サラモンはといえば、まだ顔を輝《かがや》かせて、夢の中の海の景色をうっとりと思い浮《う》かべているようだった。そろそろ宿屋にもどろうと歩き出したとき、これまで、口を開いていなかったシーラがぼくの腕《うで》をとって引きとめた。バクシーシュとサラモンから少し遅《おく》れて、ぼくたちは話し合った。

「カアルロオ。あなた、自分の夢を話さなかったわね」とシーラに言われて、

「きみも話さなかったね」

と答えたものの、あまりよい答えとは思えなかった。彼女《かのじょ》は一種奇妙《きみょう》な表情を浮かべてじっとぼくを見つめ、ぼくが話を続けるのを待っていた。だから、しかたなく、ぼくは話した。――いや違《ちが》う。ぼくは、ほんとうは、話したかったのだ。

率直《そっちょく》にありのままに話そうとした。しかし、それが思っていたより、むずかしかった。言葉《ことば》

では表現しようのない個所も多かった。そういったものの一部——たぶんそれが夢のいちばんいい部分なんだろう——は自分だけのものとして記憶《きおく》の底にしまっておきたい気持ちもあった。ともかく、苦労して、しどろもどろに話していった。

話が詩のところまでに来たとき、続けられなくなった。詩が、ある部分までしか頭に浮かんでこない。先がまだあったはずなのに思い出せない。

「そうよ、まだあるわ」それまで熱心に聞いていたシーラが口をはさんだ。

続けて、彼女は、ぼくに答えるかのように、まさにぼくが夢の中で聞いたとおりに、一語一語、正確にくちずさんだ。

わたしはあなたにオレンジをあげて
あなたはわたしに季節をくれた
わたしはあなたにタマリンドをあげて
あなたはわたしに日の出をくれた
わたしはあなたに籠《かご》の鳥をあげて
あなたはそれを放してやった

ぼくは街路の真ん中で思わず立ち止まってしまった。自分の夢をひとから正確に聞かされるのは、どぎまぎするような、ちょっとぞっとするような気分でさえあった。でも、きっと、説明のつくことなのだ。この詩は、きっと、むかしからある、だれもが知っている詩なのだろう。シーラはそれを前に読んでいたのだろう。

そのことを言うと、シーラは首を振《ふ》った。

「違うわ。わたし、同じ夢を見たのよ」

ぼくはぽかんとして彼女の顔を見た。いったいどういうことなんだろう。

「カビブだ！」ぼくはわめきだした。「あいつ、何をやったんだ！」

カビブは間違えたのだろう。そうでなければ、どうして、シーラとぼくの両方に同じ夢をよこしたりするものか。それとも、わざと同じ夢を売りつけたのだろうか。だとしたら、いったい、なぜ？　けっきょくのところ、彼《かれ》はペテン師なんだろうか？　もともとぼくたちをだまくらかすつもりだったのか？

バクシーシュが振りかえって、シーラとぼくに、遅《おそ》いじゃないかと身ぶりで伝えていた。しかし、ぼくとしては、調べなければならなかった。聞きださなければならなかった。向きを変え、店に向かって走った。シーラが何か叫《さけ》んでいたが、何を言っているのかはわからなかった。

カビブの店のドアは閉《し》まっていた。押《お》し開けようとしたが、内側からかんぬきがかかっていた。強くノックした。答えはない。力いっぱいたたいた。

だんだん頭にきて、ドアをさかんに蹴《け》りつけて蝶《ちょう》つがいごとはずしてしまうところだったが、そのとき、わんぱくそうな少年が一人、ぶらぶらやってきた。立ち止まり、生意気にも、腰《こし》に両手を当て、ぼくの奮闘《ふんとう》ぶりをしげしげとながめている。彼が身にまとっているおんぼろ服さえ、生意気に見える。

「フェレンギ（西方人）はみんなイカレてるって聞いたけど、ほんとにそうなんだね。あんた、ドアをぶちこわしたいのかい？」と少年は言った。

ぼくは一瞬《いっしゅん》手を止めた。すでに指関節のところは皮がむけて、ズキズキ痛《いた》み始めていた。あまり丁寧《ていねい》ではない言い方で、「おまえには関係ないことだろう、おれは、カビブにちょっと文句を言いたいんだよ」と答えた。

「家になんかいないよ」少年は言った。「家にいたことなんかないんだ」

ぼくはカッとなった。「ぼくはフェレンギかもしれない。でもバカ者じゃない。ぼくは一分前ここにいたんだ。彼に夢を売ってもらったんだ――」

「彼に、一分前に？」少年は片方《かたほう》の眉《まゆ》をぐいとあげた。「ほんとに？　夢を売ってもらった？　あんた、それをどこに置いたのさ？　ポケットの中にちゃんとしまってあるのかい？　あんたはたいへんなお利口さんだ。おれにはそれがちゃんとわかる。あんた、新鮮《しんせん》な空気の入った袋《ふくろ》はいらないかね。半値《はんね》で売ってあげるよ」

生意気な口をたたきやがって……。ドアにではなくこの少年に一発くらわせてやりたい気分だった。

彼は、ゆっくりと注意深く、言葉を続けた。「あんた、これ以上、日光に当たらないようにしないと。さもないと脳《のう》が完全にいかれちまうよ。なぜカビブがいつも家にいないかを、話してあげよう。それはカビブなんていないからさ。カビブはもともといないんだ。だから、彼が家にいるなんてこと、あるわけがないんだ。それに、家だってありゃしない。この建物にはだれも住んでない。おれの覚えているかぎり、だれかが住んでいたことなんてない。でも――」と肩《かた》をすくめて、「もしそれであんたの気がすむのなら、ドアをたたきこわせばいいじゃないか」

つかまえてがたがた揺《ゆ》すって、もっといい説明を聞きだしたかったが、彼はさっと身をかわして、走りだし、角を回ってすがたを消した。追いかけようとする間もなく、バクシーシュが駆《か》け寄ってきて、ぼくを引きとめた。

「ああ、けがれなき無邪気《むじゃき》な魂《たましい》よ！」少年がしゃべったことを話すと、バクシーシュはため息をつき目をきょろりと上に向けた。「あなた、学ばなかったんでござんすか？　このあたりのケシャバル人たちは、頭にひょいと浮かんだデタラメを何でもかでも、フェレンギに話して聞かせるんでがす。まともに受け取っちゃあいけやせん。何が起きたのか、あっしは知っとりやす。あの夢売り男、あの口のうまい悪党野郎《あくとうやろう》は、自分が売りつけた商品をあっしが喜んでねえことに気づいたに違いねえ。あっしに金を取り返されるのが怖《こわ》くなったんでがす。

これ以上単純《たんじゅん》明快な話はありゃしねえ。裏口《うらぐち》から逃《に》げ出したんでがす。どこかに身をひそめていやるんでがす。あっしらにはとうてい見つけられねえようなところに。

おんぼろの悪たれ小僧《こぞう》のたわごとなんか本気にしないこってす。覚えてるでがしょうが、この世でもっとも気高いご主人さまよ、わしはあそこにあなたといた。サラバンダの旦那《だんな》も、あなたの女友だちさんもいっしょだったじゃござんせんか。

さあ、あなた、だれの言葉を信じようとするんです？　街をふらついて、フェレンギをまごつかせて楽しんでいる小僧っ子、尻《しり》っぺたを嚙《か》まれても真実を知ろうとしない、生まれつきの嘘《うそ》八百野郎か。それとも、献身的《けんしんてき》で誠実《せいじつ》な信用できる従者《じゅうしゃ》か？」

バクシーシュの言うとおりだとぼくは思った。いや、そう思わないわけにはいかなかったと言ったほうがいいかもしれない。ほかの考え方をしていたら、頭の調子がどんどんおかしくなって、とんでもないことを考え始めることになりそうだった。それにしても、ぼくを悩《なや》ましつづけたのは、カビブがぼくを名前で呼《よ》んだことだ。いったい、どういうことなんだろう。それともあれは、夢の中のできごとなのだろうか。それとも、ぼくが彼に自分の名前を告げて、そのあと忘《わす》れてしまったのだろうか？

それ以上は考えないことにした。バクシーシュを信用することにした。当てにできないとは知りながら、いつもバクシーシュに頼《たよ》ってしまう。でも、それでだいぶ気分がよくなった。

バクシーシュとぼくは、シーラとサラモンに追いついた。いまのできごとについて、ぼくは何も言わなかった。ただカビブには会えなかったとだけ言って、もうそのことは考えないことにした。

旅館に着くとサラモンとバクシーシュは動物たちの世話をしに行った。食糧《しょくりょう》などの荷物は翌《よく》朝《あさ》にとどく。それまでにいろいろとやらなければならなかった。とりわけ、ぼくはシーラと新しい地図のことを話し合いたかった。

シーラとぼくは旅館のテーブルにすわった。ぼくは、チェシムが描《えが》いた地図を開いた。シーラはあまり気乗りがしていないようだった。街道のつながりの具合など、ほとんど見てはいなかった。ただぼんやりした口調で、わたしの生まれ育ったキャラバン宿はずいぶん近くなんだわ、と言っただけだった。

「そうか」ぼくは言った。「きみはもうすぐ家に帰れるんだね」

「それから？　あなたとのことはどうなるの？」

ぼくは答えなかった。そのことについて、彼女はもう心を決めているはずだ。

彼女は目をそらした。「サラモンの言ったとおりだわ。あなた覚えてる、彼に出会った最初の日、彼がわたしに言ったこと？　わたしが知ろうとしていないことがあるって――」

シーラはそのあとしばらく黙《だま》っていた。ぼくは待った。やがて彼女は向き直り、じっとぼくの目を見つめた。「わたしが知りたくなかったことの一つ、わたしが知るのを恐《おそ》れていたこと。それは、わたしは最初からあなたを愛していたってこと」

え。なんだって！　心臓《しんぞう》がのどから飛び出しそうになった。びっくり仰天《ぎょうてん》したのと、天にも昇《のぼ》りそうなほどの嬉《うれ》しさとで、ただただ気が動転して、意味のある言葉など口から出てこなかった。

「そうよ」彼女は言った。「わたしは何度もあなたと恋《こい》に落ちたわ。シディアの波止場で、船酔《ふなよ》いして真っ青になっているあなたを見たとき。あなたがまだわたしをラビットだと思っていたあのころ、旅館で、あなたが下着すがたで酔っ払《ぱら》いみたいに跳《は》ねまわっていたとき。それからまた、あなたがわたしを、あのいやらしい商人から守ってくれたとき（ほんとは守ってくれなくてもだいじょうぶだったんだけど）。――そしてそのあと何度も何度も恋に落ちたの。あなたがわたしの馬に乗っていってしまったときは別だけれど。

さっき、あなたがカビブの店に走っていったとき、わたし、あなたに叫んだわ。そのとき、理解したのよ、そのことを素直《すなお》に認《みと》めなければならないって。そのことから隠《かく》れてはならないって。カビブは何も間違ったりしていない。自分のやっていることを正確に知っていたのよ。彼はわたしたちに、わたしたちがいちばん求めていたものをあたえてくれたのよ」

彼女はほほえみながら言った。

「カアルロオ。恋人たち以外のだれが同じ夢を見るっていうの？」

第四部　フェレンギ国の皇太子《こうたいし》

29　馬将軍《うましょうぐん》バシル

どうも変な具合だった。ほんとうは、もっともっと幸せな気分になっていいはずなのに……。シーラのあの告白のあとで、彼女《かのじょ》とぼくはこれまで以上に親しくなるだろうと思ったのだが、そうはならなかった。その後の数日間、彼女はほとんど自分の中に引きこもり物思いにふけっているようだった。何かがすごくまずいことになっている。これだとはっきり指さすことはできなかった。が、数日たって、ようやくわかった。「あなたとのことはどうなるの？」という彼女自身の質問に、シーラは答えていなかった。そのことがヘンな気分の原因だったのだ。

ぼくにも答えはなかった。そのことがぼくの心にとりついて離《はな》れない悩《なや》みの種だった。しかたなく、毎日の仕事にむりやり注意を振《ふ》り向けた。また迷ったりすることのないように気を配った。なんといっても、ぼくはまだキャラバン頭《がしら》なのだった。——たとえ、名前だけだとしても。

幸運なことに、ひどく深刻《しんこく》な事態には出くわさなかった。チェシムの地図はだいたいにおいて正確だった——とはいえ、細かいところでは、いつも正確というわけではなかった。時どき、脇《わき》道《みち》が描《か》いてあるところに実際にはそれがないことがあった。そんなときは引き返して、別の道を探《さが》し出さなければならなかった。

南に行けば行くほど風景は変化した。斜面《しゃめん》はしだいにゆるやかになり、川も流れ、緑の森林が目立ってきた。やがて、大きく広がる牧草地が見えてきた。ぼくたちの背後《はいご》には、これまでに見た中でいちばん高い山々の連なりが、まだ縞模様《しまもよう》のように雪を残してそびえていたが、ぼくたちの前途《ぜんと》には山並《やまな》みはなく、美しいながめを思い切り楽しめた。

ぼくたちは全体として、いつもどおり、まあまあの気分だった。しかし、サラモンは、いつも以上にやる気にあふれていた。

「すばらしい！」彼《かれ》はある日ぼくに言った。「あのお嬢《じょう》さんはもうすぐ旅の終わりになるんだね」それから付け加えた。「あんたの旅はどうなんだね？」

「知らない、まだわからない」

「もちろんそうだ。まだわからない、ってことは、いつも、いちばん興味深いことなんだ」

ぼくが彼自身の旅についてたずねると、彼は幸せそうにほほえんだ。

「うれしいことに、わたしの旅はほとんど始まったばかりだ。どんなことがあろうと、わたしは海に向かって進むのさ」

バクシーシュは、というと、彼は必ず一日に三つぐらいは災難《さいなん》に出会った。何か仕事を頼《たの》まれたときにはいつも何か良くないことが起こった。たとえば、朝は、意地悪なラクダどもに唾《つば》をひっかけられる、午後には、ロバのやつに蹴《け》りつけられる、日暮《ひぐ》れ時には、炊事《すいじ》のための火をつけようとしてしゃがんだ拍子《ひょうし》に背中《せなか》を痛《いた》める、といった具合だった。その合間には、いつものように、あれやこれやについて愚痴《ぐち》をこぼしつづけていた。しかしぼくには、彼が本気で愚痴をこぼしているようには思えなかった。ほとんど習慣でそうしているんじゃないかという気がした。

ぼくの計算によると、大街道とシーラの生家のキャラバン宿までは、あと一日足らずの旅だった。翌日《よくじつ》の午後には、楽々と、到着《とうちゃく》できる見込みだった。もしぼくの計画にほころびが出始めなければ、当然そうなっただろうと思う。

それが始まったのは、バクシーシュが一頭のラクダを失いかけたときだった。見晴らしのきくこの地域《ちいき》でラクダを失うなんて、なかなかできない芸当だが、バクシーシュはもう少しで、それをやってのけるところだった。

サラモンは、ロバを近くの小川へ水を飲ませに連れて行っていた。シーラとぼくは昼食の用意に忙《いそが》しかった。バクシーシュはみんなのためにテントを張っているはずだった。が、そのとき、彼が金切り声でわめくのが聞こえた。ものすごい悪口雑言《あっこうぞうごん》やら脅《おど》し文句やらを口走っていた。

ラクダのうちの一頭がつなぎ綱《づな》をすり抜《ぬ》けて、小石まじりの地面をのんびりと歩き、木々の茂《しげ》みの方角へと向かっている。ぼくはバクシーシュに手を貸そうとして走った。彼はこぶしを突《つ》き立て両腕《りょううで》をふりまわしていた。ラクダのやつ、生まれつきへそ曲がりなのか、わざと嫌《いや》がらせをしているのか、悪意のこもったギラリと光る目でこちらを見ると、コースを変えて、ぼくたちの手のとどくところまで近づいてきた、かと思ったら、またするりと逃《に》げてしまう。

二人してやっとのことで、このこぶつき、ごつごつ膝《ひざ》のいたずら者をつかまえたが、そのときはバクシーシュもぼくもぜーぜー息を切らしていた。バクシーシュはそのラクダとその祖先たちに対して罵倒《ばとう》の言葉《ことば》を浴びせかけ始めたが、その途中でウッとうめいて口をつぐんだ。ぼくもその場に立ちすくんだ。

ぼくはラクダを追いかけるのに夢中になっていてほかのことに注意を払《はら》っていなかった。気がつけば、六人か八人の騎馬《きば》の一団が、こちらに近づいている。あとで知ったことだが、彼らはひそかに森陰《もりかげ》を通って、ずっとぼくたちを付けてきたのだった。ともかくそのときは、突然《とつぜん》、地面から飛び出してきたように見えた。

彼らはぼくたちから少し離《はな》れたところで馬をとめた。全員、羊皮のベストを着て、図体《ずうたい》が大きく手足が柔軟《じゅうなん》で、みごとな馬をみごとに乗りこなしている。まるで、おぎゃーと生まれたとき、もう鞍《くら》にまたがっていたかのようだ。馬たちはいななき、首をゆすっていた。騎手たちは、いかにも、はるか遠くを見るのに慣れている感じで、両目を細めて、ぼくらを見つめていた。

襲《おそ》いかかってくる気配はまったくなかった。近寄っていってあいさつしようかと思ったが、バクシーシュに腕をつかまれた。

「突然の動きをしちゃあいけやせん」彼は警告《けいこく》した。「もしあなたが、あなたのもっとも価値《かち》ある貴重《きちょう》な生命を大事にするのでがしたら、そして、あっしの命を大事に思うのでがしたら、いつも持ち歩いているそのタルワール刀に指一本ふれちゃあいけやせん」それから、低い声で付け加えた。「われわれの上に神のご慈悲《じひ》を。やつらはバシバズーク族でがす」

そんな名前聞いたことがない。そう言うと、バクシーシュは、「ああ、世の中のことにうとい気高いお方よ。それじゃ、あなたは、バシバズーク族の名を聞いたことのねえ、ケシャバルで唯《ゆい》一《いつ》の人でがす。やつらは遊牧の民でがす。今日はここ、明日はあそこと移り住む、さすらいの部族なんでがす。

商売は馬を繁殖《はんしょく》させて売ること。これについてはケシャバルで一番――いやたぶん世界で一番でござんしょう」

全然害のない、平和な商売らしい。だとしたら、彼らは、ぼくたちから何を求めるというんだ？

「求めるのはただ、われわれが持ってるもの全部でさあ」バクシーシュは言った。「連中は、ひどく奇妙《きみょう》なものの見方をする部族なんで。まあ、簡単《かんたん》に言うと、やつらは、自分たちの土地にやってきたよそ者の持ち物は――荷物であれ動物であれ何でもかでも――全部、自分たちのものだと思ってるんでさあ。その自分たちの土地っていうのは、連中がたまたまいるところなんでがす。連中はほかにもいろんなしきたりを持ってやすが、まあ、そのことはあまり考えないほうがようござんしょう」

彼の警告にもかかわらず、ぼくはタルワール刀を引き抜こうとした。

「だめだめ」バクシーシュは言った。「まばたきする前に、連中に切り刻《きざ》まれてしまいやす。しっかり立って、にこにこ笑って、幸せそうな顔をしてておくんなさい。あっしがなんとかしやす」

そう言うと、男たちのほうに歩いて行った。一歩ごとに大声で「やあやあ」と叫《さけ》びながら。

リーダー格の男はもう馬から下りていた。黒ひげを生やし、まるで樽《たる》を飲みこんだみたいに大きな腹《はら》。腕はマゼンタのハムより太い。耳からは大きな金の輪がぶらさがり、首のまわりには宝石《ほうせき》をふんだんにとりつけた金鎖《きんぐさり》、手首には重いブレスレット。ぼくはタルワール刀を鞘《さや》に入れたままにしておくことに決めた。

バクシーシュが何やらしゃべっているのを、男は腕組みをして聞いていた。バクシーシュは時どきこちらの方角に向けて派手《はで》な身ぶり手ぶりをしている。そのかんに、シーラとサラモンは、ぼくのそばに来ていた。

ひげの男は、やがてうなずき、急ぎ足でこちらにもどってくるバクシーシュのあとについて、のっしのっしとやってきた。

「馬将軍《うましょうぐん》のバシルでがす」バクシーシュはぼくの耳もとで言った。「部族の族長でがす。そしてこの近辺では、ほかのどんな称号《しょうごう》にだって当てはまる人間でがす。あなたは、落ち着いて威厳《いげん》を保っていておくんなさい。ああ、栄光ある高貴なお方よ。しゃべるのはあっしにお任せを」

そう言うとバクシーシュはわきに寄った。

体じゅうの装飾品《そうしょくひん》をじゃらじゃらいわせながら、大男が近づいてきた。ぼくの前で立ち止まり、深々とお辞儀《じぎ》をし、それからぼくの手をとって、それを自分のどでかい額に押《お》しつけた。

「喜んであげて」バクシーシュはささやいた。「当然のことのように、彼のあいさつを受け入れるんでがす。あっしは彼に、あなたのことをチューチ殿下《でんか》だと言ったんでがす。フェレンギ国（西方人の国）の皇太子《こうたいし》さまだとね」

30 バシバズーク族の野営地

もしバクシーシュがまたまたぼくのことを、恐《おそ》れを知らぬ戦士アル・チューチだなんて紹介《しょうかい》したとしても、ぼくはあまり驚《おどろ》きはしなかっただろう。しかし、まさかこんな突拍子《とっぴょうし》もないこっけいな肩書《かたがき》を考えだすとは、どんなに想像力を働かせてみても、予想できないことだった。

バシルの部下たちはいまは全員馬を下り、手綱《たづな》を引き引き近寄ってきて、ゆるい円を描《えが》いて、ぼくたちを取り巻《ま》いている。フェレンギ国の皇太子《こうたいし》をもっとよく見るためか？　それとも、ぼくたちが逃《に》げ出さないよう包囲しているのか？

たしかに、バシルは礼儀《れいぎ》正しくあいさつした。ベルトに差した大きな波型刃《は》の刀を引き抜《ぬ》きもしない。部下たちも槍《やり》を突《つ》きつけてはいない。それでも、ぼくは、突然、王族の身分をあたえられて、とうてい居心地がよいとは言えない気分だった。

ぼくはひそかにバクシーシュを呪《のろ》った。なんでこんな称号《しょうごう》を押《お》しつけたんだ。バシルは不審《ふしん》そうにぼくをしげしげと見つめている。ぼくには、その目つきが、どんな武器よりも脅威《きょうい》に感じられた。バシルはぼくたち全員をまるで家畜《かちく》の品定めでもするみたいに観察した。そのかん、ぼくは、ともすればもじもじしたくなるのをけんめいにこらえていた。

観察がおわると、「バシバズーク、名誉《めいよ》重んずる民だわさ」とバシルは宣言《せんげん》した。「真実語ること、わしらの掟《おきて》でしきたりだわさ。バシルに嘘《うそ》つく人間、必ず、命失う。

あんたの従者《じゅうしゃ》だっちゅうこの男、ペラペラようしゃべりおる。役立たずのダメ馬みたいなこの男、真実語っていると思えん。バシル、馬の肉づきの具合、判断できる。だども本物の皇太子かどうかの判断は——。あんた、宝石《ほうせき》、付けとらん。着てるもの、お粗末《そまつ》すぎ。案山子《かかし》のほう、もっとましな格好しとるだ」

「殿下《でんか》は目立つことがお嫌《きら》いなんでがす」バクシーシュが口をはさんだ。「一般民衆《いっぱんみんしゅう》にまじって見聞を広めるために、ひっそりと旅をなさるんでがす」

「バシル、話しとるとき、口を出すでねえ！」大男はピシャリと言った。「目に見えるもの、隠《かく》すことできねえだ。だども、ラクダたち、手入れが行きとどいとる」彼《かれ》は続けた。「ロバもすばらしいだ。これ、バシル、たいへん気に入っただ。だいたいが、バシバズーク以外の民、荷物を運んでくれる動物、大事にせん。そんだから、バシル、ラクダやロバ、大事にするあんたのやり方、大いに気に入っただ。あんたの怪《あや》しげな従者のぺちゃくちゃよりも、信用できるだ。だども、それより何より、バシル、いちばん感心したは、あの馬だわさ。実にみごとな馬だわさ。あれげな馬、皇太子以外のだれも持たん」

シーラは、一瞬《いっしゅん》、いや、あの馬はわたしのものよ、と抗議《こうぎ》しそうに見えたが、すぐ考えなおし、沈黙《ちんもく》を守った。

「これげな馬、生みだすことできるは、ケシャバル全土で有名なことだども、ただわしらバシバズーク族だけだわさ」バシルは誇《ほこ》らしそうに言った。「血統、ひと目でわかるだ。あの馬、〈馬姫《うまひめ》さま〉の血、引いとる。わしらも同じだわさ」

「ほんとですか？」サラモンが口をはさんだ。「あなたの民は、自分たちが馬の子孫だと信じてるんですか？」

「そんだとも。遠い遠いむかし、〈馬姫さま〉が生んでくださっただ。わしらのご先祖たち、山脈の向こう側のヒンダを離《はな》れて旅に出るより前の話だわ。わしら、それ以来、旅を続けとる。行方《ゆくえ》定めぬさすらいの旅。そんだから、わしら、自分らを『風の子どもたち』と呼《よ》んどるだ」

「実にすばらしい。心に銘記《めいき》しなくては」

「あんた」バシルはサラモンに言った。「その白髪《しらが》――というても、もう、ちょっぴりしか残っとらんけんど――から判断して、皇太子の、賢明《けんめい》なる顧問《こもん》で助言者だべさ？」

「残念ながら違《ちが》う」サラモンは言った。「わたしはほとんど智恵《ちえ》がない。助言？　わたしは助言するなんて、まっぴらごめんだ」

「その言葉《ことば》、最大の智恵をあらわしとる」バシルは言った。「無知な人間、そげな言い方はせん。

しかし、あんたは？」とバシルはシーラに向かい、「あんた、半分フェレンギだが、半分はキルカシだちゅうこと、ひと目でわかるだ。そんだから、あんた、彼の案内人だべさ？」片眉《かたまゆ》をぐいと上げ、「もしかすると、彼にとって案内人以上の者かもしれんが」

「馬将軍《うましょうぐん》」シーラは真正面からバシルを見つめて、言った。「わたしが彼の何であるかは、あなたにとって関係ないことです」

「まっこと、そのとおり！」バシルは手をたたいた。「威勢《いせい》がいいど。バシバズークの女たち同様、物おじせん。バシル、気に入っただ」

満足そうに、ひとりでしきりにうなずきながら、ふたたびぼくに向かって、「バシバズーク、自由の民だわさ。気の向くままに旅して、自分らの古い掟にだけしたがって生きとる。王？　皇太子？　そういう連中が何言おうと、わしらにとっては、それこそ馬耳東風《ばじとうふう》。バシル、『ふん！』と言うだけ。あんた、チューチ殿下とやら。あんた、ちょいと痩《や》せ過ぎだど。だども、心根はよさそう。そんだからバシル、あんた、歓迎《かんげい》する」

ぼくは彼に何度も礼を言った。礼を言わないと、危険《きけん》な目にあいそうな気がした。バシルは、部下の一人に向かって大声で何やら言った。ぼくが一度も聞いたことのない言葉だった。言われた部下は、森林地帯の方角へ大急ぎで馬を走らせていった。

「さあ、わしのご馳走《ちそう》、食べなされ」バシルは宣言した。「歌って、踊《おど》って、楽しみなされ。しばらく、わしらのところ、逗留《とうりゅう》して、大きく強くなってくだされや」

ぼくはもう一度彼に礼を言った。それから、ご親切な申し出はたいへんありがたく、名誉に思いますが、しかし、残念なことに、ぼくたちには急ぎの用事があるのです、と言った。

馬将軍はひげの生えたあごをぐいと突き出し、するどいまなざしでぼくを見て、「申し出された接待、断わることできねえだ。これ、掟だど。それともあんた、バシルの顔、泥塗《どろぬ》るだか？」

「わが高貴《こうき》なる主人が言おうとしたことは」バクシーシュは、膝《ひざ》でぼくの脚《あし》をちょこちょこ押しながら、あわてて口をはさんだ。「そう、われわれには緊急《きんきゅう》の用件があるんでござんす。しかし、彼はいま、それをわきに置くことにたいへん喜びを感じておりやす。ほら、彼は、じれったそうにしてるでござんしょうが。もう、ご馳走が待ちきれねえんでがす。あなたの招待を受けるなんて、これは特権《とっけん》でがす。こんな機会を逃《のが》すわけにはいきやせん。彼はもう有頂天《うちょうてん》になっているんでがす」

「そんだかね？　まあ、いいだべさ。最初、そんなふうにゃ見えなかっただが。ともかくフェレンギの連中、何考えているだか、なかなかわからんもんな」

シーラとバクシーシュとサラモンは、荷物と動物たちをこちらに持ってくるためにその場を離れた。ぼくは、けんめいに努力して喜んでいるふりをした。ああ、バシルの接待がほんとうに喜ばしいものであればいいのだけれど……

出発し、森林地帯の中を進んだ。バシルはぼくの横で馬を進めた。――仲間意識からか、それとも、逃がさないためかは、わからない。彼が、ぼくたちのことをどう思っているかは、もう明らかにしていた。好意的に思ってくれていることは、うれしかった。一方、彼のことをぼくがどう思っているかというと、――彼は、ある瞬間には、親しい友人としてぼくの背中《せなか》をぱたぱたたく、そして次の瞬間には、恐ろしい形相《ぎょうそう》でぼくの顔面にげんこつをめりこませる、そういうことのできる男だ、という気がしてならなかった。

バシバズーク族にはよそ者の持ち物を奪《うば》いとってしまう風習があるとバクシーシュは言っていたが、あれは大げさな言い方だったのじゃないかと、ぼくは思った。ぼくたちのごくわずかな荷物を奪うためにわざわざ夕食に招待するなんて……ちょっと考えられないことだった。

ぼくはその疑問《ぎもん》をぶつけてみた。とても注意深く、回りくどい言い方でたずねたのだが、

「そげなこと、あるわけねえだ！」バシルはむっとした顔で言い、肩をすくめた。「ま、そりゃあ、時たまは、な。状況《じょうきょう》によっては……」

どういう状況によるのだろう？　胃袋《いぶくろ》の調子か、空模様《そらもよう》か、月の満ち欠けか？　どうも落ち着かない気分だった。が、そのあと彼が口にした言葉に、ぼくはどきっとし、体が冷えるような思いがした。

「それほど以前のことじゃねえけんど、二人のフェレンギ、やってきただ。鼻の曲がった赤毛の男と、どこかの王さまみたいにふんぞり返って歩く黒い髪《かみ》の男。黒い髪の男、馬、買いたがった。バシル、売ったと思うだか？」

「馬を売るのがあんたの商売だ、売ったと思うよ」

「違うだ！」バシルは叫《さけ》んだ。「どうしてだか？　バシル、やつ、気に入らなかっただから。やつ、どこかのバザールで、馬、買えばいいだ。バシバズークの馬、やつにはもったいねえ。

フェレンギ（西方人）たちの心、こんがらかってる。そんだから、バシル、フェレンギたちのこと、なかなか理解できん。だども、悪党《あくとう》、ひと目見ればわかる。黒い髪の男、悪党だっただ。良からぬこと、たくらんでただ。バシル、耳、いい。黒い髪の男、赤毛の男にこっそり言ってるのを、バシル、聞き逃さなかっただ。やつ、盗賊団《とうぞくだん》を脅《おど》しつけて貢物《みつぎもの》を巻き上げる話だの、新式の武器の話だの、炎《ほのお》の入った壺《つぼ》の話だの、しゃべっとった。何のことか、さっぱりわからんかったけんど。やつ、盗賊《とうぞく》どもの大親分のつもりだか、それとも軍団の頭目のつもりだか？」

バシルは鼻を鳴らした。「やつのような連中、来ては去っていくだ。黄金の夢の街道のあるじになろうとするだ。おろかなやつら。バシバズークとは無縁のやつらだわさ」

「それで、あんたはそいつから何も奪わなかったのかい？」

「奪うべきだっただ。懲《こ》らしめのために、の」彼は肩をすくめた。「だども、もっといい方法もあっただ。やつの命を奪い、地獄《じごく》に送りこんでやるこった。向こうで軍団の頭目でもなんでもやってればいいだ。だども、バシル、それ、やらなんだ。どうせ、去っていく男、ほっとけばいい。そう思っただ」

「でも、連中がまたやってきたら、どうなる？　もしある日彼らがあんたに歯向かって来たら？あなたの牧草地を焼いたら？　あんたの馬たちを奪ったら？」

「バシバズークに歯向かうだ？」そう言ってげらげらと笑い、「冗談《じょうだん》じゃねえだ！　わしらの馬、やつら、虫けらみたいに蹄《ひづめ》の下で踏《ふ》みつぶしちまうだ」

バシルが自信たっぷりにひどく心地よさそうなので、ぼくはちょっといらいらしてしまった。フェレンギ国の皇太子としては、彼に言い返してもいいだろう。

「それはそうかもしれないが」ぼくはできるだけ皇太子らしい口調で言った。「あんたたちは、ただあんたたちのことだけ気にしているのかね？　別の言い方をすれば、もしあんたのとなりの家が火事になったら、それを消すのをあんたは手伝わないのか？　それで名誉を重んずる人間と言えるだろうか？　少なくとも、あんた自身の家まで燃えるのを防ぐために手伝ってもいいのでは？」

「それ、違うだ」彼は大声で言った。「あんた、何も知らねえだ。バシバズーク族には、となりの家なんてもの、ねえだ。だいたい、わしら、家には住まねえ。ユルタに住むだ」

ユルタって何なんだろう。ぼくがポカンとしていると、バシルはあごをカチリと閉《と》じた。ぼくの物知らずぶりがさらけ出されたことに満足したらしい。ほかにも気になることがあったが、たずねるのが怖《こわ》かった。答えを聞きたくなかった。だけど、ともかく、たずねてみた。

「その男、名を名乗ったのかい？」

「さあ。フェレンギの名前、けったいなの、多くて、わしには覚えられんが――、そう、赤毛の男、彼に呼びかけてたな――何と言ったかな？　そう、チャルコシュって呼んどった」

そうだろうと思っていた。直感的にわかったのだ。そして彼といっしょにいたのは、ぼくたちがマラカンドへの道の途中《とちゅう》で出会ったあの赤毛の悪党だ。シーラとサラモンに話さなくてはならない。二人もバクシーシュも動物たちを引いて、ぼくより後ろにいた。シーラのところに行こうとしたとき、バシルが片手を伸《の》ばしてぼくの肩を抱《だ》いた。

「やつらのこと、忘《わす》れるだ。皇太子さんよ」提案というより命令のような調子で言った。「ゴルギオどものことなんか気にしてもしようがねえだ」

ゴルギオなんて言葉、聞いたことがなかった。あとで聞いたところによると、もちろん褒《ほ》め言葉なんかじゃなく、バシバズーク族でないという恐ろしい不運をもったすべての人間をさす言葉だった。

ぼくたちはもう、森林地帯を通り抜け、ぼくが前にちらりとだけ見た草原に入りこんでいた。草原は見渡《みわた》すかぎり広がり、それを取り囲むように、はるか遠くに、雪をいただいた山々が連なっていた。

野営地は目の前に広がっていた。テントがいくつか並《なら》んでいるだけだろうと思っていたのだが、大違いだった。ほとんど、村といってもよかった。バシルの言っていたユルタは、テントの一種だが、まるで、大きな蜂《はち》の巣箱みたいで、フェルトの毛布でおおわれ、てっぺんの穴《あな》からは細い煙《けむり》がたちのぼっていた。ユルタの中でいちばん大きいのはバシルのものだろう。そのユルタの前に、鞍《くら》の形をしたスツールが王座みたいに飾《かざ》り立てられて置かれていた。家畜たちのための広い囲いがあちこちにあり、建ち並ぶユルタの中心部分に、広場があった。

もしこの人たちが、バクシーシュが言うように、流浪《るろう》の民であるとしても、きっと驚《おどろ》くほどのすばやさで移動できるに違いない。近づくにつれてわかったのだが、ユルタは細い棒《ぼう》を組み立てたものだったし、囲いもいちばん軽い木材で作られていた。だから、野営地全体があっという間に、解体され、たたまれ、荷物となって、動物たちの背中に載《の》せられて、消え去ってしまえるのだ。

バシルが出した先ぶれが知らせて回ったと見えて、ぼくたちが来ることは、もう野営地じゅうに知れわたっていた。だれもが仕事を中断して集まったらしく、広場は人であふれていた。

羊皮の上着を着て馬の尻尾《しっぽ》の毛で飾ったバケツ型の羊毛製ハットをかむった男たち、虹《にじ》のように輝《かがや》くスカートをまとった、ほっそりとした女たち。男も女もくるぶし飾りや腕輪《うでわ》を付けている。子どもたちも大人と同様着飾って、とびはねたりふざけたり歓声をあげたり口笛を吹《ふ》いたりしている。

ぼくたちといっしょにきた騎馬《きば》隊も、バシルのユルタのそばに整列して待っていた連中と合流し、なかなか立派《りっぱ》な騎馬軍団となった。特別の行事のときにあらわれたマゼンタの町の騎兵隊を思い出した。でも、ここの騎馬隊のほうがはるかにきらびやかで迫力《はくりょく》があるように感じた。これは王族を賓客《ひんきゃく》として迎《むか》えるための歓迎式典なのだった。しかし、だんだんにわかったことだが、自由の民であるバシバズークの人たちは、王族のことなど何とも思ってはいず、ただめずらしい客を迎えて心が浮《う》きたち、けっきょくのところ、自分たちの宴《うたげ》を楽しんでいるのだった。

バシルが、鞍の形の「王座」にどっかりと腰《こし》を下ろすと、彼の妻が駆《か》けてきてぼくたちを出迎えた。彼女のスカートの陰《かげ》から八人か九人のちびちゃんたちがこちらをのぞいていた。

シーラとこっそり話をする間もなかった。ラクダや馬やロバをちゃんと休ませてやったあと、シーラとぼくは、バシルをはさんで、重ねた毛布の上にすわった。ぼくはバシルの右側だった。数人の小娘《こむすめ》たちが、木製のボウルを持ってきてくれた。取っ手として、木彫《きぼ》りの馬の首が付いていた。続いて、もう少し年上の娘二人があらわれて、革袋《かわぶくろ》から、泡立《あわだ》ったミルクのような液体をボウルになみなみと注いでくれた。

「飲んでくんな。さあ、わが親しき友よ、飲むだ！」バシルは叫んだ。「飲んで、バシバズークみたいに強くなるだ！」

彼はボウルにあふれた液体をぐいぐいぐいと一息《ひと》で飲みほした。しきたりにそむく危険は冒《おか》したくなかったので、ぼくも同じことをした。甘酸《あまず》っぱくてピリピリして、そこはかとなく馬の香《かお》りのただよう飲み物だった。すわっていてよかったと思った。というのは、突然、足の力が抜けてしまったのだ。両脚の中にピンと針《はり》がつまっているみたいだった。頭はくらくらしてきて、まとまった考えができなくなった。いずれにしても、そんなに悪い気分ではなかった。

食べ物も出てきた。さんざん食べさせられて、もう、二度と立ち上がれないのじゃないかと心配になるほどだった。

「さあ」バシルは宣言した。「次は踊りだど」

ブーツを履《は》こうとしたが、足がふくらんでしまって入らなかった。ちょっと待ってくれ、とバシルに言い、もたもたしていると、バシルがぼくのえりくびをぐいとつかんだ。あっという間に、ぼくは、踊りを踊る男たちの輪の中に加わっていた。男たちの輪は一つの方向に回り、女たちの輪は別の方向へまわっていた。大いに浮《う》かれ騒《さわ》いでいるバクシーシュのすがたが見えた。サラモンさえ楽しそうにバシバズークの男たちと踵《かかと》を蹴《け》り合わせている。シーラは、ほほを紅潮《こうちょう》させ目を輝かせ女たちと腕を組んで踊っている。そういえば、ぼくは、彼女が踊るのを一度も見たことがなかったんじゃないだろうか。

しばらくして、ぼくはお願いだから休ませてほしいと言った。バシルは許してくれた。二人して、バシルのユルタに入った。ぼくは息を切らし汗《あせ》びっしょりだった。バシルもいくらか参っているようだった。

彼は顔を大きな手でこすり、眉をひそめて、ぼくのほうに体を寄せた。

「なあ、親しき友よ」彼は言った。「取引の話、しようでねえか。教えてけれ――あんたの身代金、なんぼだや？」

31 皇太子《こうたいし》の身代金

ぼくは、予想もしなかったほどの奇妙《きみょう》な状況《じょうきょう》を何度も経験している。シーラとの関係もその一つだけれど、これは、ぼくを幸せにしてくれた例外的なケースだ。それ以外は、みな、できることなら経験しないですませたかった。今回の奇妙な状況の張本人は、バシバズークの馬将軍《うましょうぐん》だ。自分自身が、馬のように巨大《きょだい》な男だ。ぼくのことを友よ親友よと呼《よ》んでいたかと思うと、にわかに、まるでぼくが、いいカモでもあるかのように、身代金のことを口にし始めた。

これだけでも十分に悪い状態だが、それをもっと悪くしているのは、いま、この同じ時間に、ほかの人たちはみんな、すてきな時を過ごしていることだ。

踊《おど》りは終わっていた。人々は声をそろえて歌い始めた。ごく自然なハーモニーで、次々と歌う。古いおなじみの歌ばかりなのだろう。とても野性的で美しく、明るいくせにどこか物悲しいひびきもあった。

こうした合唱が流れるただなかで、バシルは、まるで、一頭のロバの値段《ねだん》でもきくみたいな、ごく当たり前の口調で、ぼくにどれだけの価値《かち》があるかをきいているのだ。

きっと、冗談《じょうだん》なんだ、とぼくは思った。

「あんた、冗談を言ってるんだね」とぼくは言った。

「バシル、冗談、言わねえだ」と彼は答えた。

そう、冗談を言ってはいないのだ、とぼくは感じ、ぞっとした。そのかんにも、日が暮《く》れてゆき、松明《たいまつ》がともされていった。若《わか》い男たちが馬に乗ってあらわれた。円を描《えが》いて全速力で駆《か》ける馬の鞍《くら》の上に片足《かたあし》で立ち、それから前に後ろに宙返《ちゅうがえ》りをし、続いて、さっと地面に飛び降《お》りて馬と並《なら》んでしばらく走り、ふたたびパッと馬に飛び乗った。実にみごとだった。ぼくは自分の現在の境遇《きょうぐう》も忘《わす》れて見とれてしまい、感嘆《かんたん》せずにはいられなかった。見物人たちは口笛を吹《ふ》き、拍手喝采《はくしゅかっさい》した。シーラ、サラモン、そしてバクシーシュは群衆《ぐんしゅう》の中のどこかにいる。ぼくがこんな苦境にあることなど夢にも知らず、きっと拍手なんかしているのだろう。

ぼくたちに逃《に》げ出す方法はあるのだろうか？　ラクダたちや馬やロバは——どこだ？　バシバズークの馬たちといっしょに囲いに入れられているのか？　ラクダたちがいなければ、逃げ出すことはできない。いや、ラクダたちがいても、逃げ出すのは無理だ。ぼくたちが野営地の外に出る前に騎馬隊《きばたい》の連中に追いつかれてしまう。

バシルは、さっき見えたほどに酔《よ》っぱらってはいなかった。しっかりした視線《しせん》をぼくに注いでいた。それでぼくは、なるべくおだやかに理性的に話そうとした。どうもこれが、ぼくの最初のあやまちだった。

「バシル」ぼくは言った。「あんたはぼくらをもてなしてくれた。これはバシバズークとしてのもてなしなのかね？」

「もてなし受けたら、同じ分量のもてなし、相手にお返しする。これ、古いしきたりだわさ」

古いしきたりって、ずいぶん、やっかいなものだ。そう思っていると、バシルがまた言った。

「あんた、ご馳走《ちそう》やら踊りやらで、わしらに、お返し、できるだか？　できねだべさ。そんだら、ほかにどんなこと、できるだ？」

「心からの感謝の気持ちでは？」

「それ、当たり前のこと。お返しとは言わね。あんたの場合、金がいちばん簡単《かんたん》。心配するでねえ、よけいな身代金、よこせとは言わねえだ。ほかの三人、身代金いらねえ。バシル、おおらかだわさ。そんだから、あんたもひとつ、おおらかに頼《たの》むだ」

「もちろんだよ。でも、ぼくがあんたにお返しする方法はない。あんたからもらった、あんなに多くのすばらしい物に引き合うようなものを、ぼくは何一つ持っていないんだ」

「そりゃあ、そうだべさ。バシル、理解するだ」

ぼくは安堵《あんど》のため息をつき、「わかってくれてうれしいよ」と、言った。

すると、彼《かれ》はこう付け加えた。

「あんた、皇太子。親父《おやじ》さん、国王。国王、金持ちだべ？　貧乏な国王なんてもの、いたことねえべ？　国王、あんたのために払《はら》うだ」

「もちろん払うさ」ぼくは言った。「でも、彼の王国は遠いところにある。遠すぎて、話が彼にとどくのはむずかしい」

「それ、問題ねえだ。バシル、いちばん足の速い馬で、使者、送るだ」

ぼくの理性的な説明はただ、バシルとぼくの対立を引き起こしただけだった。一つの絵柄《えがら》がしきりにまぶたに浮《う》かんでくる。――大きな羊毛製の帽子《ぼうし》をかぶり、毛ばだった上着を着、安ものの飾《かざ》りをじゃらじゃらいわせた騎馬の男が、エバリステ叔父さんの店の帳場に乗りこんで、息子《むすこ》を返してほしかったら、ひと財産よこせとわめいている……。しかし、ぼくは叔父さんの息子なんかじゃない。厄介者《やっかいもの》のチューチ（阿呆《あほ》たれ）でしかない。叔父さんが金など出すものか。

「バシル」心底から残念がっている口ぶりでぼくは言った。「残念だけど、それはだめだ。時間がかかりすぎる。何年もかかってしまう――」

「それ、どうしただ？」もともとできるはずのない計画をあきらめようともせず、彼は言いつづけた。「どげに長くかかっても、かまわん。急ぐこと、ありゃせん。あんた、バシバズークの仲間として暮らせばいいだ。歌い、踊り、馬に乗り、幸せに過ごすだよ。家庭、つくるだよ」

「だめだ」ぼくの決意を間違《まちが》って受け取らせないために、強くはっきりと言った。「それはできない。するつもりもない」

「それ、だめだど」彼はぼくをにらみつけた。「バシル、話しただ。馬将軍の言葉《ことば》、だれも逆らえねえだ。それ、しきたりだど。掟《おきて》だど」

彼の目が危険《きけん》な光を帯びてぎらぎらし始めた。あごがぐっと引きしまった。譲《ゆず》る気はまったくないようだ。ぼくは別のやり方を試みるしかなかった。

「わかった。ぼくはここにいよう」そう言うと、彼は幸せそうにうなずいた。

「でも、あとの三人は行かせてもらう」と、ぼくは付け加えた。

気高い犠牲《ぎせい》的精神を発揮《はっき》したわけではない。むしろ、実際的な計算があってそう言ったのだ。もちろん、ぼくは、いざとなれば、自分の命をシーラのために投げ出すことだってするつもりだ。しかし、まあ、できることなら、そんなことにならないほうがいい。彼女《かのじょ》のいないところで死んでるよりは、彼女といっしょに生きてるほうがいいに決まってる。……ともかく、いまの状況を冷静に見てみれば、ぼくだけ残ったほうが、ここを逃げ出すチャンスが多くなるのは間違いない。逃げ出して、それから彼女を見つければいいのだ。

バシルはひげを噛《か》んでいた。一瞬《いっしゅん》、恐《おそ》ろしげな目の光が少しだけ減ったように見えた。だが、ほんの一瞬だけのことだった。

「だめだめ。バシル、不人情な人間じゃねえだ。仲間たちとあんた、別れさすことなんかできねえ。とりわけあのキルカシ娘《むすめ》と別れさせたりなんか、できるわけねえ。あんたとあの娘、恋人《こいびと》同士だべ？」それから、自分の問いに自分でうなずき、「そんだ、そんだ。バシル、ちゃんとわかるだ。これで決まっただ。すべて、バシルの言うとおりにやるだわさ」

もう逃げ場がなかった。ぼくはこれまで言わないでいたことをとうとう口にした。いまだって彼に言うのは気が進まなかったのだが。

「皇太子なんていないいないんだ――」ぼくは始めた。

「何？」

「皇太子はいない。王子もいない。身代金もない。身代金なんてどこからも来ない」ぼくは言った。「ぼくはあんたの見ているとおりのもの。それ以上のものじゃない」

バシルは飛びすさった。長く息を吸《す》いこみ、やがて、ふーっと吐《は》きだしたが、それはまるで足の裏《うら》から体じゅうをぐねぐねと這《は》い上がってきた、唸《うな》りともうめきともとれる音だった。

「それ、悪いど」ようやく彼は口を開いた。「実に実に悪いど。あんたの従者《じゅうしゃ》――あの男、真実のかけらもねえだ。それんしても、バシバズーク族に向かって、ましてやこのバシルに向かって、嘘《うそ》つく、とんでもねえやつだ」

「彼の聞いた話では、あんたがたは、ぼくたちの荷物を奪《うば》うということだった」ぼくは急いで説明した。「彼はただぼくを保護しようとしたんだ。嘘？　それはそうだ。しかし、ちっぽけな嘘だ。フェレンギ国では、だれもがいつでもやっていることだ」

「ここ、フェレンギ国じゃねえだど」バシルはにらみつけた。「バシバズーク族の居場所だど。あんた、嘘つきだわさ。

従者、主人に代わって話すだ」彼は続けた。「主人、従者の行動に責任を持たなくちゃならねえだ。従者と主人、一心同体だわさ。これ、古くからの決まりだど」

古い決まりだの掟などをぶつけてくるのはもう止めてほしかった。

「バシル」ぼくは言った。「バシバズーク族は馬を売るのが商売だ。商売の中で真実を曲げたことは一度もないと、言うつもりなのかい？」

「ゴルギオ（異民族）どもを相手にしたときだけ、そういうこと、あるかもしれん。だども、ゴルギオなんて問題でねえ。真実を話さんこと、いちばんひでえ侮辱《ぶじょく》だわさ」

「知らなかったんだ。申しわけない。でも、いま、ぼくは真実を話した」

「そんだかな？」バシルは抜《ぬ》け目のない目つきでぼくを見た。それから顔をしかめたのだが、しかめ方がひどすぎて、顔ぜんたいがくしゃくしゃになってしまった。「あんた、もしかして、バシル、バカだと思っただか？　たぶんあんた、身代金、払わんために、いまも嘘をついてるだ。もしかすると、ほんとのほんとは皇太子なのだかも。ま、それ、どうでもいいこった」彼は続けた。「いずれんせよ、このことの根っこにあるの、嘘だわさ。絶対にやっちゃならん、最悪の罪。掟に反し、しきたりに反し、名誉《めいよ》に反する大罪だど」

ぼくは完全に進退きわまっていた。この状況から逃《のが》れるすべはなかった。

「でも、なんとかしなくてはならない。もともと悪意があったわけじゃない。ともかくぼくとしては、許してほしいと思うだけだ」

「それ、無理だべさ」彼は言った。「あれげなでっかい侮辱、洗《あら》い流すしかねえだ」

「では喜んで洗い流すよ。どんなふうに？」

「血でもって。あんたの血で、でなきゃ、わしの血でもって。あんた、バシル、侮辱した。そんだから、バシルと闘《たたか》うだ。決闘《けっとう》するだ」

自分が真っ青になったのか真っ白になったのか、ぼくは知らない。

バシルはふたたび上機嫌《じょうきげん》になっていた。もう一度宴会《えんかい》をやろうとしてでもいるようだった。いかにもうれしそうにぼくの背中《せなか》をぴしゃりとたたいたが、それは、ぼくの体じゅうの骨《ほね》を、かりにそれらがいままで震《ふる》えていなかったとしても、がたがたと震わせたことは間違いない。

「あした、あんたとわし、決闘するだ。どちらか死ぬまで、闘うだ」彼は明るい声で言った。

「今夜はぐっすり寝《ね》てくれや。あんたの上に平安があるよう祈《いの》っとるど」

32　サラモンの計画

　バシルは、ぼくたちのためのユルタを張るよう、部下に言いつけ、舌なめずりでもしそうなほどにニタニタしている。あしたのぼくとの決闘《けっとう》が待ちきれないようだ。ぼくは待ちきれないどころじゃない。どちらかが死ぬまで闘《たたか》うなんてまっぴらだ。ましてや、死ぬのはぼくのほうに決まっているのだから……。ユルタができあがると、さっそくその中にとびこんだ。バシルから少しでも離《はな》れられるのがうれしかった。

　積み上げられた毛布の上にぐったりと腰《こし》を下ろした。さあ、この話をどういうふうにシーラに伝えようか。サラモンに。そしてバクシーシュに。とはいえ、ぼくはバクシーシュにはいいかげん頭にきていた。そもそも口から出まかせを言ってぼくを――そしてぼくたち全員を――こんな羽目に落とし入れたのは彼《かれ》なのだから。

　間もなく三人はユルタに入ってきた。けらけら、ぺちゃくちゃと、まだお祭り気分だ。おだやかに用心深く、少しずつ話して行かなければならない。

「バシルはぼくを殺そうとしている」と、ぼくは言った。

おしゃべりはぴたりと止んだ。シーラはまじまじとぼくを見つめた。きっと、ぼくがバシバズークの飲み物を飲み過ぎたと思ったのだろう。

「古いしきたりなんだ」ぼくは言った。

「おもてなしの一種でござんすか？」バクシーシュが口をはさんだ。

「静かに」シーラがバクシーシュに言った。ぼくが酔《よ》ってなどいず、真剣《しんけん》なのに気づいたのだ。

バシルとぼくとの間で起きたことをかいつまんで説明すると、サラモンは、「まずいな。きわめてまずいな」と眉《まゆ》をひそめ、「一つはっきりしているのは、あんたの能力を低く見るわけじゃないけれど、もし彼と闘ったら、どう見ても、あんたに勝ち目はないってことだ」

悲しいことに、ぼくもとっくに、同じ結論《けつろん》に達していた。

「それゆえ」とサラモンは続けた。「あんたは彼と対決すべきじゃない。実際、あんたはここから去るべきだ。相手がいなくなれば、バシルも、殺すわけにはいかないだろう」

「それはできない」ぼくは言った。「彼と闘うしかないんだ。ほかに方法はないんだよ」

シーラはくちびるに指をあてた。ユルタの入り口に行って外をのぞいて見て、声を落とすよう、ぼくたちに警告《けいこく》した。バシルの部下の一人が入り口近くにすわっているのだという。ぼくたちは小さなランプのまわりに額を寄せあった。

「あなた、ナイフとタルワール刀を持っているでしょう」シーラは言った。「それでもって、ユルタの端《はし》っこを切り裂《さ》いて抜《ぬ》け出しましょう。外へ出たら、全員、散らばる。わたしの家――わたしの生まれたキャラバン宿――は遠くない。そこで会いましょう。あなたたち、なんとか行き着けると思うわ」

ぼくは首を振《ふ》った。ぼくもそういうようなことを考えた、でもうまくいくとは思えない、バシルと取引することもやってみた、ぼく一人がここに残るから、シーラを、三人を逃《に》がしてくれと頼《たの》んでもみたんだ、と話した。

「あなた、それをやる気だったの？」シーラは言った。「本気だったの？」

「もちろんだよ」ぼくは言った。

シーラは、とろけるようなまなざし――とぼくには思えた――でぼくを見て、「ディバネー」と言った。きっと愛情のこもった言葉《ことば》なのだろうとぼくは思った。

「『いかれてる』って意味でさあ」バクシーシュが言った。

「あなた、考え方があべこべよ、カアルロオ」シーラは続けた。「彼が闘おうと思っているのは、あなたよ。もしだれかが逃げるのなら、あなたが逃げるべきよ。彼は、あなた以外の三人とは何のいさかいも対立もないんだもの。もしだれかが残るのならわたしたち三人が残るべきよ」

彼女《かのじょ》はそれから、どんなとろけるようなまなざしよりも、ずっと、ぼくをわくわくさせることを言った。「あなた、わたしの馬を使うといいわ」

ぼくはその申し出をあっさり断わった。

「バシルがまた何か別のしきたりを思い出して、ここに残ったきみたちに、難題《なんだい》をふっかけないという保証はないんだよ。ぼくはきみたちにそんな危《あぶ》ない橋を渡《わた》らせる気はないよ」

これで、ぼくたちは振り出しにもどってしまった。すわって、しばらくの間、あまり口をきかずにいた。ぼくは、チャルコシュがここへ馬を買いに来ていたことを、持ちださなかった。このことは、もっと先になってから――ぼくにまだ「もっと先になってから」の時間があるとしてだが――思いわずらうべき事柄《ことがら》だと思ったのだ。

それに、ぼくはシーラをまたしても興奮《こうふん》させたくなかった。彼女が、包丁《ほうちょう》を持ってあの悪党《あくとう》を追いかけかねない憎《にく》しみをあらわにしてから、もうだいぶ時間が経《た》っている。

バクシーシュがめずらしく押《お》し黙《だま》っていた。口をぐっと結んで肩《かた》を落としている。こんなに落ちこんでいる彼を見たことはなかった。

しばらくして、ようやっと口を開いたかと思うと、「高貴《こうき》なるお方よ」と訴《うった》えるような口調で言った。「あっしはこんなことになるとは夢にも思っておりやせんでした。あなた、あっしを許せやすかい？」

首を絞《し》めてやろうと一瞬《いっしゅん》思ったことはある。でもその一瞬を別にして、もちろんぼくは許している。ぼくはそう答えた。ただ、彼が今度のことをそんなに気に病んでいたとは、ぼくには驚《おどろ》きだった。

ぼくの言葉を聞いた後、バクシーシュはすっかり元気づき、「あなたの上に祝福がありますように。おお、慈悲《じひ》深いお方よ。あなた、覚えてやすか、遠いむかし、あっしがあなたに、死にいたるまであなたをお守りするとお誓《ちか》いしたことを？　あっしは絶対にあなたを――」

「いいんだよ」ぼくは言った。「ぼくは、あんたがそれを守るなんて思ってはいなかった」

「あっしも思っちゃおりやせんでした」彼は言った。「でも、いまは違《ちが》いやす。いま、大事なあなたさまをこんなとほうもない危険《きけん》な目に追いこんじまったいま、あっしは責任を感じとりやす。この場はあっしに任せておくんなさい。あっしが代わって闘いやす」

バクシーシュの言葉はちょっと信じられないほど勇ましいものだった。

「闘うべき唯一《ゆいいつ》の人間は」彼は言った。「当然、あっしでござんす」

「ディバネー。いかれてる。カアルロオと同じね」とシーラは言ったが、その声には好意のひびきがこもっていた。彼女もぼくと同様、バクシーシュの言葉に感動しているのだった。「でも、あなた、体をぼりぼりやる前にバシルに殺されてしまうわ」

「だれかあっしを殺した者がいるかい？」バクシーシュが言った。「殺そうとしたやつは何人かいる。しかし、みんなうまくいかなかったんだ」

「だめだ。あんたにそんなことはさせない。させられない。もしぼくがいいと言ってもバシルが受け入れないよ」ぼくは、バクシーシュに、バシルはバシバズークの古い規則にのっとって行動しているので、それに反した行動をとることはできないんだ、と説明した。

「一つ、合理的なやりかたがあるんだが」サラモンがおもむろに口を開いた。

「あっしの案より合理的なのかい」バクシーシュは言った。「話しなよ、サラマングの旦那《だんな》。あんたのその名案を聞かせてくれ」

サラモンがその計画を語った。ぼくは注意深く聞いた。彼の合理的判断は理解できた。ある程度までは、意味がつかめた。しかし、ある点から先は、はたしてうまくいくかどうか、確信がもてなかった。

「わたしも確信を持っているわけじゃない。しかし、それは不可能ではない。そして、もし不可能でないのなら、論理的に言って、ある程度の可能性はあるというわけだ」

「これがあんたの最高の論理なのかい？」バクシーシュがぼそぼそと言った。「このくらいのこと、あっしだって思いつけたはずなんだが」

「ほんのわずかな可能性」シーラは言った。「カアルロオにとっては、それは、なによりもまず、とても大きな危険と同じなのね」

「しかしともかく一つの計画だ」サラモンは言った。「だから、何もないよりは少しましだと思ってもらえばいいわけで」

ぼくはしばらく真剣に考え、やがて言った。「やってみよう。やるっきゃない」ぼくはシーラを見、バクシーシュを見た。二人はうなずいたが、ぼく以上に心配そうな顔をしていた。

みんなが眠《ねむ》れるようにと思ったのだが、だれも、バクシーシュさえも、眠らなかった。四人して体を寄せ合ってうずくまり、もうあまり話すこともなく、ぴりぴりした緊張感《きんちょうかん》と重苦しい不安感に代わり番こに襲《おそ》われながら時を過ごし、夜明けがユルタのてっぺんの煙出《けむだ》し穴《あな》から忍《しの》びこんできたころ、ようやくまぶたがふさがり始めた。が、まぶたはすぐに開いた。バシルが入ってきたのだ。ぼくたちが起きているのを見て喜んでいる。

「さあさあ、親しい友よ」大声で言った。「バシバズーク、みんな起きて待ってるだど」

ぼくは急ぐ気持ちなどなかった。もっと遅《おそ》くなってから始めればいいじゃないかと言った。

「だめだめ」彼はぼくの胸《むね》を軽くぽんとつつき、「善《ぜん》は急げだど。午後になんか延《の》ばせねえだ」

ぼくは朝食のことをたずねた。「ゆっくりのんびり食べたいんだけど」

「決闘の前、食べちゃいけん。とってもよくねえだ。吐《は》いちまうだかんね。もし死んだら、もっとひでえことになるだ。はらわた、ゆるむから、目も当てられねえことになって、死に恥《はじ》、さらすだど」バシルは首を振った。

彼は、さあさあと、ぼくたちをユルタから追い出し始めた。ぼくはかろうじてタルワール刀を持ちだすことができた。出口のところでシーラがぼくを引きとめた。

「あなたのナイフをちょうだい、カアルロオ」

ぼくは渡した。あまりにせきたてられていたので、なぜだときく間もなかった。

太陽はぐんぐん上がっていたが、寒さはさっぱりゆるまなかった。バシルの言うとおり、少し離れたところに、野営地じゅうの人々が半円を描《えが》いて集まっていた。だれもが、昨夜の大宴会《だいえんかい》に負けず劣《おと》らずウキウキしている感じだった。ユルタのわきで、バシルの黒い雄馬《おうま》がさかんに地面を踏《ふ》み鳴らしていた。まるで象みたいに大きく見えた。

そうだ。バシルとの決闘に馬がからむことをぼくは知っているべきだった。でも、シーラの馬はどこにいるんだ？　ぼくが見たのはただ、白黒斑《ぶち》の、痩《や》せた、ひょろ長い脚《あし》の、細長い頭をした雌馬《めうま》だ。この馬、目をきょろつかせて、くちびるをめくりあげている。ほほえみかけているのだろうか、嚙《か》みつこうとしているのだろうか。

「いい馬だど。いつも上機嫌《じょうきげん》。選り抜きの中の一頭だわさ」バシルは言った。「勝てば、こいつ、あんたのもん。負ければ、ま、あんたの知ったこっちゃねえだわさ」

どういう規則でやるのか、ときくと、彼は肩をすくめた。

「規則、一つだけ。規則なんてねえってこと」そう言うと、さっと馬に飛び乗った。

「やー！　やー！」と声をかぎりに叫《さけ》びながら、全速力で野営地の真ん中の広場に駆《か》けこんだ。

バクシーシュはぼくが馬に乗るのを手伝い、バシルから渡されていた細身の槍《やり》をよこした。シーラが小声で言った。

「あなた、何をするか、ちゃんとわかってるの？」

ちゃんとわかってるといいのだが……。

33
決闘《けっとう》の朝

ぼくにあてがわれた雌馬《めうま》は、バシルの話ではいつも上機嫌《じょうきげん》だということだったが、ぼくに言わせれば、まるで不機嫌なワニだった。

ぼくがまたがったとたん、棒立《ぼうだ》ちになった。危《あや》うく振《ふ》り落とされるところだった。続いて、人間のやる逆立ちのまねごとをした。前脚《まえあし》だけで立って尻《しり》を高々と持ち上げたのだ。またまたぼくは落っこちそうになった。何度かそんなことをくり返したが、最後は、宙《ちゅう》に飛びあがっていた――つまり、四本の脚が四本とも完全に地面を離《はな》れていた――に違《ちが》いない。ともかく、ふたたび地面に着いたときの衝撃《しょうげき》といったらすさまじく、歯がガチガチッと音を立てて嚙《か》みあい、片手《かたて》で槍《やり》をつかみ、もう一方の手で鞍《くら》をつかんでいるのが、やっとだった。

バシルが食事を出してくれなかったのが、ありがたかった。もし食べていたら、朝食はもう、ぼくの胃袋《いぶくろ》からさよならしていたことだろう。バクシーシュが、さあ行って来い、とばかりに、雌馬の尻をぴしゃりとやった。馬は威勢《いせい》よく駆《か》けだした。いまや遅《おそ》しと待っている見物人に取り囲まれた広場に向かって、全速力で突《つ》っ走った。

ぼくが突進《とっしん》してくるのを見て、バシルの顔は輝《かがや》いた。「いえーい」「いえーい」と二、三度、喜びのわめき声をあげると、ぼくを手招きした。まるで、長く会わなかった親戚《しんせき》を歓迎《かんげい》しているみたいだった。――とはいえ、彼《かれ》の手には槍が握《にぎ》られ、その穂先《ほさき》はぼくに向けられているのだ。

脚のひょろ長いワニ馬は、まっすぐバシルめがけて疾走《しっそう》した。ぼくは槍を投げ捨《す》て、両手で手綱《たづな》を引っぱり、バシルのほんの鼻先で、なんとか馬をわきにそらすことができたのだが、けっきょく、馬と馬はどすんとぶつかり、バシル自身、鞍から飛び出しそうになった。

一瞬《いっしゅん》、バシルとぼくは横っ腹《よこっぱら》と横っ腹――膝《ひざ》と膝といったほうが正確か――が触《ふ》れ合った。これもありがたいことだった。こんなに近くては、バシルは得意の槍を思うように使えない。雌馬は、ぼくが何の指示もしないのに、向きを変えて、バシルの馬の先に立ってすごい勢いで走った。

もちろん、バシルはぼくを追いかけた。後ろから槍を、銛《もり》でも投げるように投げつけられるかもしれない。それを恐《おそ》れて、前に突っ伏《ぷ》した。顔の半分が馬の首にぺたりとくっついた。後ろのほうで、バシルが怒《いか》りの叫《さけ》びをあげていた。

「逃《に》げるでねえ、向かってこお、おめえ勇敢《ゆうかん》な戦士だべ、立派《りっぱ》に串刺《くしざ》しになるだど……」

バシルの言葉《ことば》にしたがう気持ちなど、さらさらなかった。昨夜、ユルタの中で、ぼくたちは取り決めていたのだ。ぼくは、どんなことがあっても、ある程度の距離《きょり》から先はバシルに近寄らない、彼に立ち向かうなんてことは絶対にやらない、と。

だから、ぼくはけんめいに馬を走らせた。しかし、言うは易《やす》く、行なうは難《かた》し、だ。広場をぐるぐる回るハラハラドキドキの追跡劇《ついせきげき》のなかで、バシルはしだいにぼくとの距離をちぢめてきた。芝生を蹴《け》って馬を走らせながら、ぼくは一瞬、悔恨《かいこん》にさいなまれた。悔《く》やんでみてもまったく何の役にも立たないことはわかっているのだけれど——。ああ、ぼくはなんてチューチ（阿呆《あほ》たれ）なんだ、なんてばかなんだ。もしフェレンギ国の皇太子《こうたいし》のままでいて、来るはずのない身代金の到着《とうちゃく》を待っているとしたら、シーラにとってぼくたち全員にとって、そのほうが、ずっと良かったはずだ。まさにいまこの瞬間、ぼくたちは、バシバズーク族の朝のご馳走《ちそう》に舌鼓《したつづみ》を打っていたことだろう。ぼくを殺そうと目を血走らせている馬将軍《うましょうぐん》に追いかけられもうすぐつかまりそう、なんて目にあってはいなかっただろう……。

サラモンの計画は、このあたりまでは、まずまずだったと言えるだろう。彼を責めるつもりなどぼくにはない。彼だって、すごく危険《きけん》があるということは最初から言っていたのだ。ただぼくは、こんな具合に、はやばやと危険が迫《せま》ってくることまでは、予期していなかった。

計画のその後の部分についてだが、——ぼくはあえて後ろを振り向いた。大きなぼろ切れのかたまりみたいなものが、すごい勢いで、バシルの乗った馬の前に飛び出してきた。バクシーシュだ。マメだの腰痛《ようつう》だの彼のいつもの泣きごとの種となっている、もろもろの病いや腫《は》れものにもかかわらず、これまでに見たことのないほどの敏捷《びんしょう》さで走っていた。

やがて、彼は、バシルの後ろにさっと飛び乗り、驚《おどろ》くバシルの腰《こし》にがっちりしがみついた。振り離そうとしてバシルは暴れたが、うまくいかない。取っ組み合いながら、二人は、雄馬《おうま》の背《せ》から落ちた。バクシーシュはすばやく体を転がせて、ひづめに蹴られるのを逃《のが》れた。一方、馬将軍は岩のかたまりみたいにどたりと落ち、その拍子《ひょうし》に、頭を打ったらしく、ぼーっと目を開いたまま大の字に倒《たお》れていた。ぼくは手綱を引き締《し》め、そして、雌馬からさっと跳《と》びおりた。——いや、ずるずるとずり落ちた、と言ったほうが正確だろう。

見物人たちはこぶしを振りながら怒りの声を上げ始めた。バシルの部下の何人かは落ちた族長を守ろうと飛び出しかけている。シーラは走っていって、ぼくのほうり投げた槍を拾うと、見物人たちに、「静かにしなさい」と叫んだ。彼女《かのじょ》のとなりでサラモンも、大声で、「すべてはバシバズークのしきたりどおりに適切に行なわれた、落ち着きなさい」と呼《よ》ばわった。

人々が、サラモンの言葉に耳も貸さず、飛びかかってくるのじゃないだろうかと心配だったが、しかし、サラモンの演説は、少なくとも彼らに疑問《ぎもん》をいだかせるだけの効果はあった。彼らはためらい、立ち止まり、お互《たが》い同士でなにやらささやきあった。

バシルは上体を起こした。しきりに頭をこすって、まだぼーっとしているらしい。彼は、ぼくがバクシーシュに近づくのを見た。バクシーシュは用心深く彼とはかなり離れた位置にいる。バシルはぼくに向かって吠《ほ》え始めた。

「だましただな！　裏切《うらぎ》り者のフェレンギめ！　卑怯《ひきょう》なゴルギオ（異民族《いみんぞく》）め！　よくも、決闘の規則、破っただな。馬に乗れ。バシルともう一度勝負するだ、一対一でな」

わめきながら、刺し殺さんばかりのまなざしでぼくをにらみつけ、立ち上がろうとした。彼を黙《だま》らせるために、仕方なく、タルワール刀を抜《ぬ》き、切っ先を彼のあごの下に突きつけた。

彼は、自分が絶対的不利の立場にあることを見てとるだけの正気はとりもどしていたらしい。ぼくは彼に、「じっとしてろ、そして、注意深く聞くんだ」と命令した。

「まず第一」ぼくは始めた。「あんた、ぼくに、規則なんてないって言ったじゃないか」

「だども、名誉《めいよ》をかけた決闘のとき、一対二なんてこと、ねえだ」彼は叫んだ。「これ、どんな阿呆《あほ》たれでも知ってるこった」

歯がみをしてにらみつけるバシルに、ぼくは急いで言った。

「ぼくはあんた自身の掟《おきて》にしたがってるんだ。ぼくらは二人じゃなかった」

「あんた、フェレンギなだけでなくって、頭、いかれてるだか？」彼は言い返した。「バシルに言え、あんたといっしょにいるそのおんぼろ野郎《やろう》、何者だか？」

「ぼくの従者《じゅうしゃ》さ。あんたが知ってるとおりさ。あんたはぼくに、昨日《きのう》言ったばかりじゃないか。従者がやることは主人が自分でやるのと同じだって。バクシーシュはぼくの命令にしたがった。責任はぼくにある。従者と主人は一心同体なんだ」

「ふん、それがさっきのインチキとどんな関係があるだ？」

「大いに関係がある。もし従者と主人が一心同体なら、ぼくたちは二人じゃなかった。ただ一人、ぼくがいただけだ」

バシルの額はねじれゆがんで、しわだらけ小さな瘤《こぶ》だらけとなった。彼はしばらくのあいだぼくの言葉の意味を考えているようだった。

「どうも深いところに、インチキくせえところ、あるだな。深すぎてバシルにはわからんが。だども、どうもあやしいだ」彼の考えが、彼の頭の中で、袋小路《ふくろこうじ》にぶつかったり小道に入りこんだりしてうろうろさまよっているのが、目に見えるような気がした。やがて、まだ怪訝《けげん》な表情を残したまま、こう言った。「ま、あんたの言うとおりにしておくだ」

このやりとりのあいだに、白黒斑の雌馬は、ぼくに近寄り、体を寄せ、ぼくの首に鼻面をこすりつけていた。

「あんたのもんだ」バシルは言った。「いい馬だど。愛してやんな。こいつ、あんたを愛しとるだ。あんたの勝ちだわさ、チューチの旦那《だんな》。あんたが何者であろうともな。——バシルとあんた、お互い、自分の命を賭《か》けただ。バシルの負けだわさ」

「じゃ、もうおしまいだ」ぼくは言った。「罪は洗《あら》い流されたんだから」

「まだだ」彼は言った。「さあ、やれ。手際《てぎわ》よくやってけれ。下手なやり方だと、バシルの幽霊《ゆうれい》、あんたにとりつくど」

彼は本気で殺されるつもりなのだ。あきらめきって、運命を受け入れて、上機嫌で、悩《なや》みも悲しみもなく、そこに静かにすわっている。——ぼくは思わずたじろいだ。

「めでてえこったよ」彼は明るい声で言った。「〈馬姫《うまひめ》さま〉が降《お》りてこられて、バシル、連れていってくださるだ」

彼がその次に言った言葉に、ぼくはよりいっそうたじろいでしまった。

「それから、あんた、バシルの後を継《つ》いでけれ。新しい馬将軍になるだ」

雌馬はぼくの耳に向かってやさしく鼻を鳴らした。ぼくは、バシルがいま、とても何気ない口ぶりで告げたことの意味を、吸収《きゅうしゅう》しようとした。

「あんた、バシバズークの族長になるだ。ああ、そんなに長い間じゃねえ」部下たちの群れのほうに向けて手を振って、「やつらの中の一人、あんたに挑戦《ちょうせん》してくるまでの間だ。そのときは闘《たたか》うだ、今度は従者なしだど。あんた、死んだら、その男、族長となる。ものすごく古いしきたりなんだわさ」

面《つら》がまえから判断して、いますぐにでも挑戦してきそうな男ばかりだった。バシルに何の危害も加えるつもりもないことを、よくわかってもらえるよう、わざと大きな身ぶりで、タルワール刀を鞘《さや》に納《おさ》めた。

「立ち上がってくれ、馬将軍」ぼくは言った。「ぼくの両手はもう十分、血でよごれている。自分から求めたことはないし、意図してやったこともない。でも、ともかく、ぼくの手は血だらけだ。あんたの血までほしくはないんだ」

バシルはあっけにとられてぼくを見つめた。

「古いしきたりでは……」

「バシル、あんたが古いしきたりと呼んでるものは、まさに悪いしきたりだ。だれかがむかし何かおろかなことをやった。そしてあんたがたは、それ以来それをくり返しやってきた。そんなことでは何も進歩しない。ただ、ますますおろかになっていくだけだ」

「違うど。やるしかねえだ。ほかに道はねえだ」バシルは首を振った。

「いや、ある」ぼくは譲《ゆず》らなかった。「あんた、宣言《せんげん》するんだ。この古いしきたりは終わったって。ほかのしきたりのいくつかも終わった、もうしたがわなくていいんだ、って」

「それ、そのとおりだわさ。立派な男たち、そんな風にして、多く失っただ」彼は認《みと》めた。「だども……バシル、これ、できるだか？」

「あんたは馬将軍だ。あんたの言葉は掟だろう？」

ひげの中から、大きな微笑《びしょう》が輝《かがや》いた。どうやら、彼は口で言っているほど、〈馬姫さま〉に会いたがっているわけではなさそうだ。

「そんだ！　バシルの言葉、バシバズーク族全体の掟だわさ。新しいしきたり、始めるだ」

彼は立ち上がり、バシバズークの人々に向かって数歩進み、話しかけた。言葉はほとんど理解できなかったが、ぼくには、彼が、非常に多くの古いしきたりの終わりを宣言していることが、わかった。人々の拍手喝采《はくしゅかっさい》から判断して、しきたりのいくつかは、決してみんなに喜ばれていたものではなさそうだった。

やがて、バシルがぼくのところにもどってきた。ぼそりと、「まだ終わっちゃいねえど」と言った。「血がまだ流れなくちゃならねえ。チューチの旦那、あんた、もう、バシルの親友じゃねえ」

彼はベルトからナイフを引き抜いた。

34 義兄弟

バシルはざらざらした片手《かたて》でぼくの手首をひっつかみ、もう一方の手でナイフを振《ふ》りあげた。

「もう親友じゃねえ！」彼《かれ》は叫《さけ》んだ。「友だち以上だ。義兄弟だわさ」

ぼくがきょとんとしているうちに、彼は、ナイフをさっとひらめかせ、ぼくの広げた手のひらにひと筋《すじ》、浅い切り傷《きず》をつくった。思わず、痛《いた》いっと叫んだが、そのときすでに、彼はぼくの手を離《はな》し、自分の手のひらに同じことをしていた。そして自分の手のひらをぼくの手のひらにギュッと押《お》しつけた。血と血が混じり合うというわけだ。不潔ではあるけれど、でも、これで、厳《げん》粛《しゅく》な誓《ちか》いをかわしたことになる。ぼくは感動した。もちろん心のこもった握手《あくしゅ》のほうが好みだったけれど。

「さあ、兄弟」彼は宣言《せんげん》した。「歌うだ、踊《おど》るだ、大宴会《だいえんかい》だ」

群衆《ぐんしゅう》は活気づいていた。歓声《かんせい》が上がり拍手《はくしゅ》が湧《わ》いていた。長く続いたいまわしいしきたりが終わりを告げたからか？　バシルとぼくが義兄弟になったからか？　もう一度宴会が開かれることになったからか？

ぼくは、兄弟となった以上、兄弟らしく率直《そっちょく》にふるまおうと決心した。

「愛する同胞《はらから》よ、兄弟よ」ぼくは言った。「ぼくとしてはごく軽い朝食がありがたい。それから、ぼくたちは、ほんとうにもう出かけなければならないんだ」

バシルは暗い顔になった。一瞬《いっしゅん》、彼がまた何か古いしきたりを引き合いに出してくるんじゃないかと、ひやっとしたが、彼はしぶしぶうなずいた。

「兄弟の望むとおりにするがいいだ」

バシバズークの人々が、広場に置かれた長いテーブルに並《なら》べてくれた、ほとんど昨夜の宴会と同じぐらい豪勢《ごうせい》な朝食を、ぼくたちは食べた。その場所で、ほんの一時間足らず前に、バシルがぼくを〈馬姫《うまひめ》さま〉のもとに送ろうと追いかけていたのだ。シーラとバクシーシュとぼくは、サラモンの計画のみごとさをほめそやしたい気分だったが、さすがに、バシルの前でそんなことをするほど、無神経ではなかった。

みんなの腹《はら》がかなりいっぱいになったとき、バシルが盛大《せいだい》にゲップをして、両肘《りょうひじ》をテーブルに置き、「さて兄弟、言ってけれ、そげに急いでどこ行くだ？」

あまり細かいことは言わずに、ぼくはただ、シーラの生まれたキャラバン宿に向かっているのだと答えた。

「それ、どこにあるだ？」

ぼくは地図を取り出した。四角い絹《きぬ》の布切れを彼の前に広げ、ぼくたちの目的地を指さした。

「この地図でか？」バシルは眉《まゆ》をひそめて見つめていたが、「だめ！　よくねえだ。わしら、そもそも地図なんか持たずに、旅、しとる。バシル、もっと近い道、教えてやるだ」

そんな話をしているうちに、彼の部下の数人が、ぼくたちの動物を連れて来てくれた。サラモンはロバにふたたび会えて大にこにこだった。バクシーシュはラクダたちに会えても、それほどうれしそうではなかった。

白黒斑《ぶち》の雌馬《めうま》は、相変わらず鼻を鳴らしては大きな目でじっとぼくを見つめている。

「兄弟よ、こいつ、あんたの馬にするだ。立派《りっぱ》な鞍《くら》も馬具も付いとる。おまけに、こいつ、あんたにほれこんでるだ」バシルはぼくを引き寄せ、手で口をおおって言った。彼としてはささやいたつもりなのだろうが、実際には野営地じゅうに聞こえるほどの声だった。「気前よくいくべえさ、兄弟。なぜあっちを」と、シーラの雌馬を指さし、「キルカシ娘《むすめ》にやっちまわねえだ？　あの娘《こ》、めっちゃ喜ぶだべさ」そう言って、ぼくの胸《むね》を軽くこつんとつついたが、おかげでぼくは、椅子《いす》から転げ落ちるところだった。「あんただって、それ、うれしかろうが？」

シーラは思慮《しりょ》深く口を閉《と》ざしつづけていた。

「そうだね、兄弟。それはすばらしい考えだ。ぼく、自分で考えつくべきだったよ」

朝食がすんだと思ったらあともういくつか料理が出て、ともかく、ようやく食事が終わった。

ぼくたちは、荷物を整えた。バシルはあれも持って行けこれも持って行けとバシバズークの食べ物をしこたま渡《わた》してくれた。別れを告げるときが来た。野営地を離れるのに野営地の中でついやしたのと同じぐらいの時間がかかるかのようだった。バシルの家族をはじめいろんな人々がかわるがわるぼくらを抱擁《ほうよう》した。バシル自身は最後だった。

「兄弟。いいこと言ってくれただ。バシバズークのみんな、喜んでるだ」窒息死《ちっそくし》しちまうんじゃないかと思うほどぼくをきつく抱《だ》きしめ、「これ、古いしきたりだわさ」と言い、それから、にやりと笑って、「『バートロ・ドロム』――『良い道を行くだど』」

そうしてぼくたちは出発した。シーラとぼくは並んで進んだ。しばらくして、彼女《かのじょ》はぼくのほうに体を寄せ、ナイフを渡した。

「返すわ、あなたのナイフよ、カアルロオ。使わずにすんでよかった」

ぼくはナイフを飾《かざ》り帯に差しこみ、だいたい、なんだってナイフなんかほしがったのと、きいた。

シーラはやさしくほほえんだ。

「もしバシルがあんたに危害《きがい》を加えたら――わたし、彼を刺《さ》すつもりだったの」

バシルの教えてくれた道はぼくの地図よりも正確だった。草原を離れて、ぼくたちは順調に進んだ。昨夜は、なんとかして殺されるのをまぬがれようと必死だったので、話すゆとりなどなかったが、いまでは、三人にチャルコシュのことを話すことができた。チャルコシュが馬を買おうとしてバシルの元にやって来たこと、バシルがチャルコシュについて語ったこと、などを話した。サラモンは注意深く聞いていた。彼がこんなに深刻《しんこく》な顔つきをするのを見るのは初めてだった。

「バシルはさすがだ。わたしなんかよりはるかに正確に、そのうえ、はるかに速く状況《じょうきょう》を理解したんだ」サラモンは言った。「これで、ばらばらだったものがぴたりと一つの絵に収《おさ》まる。チェシムの絵にあったようなまったく無意味そうなものがちゃんと意味を持つ。そうだ、これで、はっきりと見えてきた。——しかし、もしわたしの読みがまったく正しいとしたら、身ぶるいしたくなるようなことが起きるのかも……。

わたしがあんたに、時間をかけてずっと考えつづけていれば、いずれ頭に浮《う》かんでくるものだって話したことはなかったかな？　あんた、盗賊《とうぞく》たちがキャラバンを攻撃《こうげき》してきたときのこと、覚えているかな？」

「はっきり覚えてるよ」ぼくはうなずいた。

「彼らの武器を覚えているかね？　あのキャラバン頭《がしら》は、あんなふうに武装《ぶそう》した盗賊たちを見たことがなかった。やつらはあの武器をどこで手に入れたのか？　盗《ぬす》んだのか？　そうかもしれない。しかし、どうだろう、もしチャルコシュがあれに関わっていたとしたら、もし彼が奴隷《どれい》の売り買いから武器の売り買いに商売替《が》えしていたとしたら……。そして、彼が商売替えしたとしたら、何のためだろうか？」

「もちろん、金のためだ。盗賊たちが奪《うば》いとった金品から分け前を巻《ま》き上げるためだ」

「あるいはもっと何かを求めているのかも？」サラモンは言った。「彼らの忠誠《ちゅうせい》か？　彼は盗賊たちの、いわば親分なのか？」肩《かた》をすくめて、「もしそうなら、次々に推測《すいそく》が浮かんでくる。彼は自分の軍団をつくろうとしているのか？　そうやって、できるかぎり多くの交易ルートを支配するつもりなのか？　そうやって、軍団の総大将《そうだいしょう》にのしあがるつもりなのか？　こんな風に考えると、バシルが耳にしたことにぴたりと当てはまる。

そして、チェシムの絵の一つにあった、炎《ほのお》の球は？」サラモンは続けた。「焼き尽《つ》くされた村々は？　わたしが思い出したのは〈ギリシャの火〉だ。作り方はとうにわからなくなっている。もしかして、チャルコシュは作り方を書いたものをどこかで見つけたのかもしれない。そうだとすると、チャルコシュは恐《おそ》るべき武器を手にしたことになる。最大の問題は、こうした推測のどれかが正しいとして、それについて何をなすべきかということだ」

「ねえ、サラマージ」バクシーシュは言った。「あんたは頭の切れる学者先生だ。そいつは認《みと》める。だがね、いまあんたが言った問題には、あっしは簡単《かんたん》に答えられる。――なすべきことは何にもねえ、ってね。なぜって、実際、あっしらにできることは何もねえんだから。そのうえ、あっしらには何の関係もねえことなんだから。フェレンギたちが言うだろうが、『触《さわ》らぬ神に祟《たた》りなし』って」

「それで？」サラモンは言った。

「だからさ、ほっておけばいいんだよ。自分たちのやるべきことをやるっきゃねえんだ」

チャルコシュが何か悪事をたくらんでいるのに何もしないでほうっておくのは腹立たしかった。でもたしかに、ぼくたちには関係のないことだ。

そう思ったのだが、それは間違《まちが》いだった。


「カアルロオ」シーラが言った。「わたし、怖《こわ》い」

シーラはほんとうに怖がっていた。顔を見ればそれがわかった。ぼくだって怖かった。これまで通りぬけてきたすべてのこと——襲《おそ》いくる盗賊、戦い合う部族、荒涼《こうりょう》たる砂漠《さばく》、早く忘《わす》れてしまいたいようなあれこれの事件——。そのたびにぼくも恐怖《きょうふ》を感じたものだった。でも、こんなにもおびえたシーラを見たことはなかった。もうほとんど彼女の家の玄関《げんかん》まで来ているというのに、なぜ——?

「何が怖いの」

「家に帰るのが怖いの」よわよわしい声で答えた。「それはわたしが初めから望んでいたこと。わたし、家に帰って何を見ても耐《た》えられると思っていた。でもいまは、怖い」

ぼくは、心の中では、最悪の事態があるかもしれないと思った。しかし彼女には、「お母さんや弟さんは生きているかもしれない、いやきっと生きている、生きて、きみの帰りを待っているよ」と言った。

ぼくは嘘《うそ》をついていた。彼女は、ぼくが嘘をついていることを知っていた。昼過ぎ、タラヤに着いた。小さな市場町だ。シーラは生まれた時からこの町を知っている。彼女の家では食料品をこの町で買っていたという。

「きみの家にまっすぐ行くんじゃなくて、まずこの町で少し時間を過ごそうよ」とぼくは言った。商人たちは何が起きたかを知っているはずだ。どんな悪い知らせであれ、あらかじめ耳にしておけば、いきなり事実に直面するよりは衝撃《しょうげき》がやわらぐ。ともかく、いまここで家族の運命を知ったとしても、何の不都合もないはずだ。少なくとも、それは、彼女が、これからの行動について心の準備をするのに役立つかもしれない。

シーラの少女時代の一部分であったと聞いて、ぼくはこの町を好きになりたかった。しかし、だめだった。むかしは明るいきれいな場所だったのかもしれない。いまは、まったく違っていた。埃《ほこり》っぽい広場にはほんのいくつかの露店《ろてん》が並んでいるだけだった。数少ない通行人は、視線《しせん》をきょときょと走らせているのだが、ただ、お互《たが》いの顔はまったく見ようとしなかった。門をくぐって広場に入ったぼくたちは、少しばかり注目を浴びた。たぶん、二頭の馬がなかなか見事だったからだろうし、ぼくたちがよそ者であるせいでもあっただろう。果物売りや野菜売りの中に、シーラの知っている顔は一つもなかった。

「万物は変化するのさ」サラモンが言った。

シーラがとある果物売りの露店の前で足をとめた。見覚えがあるらしい。勢いこんで露店のおやじさんに声をかけた。しかし、彼は、ただ、前にこの露店をやっていたおばあさんなら、もうやめてしまい、ここからいくつか通りを隔《へだ》てたところで一人暮《ぐ》らしをしていると、しぶしぶ教えてくれただけだった。

ともかく彼女に会ってみようと、ぼくたちは歩き始めた。広場を横切っていると、二人の男が近寄って来た。

「あんた、有名なアル・チューチさまでござえますね?」深々と頭を下げて、一人が言った。

「恐れ入ったことでござえますが、ちっとばかりお時間をいただきてえんで。お慈悲《じひ》でござえます。生きるか死ぬか瀬戸際《せとぎわ》の問題なんでござえます」

シーラとサラモンはもうだいぶ先に行っていた。ぼくはためらった。しかし二人の男はぼくを、近くに見えるみすぼらしい宿屋の方向へ、引っぱり始めた。引っぱられながら、ぼくは、やっとのことで、バクシーシュに、「ぼくの馬を持っていてくれ、ラクダたちをちゃんと見ていてくれ、そしてぼくを待っていてくれ」と、頼《たの》むのが精いっぱいだった。

宿屋に入り、廊下《ろうか》を歩いて、奥《おく》の小部屋へとぼくをみちびきながら、男の一人が言った。

「ズースキの旦那《だんな》があんたをお待ち申しておりますです」

小部屋に入ると、彼がいた。テーブルの向こうにすわり、グラスにつがれたミントティーをすすっている。ぼくはいままで彼の名を知らなかった。ズースキというのか。〈交易言葉〉で、ゴキブリのことだ。

彼——ぼくたちがマラカンドの近くで出くわした赤毛の男——は、にやりと笑った。

「親切な運命がわしらをまた出会わせてくれたね。あんたがタラヤに行く途中《とちゅう》だってことを聞いたんでね。わしにとっては実に運がよかった」

グラスを置き、ぼくに一歩近寄った。「さあ、それでは、恐れを知らぬ戦士さんよ、あんたの上に平安がありますように」

そう言うなり、ぼくの顔にげんこつをたたきつけた。

35 閉《と》じこめられて

「旦那《だんな》？」

細い声が聞こえる。だれかがぼくをつついている。だれだかわからないが、やめてほしい。全身が痛《いた》かった。とても、つつかれるのを楽しむ気分じゃなかった。

「旦那？　生きてるかい？」

「たぶんね」ぼくは言った。

見えそうだと思えるほうの目を開けた。が、あまり役に立たなかった。ほとんど真っ暗だったからだ。ただ、壁《かべ》らしいものの割《わ》れ目からうっすらと光が差しこんでいて、地面におもしろい模《も》様《よう》を作っていた。やがて目が慣れて、一つの小さな影《かげ》がぼくにのしかかるようにしているのが見えてきた。ぼくはけんめいに上体を起こした。が、これが大失敗だった。ぼくの頭は倍ぐらいの大きさに腫《は》れあがっていて、すぐ、がくりとうなだれてしまった。

その影は、ぼくが思ったとおり、少年だった。しゃがんで、興味津津《きょうみしんしん》、ぼくをのぞきこんでいたのだ。

「有名な戦士が閉じこめられているって聞いたんだけど」彼は言った。「あんた、そんなふうには見えないね。フェレンギ（西方人）らしいってことはわかるけど」

「どうしてわかるの？」

彼《かれ》は肩《かた》をすくめた。

「あんた、そんなにおいがするもの」

「いろんな人がそう言うね」ぼくは言った。

「名前は何ていうんです、旦那？」

「カルロ。カルロ・チューチョ。時どきはカアルロオ。時どきはアル・チューチ。あるいは〈世界の驚異《きょうい》のようなすばらしい人〉――」

少年はヒューッと口笛を吹《ふ》いて、「そんなにたくさん名前があるの？」

「もっとあるよ」

「どんなに名前があってもいいけど、あんたは一人の病気のフェレンギだ。ここに休んでいればいい」

「ぼくもそのつもりさ。それで、『ここ』ってどこなんだい？」

「おいらの家さ」

彼はさっと消えた。これはまずいぞ。気立てのいい少年のようだったけれど……もしかすると、ぼくはまぼろしを見たのだろうか。まだ頭がぼーっとしていて、物事をきちんと考えられないのではないだろうか。ズースキ・ゴキブリのやつは、ぼくをさんざんに痛めつけた。彼の仲間もいっしょになってなぐったり蹴《け》ったりした。彼らが興味を失いぼくが意識を失うまで、それをくり返したのだ。

何がなくなっているか、横たわったまま点検した。もちろん、マネーベルトはなくなっていた。タルワール刀もナイフもない。絹《きぬ》の地図も消えている。本屋のくれた役立たずの宝物《たからもの》地図は見《み》逃《のが》されて、ぼくのシャツの中に残っていた。こんなものはなくなったって、よかったのに。

それよりも何よりも、シーラと別れ別れになってしまった。サラモンとバクシーシュとも。三人はいま、どこにどうしているのだろう。でも、ぼくはパニックを起こさなかった。三人は、きっと、ぼくを探《さが》していてくれる。遅《おそ》かれ早かれ、必ず見つけてくれるはずだ。だからぼくは、頭の中でズースキ・ゴキブリのことを憎《にく》み呪《のろ》って、しばらく時を過ごしたのだ。

少年はまたもどってきた。やはり、まぼろしではなかったのだ。

「どうやって出入りしているの？」ぼくはきいた。「どこへ行ってたの？」

「どこでも行きたいところへ行くのさ」彼は言った。「おいらにはおいらのやり方があるんだ」

薄暗《うすぐら》くてよく見えなかったけれど、彼がひどく得意そうににやにやしていることは見当がついた。彼は、水の入った瓶《びん》を手にしていた。ぼくにいくらか水を飲ませたあと、布切れを浸《ひた》して、ぼくの体のあちこちの切り傷《きず》や打ち傷をそっとたたいてくれた。

「なぜ連中はあんたをここに連れてきたの？」

「いろいろあってね。でも、その話はあとにしよう。聞いてくれよ、きみ、――名前は？」

「クーチク」

「じゃ、クーチクくん。きみ、実にいい少年だね。きみはぼくを助けることができるんだ。頼《たの》む。ぼくをここから出してくれ」

「たとえフェレンギでも、こんなところに閉じこめておくなんて、おいらには許せない。でも、いまじゃない。夜まで待ってくれ。――連中があんたをそんなに長く生かしておくかどうかはわかんないけど」

最後の言葉は少しばかり胸《むね》に突《つ》き刺《さ》さったが、しかし、何かが、ぼくの記憶《きおく》の淵《ふち》の底でうごめき始めていた。まだ頭の働きが鈍《にぶ》いものだから、それをちゃんとつかみだすのに、だいぶ時間ががかかった。が、やがて、わかった。そうだ。シーラは弟のクーチクのことを話していたじゃないか。たぶん、ケシャバル全体で、クーチクという人間は何千人もいるだろう。しかし――この近辺、この年齢《ねんれい》に限定したら？

「きみ、姉さんがいるだろう？　シーラっていう名の？」

彼は悲しそうに首を振《ふ》った。

「前にはいた。でも、もういない。ここはおいらの家、むかしのキャラバン宿だ。姉ちゃんは、いまここにはいないんだ」

もしもっと気分がよかったら、ぼくはもっともっとびっくりしたことだろう。自分が閉じこめられているところが、よりによってシーラの家だとは！　ぼくは耳を疑《うたが》った。

「チャルコシュという男が彼女を連れ去った」ぼくは言った。

「そのとおり。どうしてそれを知ってるの？」少年の声は震《ふる》えていた。「そうなんだ。あいつが父ちゃんと母ちゃんを殺した夜に、連れてった。姉ちゃんはずっといなくなったままだ。何のうわさも聞いていない」

「姉さんは生きているよ」ぼくは言った。食い入るようにぼくを見つめている少年の視線《しせん》を痛いほど感じた。

「それ、ほんとうなの？　姉ちゃんはどこに？」

「ぼくたちはいっしょにタラヤにいたんだ。そのあとのことは、知らない。間抜《まぬ》けなぼくが、二人の悪党《あくとう》にころりとだまされてしまったのでね。そして、赤毛のズースキってゴキブリ野郎《やろう》のところへ――」

「ズースキだって？」クーチクは吐《は》き捨《す》てるように言った。「悪い男だ。チャルコシュみたいに悪い。でも間抜けだ。あ、ごめん」

「いいんだ、ぼくはほんとうに間抜けだったんだから。すべては、ぼくのせいなんだ。彼女、もうすぐ家に着くところだったのに――」

「だめだよ！　姉ちゃんは来ちゃいけない。絶対この近くに来てはだめだ。姉ちゃんが連れていかれてからいろんな悪いことが起きたんだ。

　あの恐《おそ》ろしい夜」早口で言った。「おいらは家を飛び出して林の中に隠《かく》れた。チャルコシュが姉ちゃんを連れてったのを見て、後をつけた。追いかけて取りもどすつもりだった。でも、やつらはすごい速さでどんどん遠ざかってしまい、けっきょく、おいらは引き返すしかなかった。家についてもわざと中には入らなかった。チャルコシュの部下たちがまだそこにいたんだ。見つかったら、殺されるだろうと思った」

　いったん話を始めると、彼は何もかも語ろうとしてひどく早口でどんどん話題を追いかけながら、しゃべりつづけた。ここではわかりやすく書いておくけれど、実際には、キルカシ語と〈交易言葉〉のごたまぜで、ぼくにはなかなか話の中身がつかめなかった。

　少年は、しばらくのあいだ、この家のまわりで野良猫《のらねこ》のように生きていた。家政婦のダシュタニは殺されずにすんだ。チャルコシュは役に立つ使用人を始末してしまうほど頓馬《とんま》ではなかったし、ダシュタニのほうも、チャルコシュに一生けんめい仕えるふりをすることができないほどおろかではなかった。

　最初のころ、少年が飢《う》え死にしなかったのは、明らかにダシュタニのおかげだった。彼女は、こっそり作った料理や食べ残しなどを皿に入れて家の外に出しておき、夜のあいだにクーチクが林から這《は》い出してきてそれを食べては隠れ場所に駆《か》けもどったのだ。悪党どものだれかが、食事の減り方がちょいと激《はげ》しいんじゃないかと文句を言ったりすると、彼女は両手を大きく広げて、何言ってんだい、食糧貯蔵室《しょくりょうちょぞうしつ》はネズミでいっぱいなんだよ、と嘆《なげ》いてみせるのだった。

やがて、悪党たちの警戒《けいかい》がゆるんでくると、クーチクは大胆《だいたん》になり、家の中にまで入りこむようになった。

「この家って、とても古いんだよ。母ちゃんは、これは古い遺跡《いせき》の上に建てられたものだろうと言ってた。古くて、いろんな隠れ場所がある。小さいころ、姉ちゃんとおいらは壁の内側にある狭《せま》い通路の中で、かくれんぼをして遊んだものさ。いま、おいらはよくそこに隠れることがある。ダシュタニおばさんだけがおいらがそこにいるのを知っている。おいらはそこで連中が話すのを聞き、何が起きているかを知っているってわけさ。

だいぶ日にちがたってから、チャルコシュが帰って来た。ズースキがいっしょだった。二人は共同で商売をしていた。ダシュタニおばさんはなんとかして、チャルコシュから姉ちゃんのことを聞きだそうとした。

『あんた、シーラをどうしたの、シーラはいまどこにいるの？』

『さあね。ほかの魔女《まじょ》どもといっしょに地獄《じごく》に落ちてくれればいいんだが』とチャルコシュは言った。『あのあばずれめ、ずいぶんわしに金をかけさせやがった。だけど、まだ、おれから逃《に》げおおせたわけじゃない。いずれどこかで出くわすはずだ。そのとき利子を付けて返してもらう。絶対に取りもどしてやる』

これを聞いて、ははーん、姉ちゃんはまだ生きているなと、ダシュタニおばさんもおいらも思った。おばさんが、シーラのこと、もっと教えておくれよと言うと、彼はひどく怒《おこ》っておばさんをなぐり、二度とふたたびその呪われた名前を口にするんじゃないと、どなった。だからね、旦那」クーチクは力をこめて言った。「姉ちゃんは、ここに来ちゃいけない。もし来たら、絶対あいつに殺されちゃう」

「チャルコシュはいまどこにいるの？」

「出かけてる。代わってズースキが指揮《しき》をとっている。チャルコシュはしょっちゅう旅をするんだ。ダシュタニおばさんの話だと、やつは武器商売のほか、何かの壺《つぼ》——火よりも熱く燃える何かの入った壺——の商売をしてる。おばさんが言うには、やつが今夜ここにやってくるんだそうだ。男たちはやつを待っている。なんでもすごく大きな計画についての打ち合わせがあるらしい」

やはり、サラモンの推測《すいそく》は正しかったのだ。チャルコシュは何かとほうもない悪事をたくらんでいる。それが何であろうと、ぼくのやるべきことに変わりはない。さし迫った問題を一つ一つ解決していくしかないのだ。

まず第一番にシーラ。彼女は、ゴキブリ野郎のズースキがぼくをどこへ連れていったか、聞きだしているのだろうか？　聞きだしているとしたら、ぼくを探しに来るのだろうか？　その場合の危険《きけん》を承知しているだろうか？　それとも、彼女は十分に用心深くて、しばらくは近寄らないのだろうか？　うーん、それは考えられないなと、ぼくは思った。サラモンは彼女にちゃんと助言しただろうか？——頭の中で質問が次々と湧《わ》いてきた。答えは一つもない。ぼくが直接、彼女を思いとどまらせるしかないようだった。

「クーチク、きみ、ぼくを外に出せると言ったよね」

「言ったよ。でも、暗くなるまで待たなくちゃ。もしあんたが見つかったら——」

「待ってなんかいられない。いま出してくれ」

「それは無理だよ」

「なぜ？　きみはここに入りこんだじゃないか。同じやり方でぼくは出ていく」

「できないと思う。あんたって図体《ずうたい》のでかいフェレンギなんだもん」

彼はぼくに手を貸して立たせると、部屋の片隅《かたすみ》まで引っぱっていき、狭い割れ目を見せてくれた。彼の言いたいことはわかった。どんなに痩《や》せ細ったところでぼくには無理だった。クーチクがやっと通り抜けられるほどの幅《はば》しかなかった。

「夜、みんなが寝静《ねしず》まったころ、やってきてドアのかんぬきをはずすよ。そして、おいらもいっしょに行く。あんたは道がわからないんだから」

「そんな時間はないんだ。きみ、わかるかい、シーラたち三人が、タラヤからここに来るとしたら、どの道を来るか？」

「わかるよ。道は一つしかない」

「よし、そこへ行って見張ってるんだ。彼らが来たら、ここに来てはだめだって伝えてほしい」

「で、あんたは？　ここ、あまり居心地のいい場所じゃないけど」

「いいから、行け。ほかのことは、あとで考えよう」

彼はちょっと頭をひねったが、すぐ、それしか方法がないことに気づき、うなずいた。

「わかった。じゃ、平安があんたの上にありますように」と言うなり、割れ目にもぐりこみ始めた。

「クーチク」ぼくは叫《さけ》んだ。「ぼく、きみの姉さんを愛してるんだ」

が、そのときには、もう彼のすがたは消えていた。

36 悪党《あくとう》たちの会合

こんなむさ苦しいところに羊みたいに閉《と》じこめられて、ズースキ・ゴキブリが、あるいはチャルコシュ自身が、ぼくをどんな目にあわせるつもりなのか、考えながら待っているなんて、最低最悪のことだった。どっちみち、すばらしい目にあわせてくれないってことだけは、たしかなのだ。

わずかばかりあった光線が陰《かげ》り始めていた。真っ暗にならないうちに、まわりのようすを見ておこうと思った。ぼくが投げこまれているのは、物置部屋らしいところだった。ほとんど役には立たないが、でもまだ捨《す》ててしまうのはもったいない感じの、始末に困《こま》るしろものを入れておく場所のようだった。

もし何か道具があれば、壁《かべ》を削《けず》って割《わ》れ目を広げられるだろう。ぼろきれだの古い綱《つな》だの、得体の知れないものの山をまさぐってみたが、役に立ちそうなものは何も見つからなかった。

仕方なく、レンガの壁をこすったり引っ掻《か》いたりしてみたが、けっきょく、皮膚《ひふ》の一部分がそぎ取られ、痛《いた》い思いをしただけだった。地面は踏《ふ》み固められていて板のようで、抜《ぬ》け穴《あな》を掘《ほ》るなんてこと、とうてい無理だった。重い木のドアはもちろんかんぬきがかかっていた。向こう側に何があるのか、まったくわからないまま、ともかくぼくは、それに体を何度もぶち当てた。

が、体力を浪費《ろうひ》しただけだった。地面が割れ、ランプを持った魔神《まじん》が飛び出しきてさっと外へ連れ出してくれるか、秘密《ひみつ》のトンネルに案内してくれるかしないかぎり、ぼくはここに閉じこめられているしかないのだった。

けっきょくぼくは腰《こし》を下ろし、壁にもたれかかった。何かうまい考えは浮《う》かばないだろうか。浮かばなかった。暗闇《くらやみ》の中で、自分の目が開いているのか閉じているのか、よくわからなかった。どちらにしても、変わりはなかった。

カビブから買った夢のことを思い出した。カビブは、この夢はどんな時にでも呼《よ》びだせます、つまり同じ夢をみることができますと、受け合っていた。いまがちょうどいい「時」だ。ぼくは夢を呼びだした。シーラといっしょに、どこか、もっとすてきな場所にいたかった。

ぼくはまどろんだのだろうか。またしても、よくわからなかった。はっと気がつくと、陽光が割れ目を通して差しこんでいた。ドアのところで音がしていた。ぼくはさっと立ち上がった。クーチクがちゃんとやってくれたのだ。シーラは無事だ。クーチクはぼくをシーラのところへ連れて行ってくれる……。

もちろん、全然違《ちが》った。ドアがバンと開き、とびこんできた男二人が、ぼくを左と右からつかんだ。見覚えがあった。昨日《きのう》、ぼくをだまくらかした二人だ。生きるか死ぬか瀬戸際《せとぎわ》の問題だとか言ってたが、死ぬ瀬戸際にいるのは、ぼく自身だったのだ。

二人に引きたてられて、寝室《しんしつ》らしい部屋の続く廊下《ろうか》を通り、テーブルやベンチの並《なら》ぶ大きな食堂に入った。旅すがたの十二、三人の男たちが、のんびりと、ナツメヤシの実をもぐもぐやったり、心を静めるビーズ紐《ひも》をまさぐったりしていた。

ちらとながめただけで、彼《かれ》らが、ケシャバルきっての悪辣《あくらつ》な悪党どもであることはわかった。もちろん、指先商売のスリ師やバザールをうろちょろしているコソ泥《どろ》なんかじゃない。いずれも第一級の悪党で、貫禄《かんろく》も実力もあり、命令を下し、服従《ふくじゅう》されることに慣れている。彼らの衣《い》装《しょう》を少しだけ変えれば、マゼンタの町の評議会のお偉方《えらがた》と勘違《かんちが》いされたかもしれない。

ただし、目が違った。彼らの目は殺人者の目だった。そのくせ、いかにも、仲良さそうにしていた。彼らは軍団の頭目《とうもく》たちだった。しばしば互《たが》いに戦闘《せんとう》をまじえ、互いに知り合いでもある。それを思うと、背筋《せすじ》が寒くなった。

ズースキ・ゴキブリがいた。一つのテーブルの前に立っている。しみだらけの顔。ぐっしょり汗《あせ》をかいていた。必死に怒《いか》りをこらえているらしい。どういう状況《じょうきょう》なのか、ぼくにはピンと来た。ぼく自身、経験したことがあるのだ。仲間の店員たちの前で、エバリステ叔父《おじ》さんに、コテンコテンにのしられ油をしぼられたことがある――。しかし、これは、エバリステ叔父さんがぼくにあたえた屈辱《くつじょく》や侮蔑《ぶべつ》よりも、もっと強烈《きょうれつ》だ。ズースキ・ゴキブリは、まるで皮膚を剝《は》がされているかのように見えた。ぼくはほとんど彼が気の毒になった。

ぼくの血を凍《こお》らせたのは、テーブルの向こうに立っている男だった。ぼくはいままで一度もチャルコシュを見たことはなかった。でも彼を知っていた。あの世捨《よす》て人《びと》画家チェシムは、ぼくたちに見せた絵の中で、実によく似た肖像《しょうぞう》を描《えが》き出していた。しかし、チェシムもまったく本物そっくりに描いたわけではなかった。

本物のチャルコシュはずっとずっと恐《おそ》ろしかった。どんな画家だってあの残忍《ざんにん》さの雰囲気《ふんいき》を描き出すことはできないだろう。何かのはずみでチャルコシュがにっこりほほえんだとしても、ほほえみかけられたほうは、恐怖《きょうふ》のあまり、腰を抜かすのじゃないだろうか。

まえに、シーラがチャルコシュを殺してやると言ったとき、ぼくは心が落ち着かず、賛成する気になれなかったが、いま、それを全部撤回《てっかい》する。彼を目にしたいま、ぼく自身、シーラと同じ思いになったのだ。

チャルコシュはぼくをちらりと見た。肉の厚切りでも見るようなまったく無関心なまなざしだった。すぐ、ズースキ・ゴキブリを罵倒《ばとう》し糾弾《きゅうだん》することにもどった。

「それで？　おまえ、こいつをつかまえたってわけか？　バカ者め。こいつが以前、おまえの気分をちょいとばかり害したことがあるから、それで、つかまえたってのか？　おまえ、わしがつかまえたがっているのは、あの混血のあばずれだってこと、承知してるはずじゃねえか。わしがおまえに言ったのは、あの娘《むすめ》がこいつといっしょに旅してるって話を聞いたってことだ。おまえはもっと前にあの娘をつかまえるべきだったんだ。それとも、おまえ、あの娘を自分のものにする気だったのか？　そうだ、おまえ、あの娘をどこかに隠《かく》したんじゃねえのか。代わりにこんな役立たず野郎《やろう》をわしの前に連れて来たってわけか？」

「あの娘はこいつを追ってくるはずだ」ズースキ・ゴキブリは言い返した。「二人ともつかまえるってのが、おれの計画だった――」

「おまえの計画？　おまえ、計画を立てる人間なのか？　おまえはわしの命令にしたがわなかった。わしはおまえをタラヤの責任者にした。そしたらどうだ、おまえは子分どもを引き連れて、肩《かた》をいからせて町をのし歩き、おかげで住人の半分が逃《に》げちまった。町は何の利益も生まなくなった。わしは、おまえが役に立ってるうちは、おまえのバカにも我慢《がまん》するが、カネがかかるようになったら、もう我慢はしねえ。おまえ、自分のために金をくすねてるだろう？　それとももっと気のきいた計画を持ってるのかね？」

罵詈雑言《ばりぞうごん》がよくそうなるように、チャルコシュの怒りは、シーラをつかまえられなかったということをはるかに越《こ》えて、彼が思いつくありとあらゆることに及んだ。ズースキ・ゴキブリがしでかしたさまざまな不始末を逐一《ちくいち》数え上げた。

「おまえ、翼《つばさ》が小さいくせに高く飛びすぎるんだよ」ひどく冷たい声だった。怒り狂《くる》って叫《さけ》ぶ声よりも、危険《きけん》だった。「少し、身のほどをわきまえさせなくちゃならねえな」

ズースキ・ゴキブリの怒りが、ようやく沸騰点《ふっとうてん》に達したようだった。ぼくは彼を非難《ひなん》できないような気がした。彼はチャルコシュに向かって一歩進み出た。

「あんた、やる気かね？」歯を食いしばり、のどの奥《おく》から声を出した。帯から短剣《たんけん》を引き抜き、それをチャルコシュに向けた。「やってみるかね、旦那《だんな》？」

チャルコシュは少しも動かなかった。ただ相手をじっと見すえ、片方《かたほう》の眉《まゆ》をわずかに上げた。

さっきから彼の手下二人がズースキ・ゴキブリの背後《はいご》に近寄っていたが、その一人はすでに短剣を鞘《さや》から抜き放っていた。無駄《むだ》なく手際よく、脇腹《わきばら》をぐさっとひと突《つ》き。ズースキ・ゴキブリは棒立《ぼうだ》ちになり、ポカンと口を開け、ゴロゴロゴロというような音を発した。刺《さ》した男は相手の腹の中を短剣でしばらくこねまわしたあと、ぐいと引き抜いた。倒《たお》れかけたズースキ・ゴキブリを二人が両脇から支えた。

チャルコシュは首をひょいとひと振《ふ》り。ズースキ・ゴキブリの目はもう死人の目だったが、顔にはまだ驚《おどろ》きの表情が残っていた。死体は、踵《かかと》で床《ゆか》をこすりながら、二人の男に引きだされていった。チャルコシュはそばに置かれたボウルから二、三個、ナツメヤシの実を選び、もぐもぐやって、種を吐《は》きだした。

ここに集まったご立派《りっぱ》な悪党たちの中で、いまのできごとを見て、眉一つ動かした者はいない。きっと、みな、まえに、同じような状況を見たり、同じことをやってのけたことがあるのじゃないだろうか。おそらく、みな、チャルコシュの行為《こうい》を当然のこととして受け止め、彼を称賛《しょうさん》し尊敬《そんけい》しているのだろう。

ぼく自身は、もう体の震《ふる》えがとまらなかった。死者はずいぶん見たけれど、人間が、自分のすぐ目の前で、しかもこんなにもあっさりと、殺されるのを見たことは一度もない。ズースキ・ゴキブリがいなくなったからといってぼくが寂《さび》しがるようなことはあるはずはない。しかし、ぼくはいまのできごとに何の喜びも感じなかった。もちろん、嘆《なげ》き悲しんだわけではない。ぼく自身の問題が待ちかまえていた。

死体が引きだされていったあと、悪党どもは真剣な顔で仕事の話にとりかかった。驚いたことに、チャルコシュはぼくをそばに置いたままにしている。ぼくのことを少しも気にしていないのだろうか。一瞬《いっしゅん》ぼくは、彼がぼくを自由にしてくれるのかも、という、とほうもない希望を味わった。が、すぐ、そんなはずはない、ぼくがここにいようといまいと彼にはどうでもいいことだ、ぼくの始末など、その気になればすぐ決められる、いまはただ、ほかのことで頭がいっぱいなだけなのだと気がついて、とほうもない絶望を味わった。

チャルコシュがほとんど一人でしゃべった。男たちは時どき相槌《あいづち》を打ったり意見を言ったり質問したりした。ある意味で、エバリステ叔父さんとバガティンさんが帳簿《ちょうぼ》をめくりながら項目《こうもく》ごとに話し合っているのと、あまり違ってはいない。単調で退屈、と言えそうでもあった。しかし、話の中身がまったく違った。ぞっとするような話だった。

またしてもサラモンの正しさが証明された。彼らが討議《とうぎ》しているのは、まさに、黄金の夢の街道を支配することなのだった。――街道沿《ぞ》いの町々から貢物《みつぎもの》をとりたてる。暴れ回る盗賊団《とうぞくだん》から保護してやるといって、キャラバンからも金をとりたてる（盗賊団というのは、なんのことはない、ここに集まっている頭目たちの配下なのだ）。大きなオアシスを使わせるために使用料をとるという話まで出ていた。

連中自身は、お互いの抗争《こうそう》をやめ、総大将《そうだいしょう》となったチャルコシュの下で軍団を一つにまとめるということが決まった。これは悪党どもにとってはいい取り決めだろう（悪党でない人たちにとっては迷惑千万《めいわくせんばん》な取り決めだが）。チャルコシュが桁《けた》はずれに大きな悪事を企《くわだ》てる能力を持っていることだけは、たしかだった。

取引のうち、チャルコシュの側としては、利益の中から分け前をとるのと引き換《か》えに、いちばん新式でいちばん質のいい武器を提供《ていきょう》することになった。

武器の約束以上に、頭目たちがひどく関心を寄せたのは、粘土《ねんど》で作った小さな壺《つぼ》だった。チャルコシュはそれを高く掲《かか》げてみんなに見せ、「フェレンギ（西方人）たちのあいだじゃ、これは〈ギリシャの火〉って呼ばれてるんだ」と言った。

ひそひそ話が広がった。頭目の一人が声を上げた。

「そういう火の話、聞いたことはある。しかしチャルコシュ閣下《かっか》さんよ、それは、いまはもう、ねえんじゃねえかね――むかしはあったのかもしれねえが」

「いや、あるんだ。わりと最近、カジク族とカラキト族が争いを起こしたとき、わしはこの火を少しばかり、両方の側に分けてやった。やつらはご親切にも、それをわしに代わってテストしてくれたってわけだ。両方の族長が、きょうこの席に参加している。彼らに聞けば、この火がどんなにすごい威力《いりょく》を持ってるか話してくれるはずだ。

そう、たしかに、作り方を書いたものはなくなっちまった。しかし、その後見つかった。わしが持っている。カタイから帰って来たある旅人から手に入れたんだ。この旅人、頓馬《とんま》なやつで、自分の持ってるもののことを何も知らなかった。どこの土地の字も読めず、これをうまいミートソースのレシピだとばかり思ってた。こういうバカ野郎は高い代償《だいしょう》を払《はら》わなくちゃならねえ。やつは自分の命で支払ったわけだ」

居並ぶ頭目たちは、まるでチャルコシュが奇抜《きばつ》な頓知でも披露《ひろう》したかのように、いかにもおもしろそうに、くすくす笑った。

「わしは、それが書かれていた巻物《まきもの》は処分《しょぶん》した。しかし作り方は無事だ。わしの記憶《きおく》の中にしまいこまれた。ほかのだれもそれを手にすることはできねえんだ」

彼は長々としゃべりつづけた。これは、どんなサイズの容器に入っていても、灯芯《とうしん》か導火線でもって点火できる。手で投げることもできるし石弓で発射《はっしゃ》することもできる。ぶつかった対象が何であれ――石であれ木材であれ人間の体であれ――その表面に松脂《まつやに》のようにくっついて離《はな》れない。水では消えない。砂《すな》をかぶせて消すしかない。いまは少量しか持っていないが、もうすぐ大量に材料が手に入る。簡単《かんたん》に貯蔵《ちょぞう》もできるし、ラクダや馬や馬車に乗せて簡単に運搬《うんぱん》することもできる……。

頭目たちは熱心に聞いていた。なにせ戦闘に明け暮《く》れている連中だ。こうした話は聞き逃《のが》せない大事な情報なのだろう。正直言って、ぼくは興味を失った。〈ギリシャの火〉よりも何よりも、ぼくが最優先《さいゆうせん》すべき課題はここから逃げ出すこと。しかし、全然その方法が考えつかないのだ。

チャルコシュが話し終えたとき、頭目たちはわかったというようにしきりにうなずいた。これで商売の話は終わった。みんな立ち去るのだろうとぼくは思った。しかし、どんな会合にも、すべてが決着のついたあとになって、たいへん気のきいた質問をすることですべてを台無しにしてくれる人が必ずいるものだ。

「チャルコシュ閣下さん」とその男が言った。「お願いだ。わしらに、ひとつ、実物実験を見せちゃもらえねえかね？」

チャルコシュは一瞬考えた。

「あんたがたが望むならなんとかなると思うが……。そうだ、絶好の実験台が目の前にいる。やつはどっちみち始末するつもりだった。どうせなら、わしらの目的に立派に役立たせてやろうじゃねえか。さあ、目を見開いて見ててくれよ」

全員の視線がぼくに注がれた。

37 中庭にて

水におぼれて死ぬ人は、これまでの全生涯《ぜんしょうがい》のイメージが一瞬《いっしゅん》のうちにまぶたの裏《うら》に浮《う》かぶのだと聞いたことがある。水におぼれたことがないので、ほんとうかどうかを言うことはできない。でも、恐《おそ》ろしげな火に焼かれて黒焦《くろこ》げになることになってしまった者として言うならば、少なくともぼくの場合、そういうイメージは浮かばなかった。

だいたい、生涯を振《ふ》り返っている時間なんかなかった。過去のことなんか考えていられなかった。これからのことで頭がいっぱいだった。「これから」といったって、ぼくにはほんのわずかな「これから」しか残っていそうもなかったのだが。

ともかく、ぼくは怒《おこ》っていた。いや、怒《いか》り狂《くる》っていた。ぼくはおとなしく死ぬつもりはなかった。チャルコシュがぼくの命を求めても、そう簡単《かんたん》には渡《わた》さない。できるだけ暴れて騒《さわ》いで、やつを手こずらせてやるつもりだった。

「こいつを中庭に連れていけ」チャルコシュは、ぼくの両脇《りょうわき》の子分に言った。

彼《かれ》は二人に、ぼくを引っぱり出すよう、身ぶりで示した。ぼくは命をできるだけ高く売ることを決意していたから、大いにじたばたと抵抗《ていこう》したのだが、二人には何の影響《えいきょう》もあたえなかった。彼らは淡々《たんたん》と、こなすべき仕事をこなしている感じで、ぼくの行動にいらだってさえいなかった。一人は、ぼくの頭にゴツンと一発、もう一人は、ぼくに足払《あしばら》いをかけ、ぼくは転倒《てんとう》するはずみにドアの外に飛び出してしまった。

あの粘土《ねんど》の壺《つぼ》を両手で持ったチャルコシュが、ぼくたちのすぐ後から出てきた。頭目たちの集団はその後にぞろぞろと続いた。退屈《たいくつ》な商売談義の一夜のあと心を慰《なぐさ》めてくれる見世物にうきうきしているようだった。

ぼくは朝の太陽の中で目をぱちくりさせた。このキャラバン宿の構造は、ぼくたちがあちこちで泊《と》まった宿屋と似たり寄ったりだ。板石の敷《し》かれた中庭は意外と広い。一階部分にある型どおりのアーケード、向こう端《はし》にある厩舎《きゅうしゃ》、真ん中にある井戸《いど》。ほかの宿と違《ちが》うのは、シーラがここで育ったことだ。そう思って見わたせば、実にすばらしい風景だ。まだ雪の残る山々が遠くにそそり立っている。でも、シーラはいま、ここに絶対に来てはならないんだ。心からそう思った。

頭目たちはチャルコシュの回りに集まった。身動きできない獲物《えもの》を殺すより、命惜《いのちお》しさに逃《に》げまどうところを焼き殺すほうが、ずっとおもしろいはずだ。チャルコシュは、きっと、部下に、ぼくを放すように言うだろう。どっちへ逃げようか。ぼくはあちこちに目を走らせていた。

と、そのとき。見張りの一人が門からあたふたと駆《か》けてきて、チャルコシュの耳に何ごとか早口でささやいた。何を言ったのかは聞きとれなかった。チャルコシュはちょっと眉《まゆ》をしかめたもののの、めずらしい客たちが突然《とつぜん》パーティー会場にあらわれたかのように、まんざらでもない表情だった。

「騎馬《きば》の一隊がやってくるらしい」彼は言った。「だれの配下なんだ？」

だれも答えなかった。男たちは落ち着かないようすで互《たが》いに顔を見合わせた。

「あんたの配下かね？」チャルコシュは、実験をしてくれと言った男をじっと見すえて、きいた。

男は首を振った。「じゃ、あんたのか？」チャルコシュはとなりの男に目を向けた。

「わしの配下のわけがねえ」男はあごをぐいと上げて答えた。「取り決めを違《たが》えるようなことはしねえよ」

「それとも——」チャルコシュは眉間《みけん》にしわを寄せて言った。「あんた、何か理由があって、連中の正体をわしには言えないのかね？」

「いま言ったとおりでさあ、閣下《かっか》さん」男はムッとしたようだった。「あんた、わしの言葉《ことば》を疑《うたが》うのかね？　わしを嘘《うそ》つきと呼《よ》ぶのかね？」

「ほんとのことを言わない人間のことを嘘つきって呼ぶのさ」チャルコシュは言った。

男が息をぐっと吸《す》いこむのが聞こえた。彼の仲間たちも一斉《いっせい》に眉をひそめた。なにしろけんかっ早《ぱや》い殺し屋たちだ。とりわけ自分のメンツをつぶされたと感じたときには、恐《おそ》ろしいことになる。

いったい何がぼくに乗り移ったのかはわからない。こんな窮地《きゅうち》に立たされれば、どんなチューチ（阿呆《あほ》たれ）でも、自分の命を守るためなら、どんなことだってやるだろう。

「やってくるのは、チャルコシュの子分たちだ！」ぼくは叫《さけ》んだ。

全員がぼくを見つめた。マゼンタのことわざで言えば、ぼくはハトの群れの中に猫《ねこ》を投げ入れたのだ。いや、違う。オオカミの群れの中にばたばた暴れる大きなガチョウを飛びこませたようなものだ。頭目たちは、ぼくの言葉をどう解釈《かいしゃく》したらいいか、首をひねった。

「チャルコシュはあんたたちを裏切ろうとしている」自分の言葉を信じきっているかのように、ぼくは叫びつづけた。「あんたがたみんなをここに集めて、いちどきに、一人残らず、殺してしまうつもりなんだ」

「やつを黙《だま》らせろ」チャルコシュは怒りに青ざめた顔で命令した。「嘘つき野郎《やろう》の舌をひっこぬいちまえ」。ぼくのほうに一歩近寄った。まるで自分の手でぼくの舌をつかもうとするかのようだ。

「やつにしゃべらせろ」頭目の一人が叫んだ。「やつは、あんたがわしらに聞かせたくないことをしゃべってる」

じつのところ、ぼくはもうそれ以上言う必要はなかった。彼らにしてみれば、すべてがこれで合点《がてん》がいく。おなじみの成り行きだ。自分たち自身、きっと同じことをしたことのある連中なのだ。

「なるほどね、わしは、なぜ、あんたが簡単に子分の一人を犠牲《ぎせい》にするのか、わからなかったよ。こいつは余計なことを知ってたってわけだ」一人が言った。

「こいつは、わしの子分じゃねえ」チャルコシュは言い返した。「わしはいままで一度もこいつを見たことはねえ」

「じゃ、どうして、あんたの秘密《ひみつ》の計画を知ってるんだ？」もう一人がきいた。

このことを納得《なっとく》するには、よほど強引に事実を捻《ね》じ曲げなければならないだろう。しかし、いったんそういう気持ちになってしまえば、物事をとてつもなくゆがめて受けとめることはできるのだ。インチキなラクダ売りは、お客たちはみんな、自分をだまくらかして買いたたくつもりだと思いこんでいる。ましてや、本職の泥棒《どろぼう》や人殺しなら、よけいそうだ。彼らはいったん骨《ほね》をくわえこむと、絶対にそれを放そうとはしないのだ。

彼らはチャルコシュにつめ寄った。ぼくの両脇の子分は、ぼくをつかまえていることに興味を失い、主人のほうに近寄った。

「あんたのやりそうなことだぜ」頭目の一人が叫んだ。「わしらをここに集めて皆殺《みなごろ》しだと？すべてあんたが一人占《ひとりじ》めか――」

彼とチャルコシュは互いにものすごい形相《ぎょうそう》で相手をにらみながら立っていた。いま、この瞬間、頭をひっこめて、人垣《ひとがき》の中にまぎれこんで、静かにすがたをくらまそうか、と思ったのだが、そうしようとしたときに、チャルコシュの部下たちが集まってきて、門へ向かおうとするぼくの行く手をふさいでしまった。

「あんた、わしらをなめてんのか?」チャルコシュの相手はタルワール刀を引き抜《ぬ》いた。

「なめるも何も、おまえたちのことは、ありのままに受けとめてるよ」チャルコシュは歯をむき出した。〈ギリシャの火〉の壺を掲《かか》げて、火を点《つ》けると、灯芯《とうしん》がくすぶりだした。

「口のきき方に気をつけろ。さもないと、これを食らわすぞ」チャルコシュは叫んだ。「わしは最初からおまえを信用しなかった。離れろ、豚《ぶた》野郎め」

一瞬、恐ろしいほどの静寂《せいじゃく》。そのあと、多くの刃《は》がいっせいに鞘《さや》から引き抜かれる音が聞こえた。

「裏切り者め!」だれかが叫んだ。チャルコシュの部下の一人か頭目の一人か、ぼくにはわからなかった。チャルコシュが頭上に掲げた粘土の壺から炎《ほのお》が噴《ふ》き出した。そのとき、はっと気づいた。――その同じ身ぶりを、ぼくは前に見たことがある。洞穴《ほらあな》の中のチェシムの絵で見たのだ。炎を上げる球形のもの、怒りにゆがむチャルコシュの顔……。

だれが最初に飛びかかったのかはわからなかった。あっという間に、頭目たち全員が刃を振りかざして襲《おそ》いかかっていた。チャルコシュは攻撃《こうげき》を逃《のが》れようと、体を前後左右に動かしているうちに前につんのめり、転倒した。そのはずみで、彼の手がつかんでいた粘土の壺が砕《くだ》けた。彼は敷石《しきいし》の上で身をもだえながら悲鳴を上げ始めていた。

頭目たちは後ろにしりぞき、続いて、身をひるがえして、突進してくるチャルコシュの部下たちと向かい合った。

逃げ出すなら、いまだ。黒い煙《けむり》が中庭にただよい、人間の体の焼け焦げる悪臭《あくしゅう》が鼻からのどにひっかかり、吐《は》き気を感じた。押《お》し寄せてくる人の波にさからって進んだ。だれもぼくのことなど気にしていない。背後《はいご》では戦闘《せんとう》が始まっているようだったが、もう関係ない。開いた門が目の前にあった。見張りもいない。ぼくは走りだした。

が、ぼくはそこまで行き着かないうちに——

38
戦闘《せんとう》

騎馬隊《きばたい》の先頭部分が門を抜《ぬ》けて中庭に突入《とつにゅう》してきた。甲高《かんだか》い鬨《とき》の声をあげ何やら絶叫《ぜっきょう》している。ぼくは地面に突っ伏《つぷ》して両腕《りょううで》で頭をかばった。ごろごろ体を転がして、駆《か》け抜けるひづめを逃《のが》れた。この大混乱《だいこんらん》の最初のころ、ぼくは、彼《かれ》らが何者なのか、まったくわからなかったし、あまり気にもしなかった。ただただ、突っ伏して彼らをやり過ごし、そのあと、外の道路めがけて駆けだすこと、そればかりを考えていた。——が、何かがぼくに鼻をすりよせている。ぼくの耳にやさしい息を吹《ふ》きかけている。

恐《おそ》る恐る目を上げた。やさしさに満ちたまなざしが見おろしていた。あの脚《あし》が長く顔が細長いぼくのワニちゃん、白黒斑《ぶち》の雌馬《めうま》だった。誓《ちか》ってもいいが、この馬はぼくにほほえみかけていた。そのときになってぼくは初めて気がついた。この大騒動《おおそうどう》をひきおこしている一団は、馬将軍《うましょうぐん》バシルの部下たちなのだった。バシルのすがたも見えた。「やー！　やー！」と絶叫し、全速力で中庭を駆けめぐる部下たちに気合を入れていた。目のすみをさっと白いものが走った。――シーラの馬だ。彼女《かのじょ》とクーチクが乗っている。姉が手綱《たづな》をとり弟が後ろから必死にしがみついている。

ぼくはさっと立ち上がり、ぼくの斑馬《ぶちうま》によじのぼった。馬は待ってましたとばかり走りだし、混乱のまっただ中へと飛びこんだ。サラモンやバクシーシュのすがたは見えなかった。ほっとした。こんな修羅場《しゅらば》、とてもあの二人に耐《た》えられる場所じゃない。――でもそれを言うなら、シーラにだって耐えられる場所じゃないし、ぼくにだって耐えられる場所じゃないのだ。

バシバズーク族が戦うところを見たのは初めてだった。見なければよかった、二度と見たくはないと、ぼくは思った。騎馬隊の主力は、どうやら、戦いたくてうずうずしている血気盛《けっきさか》んな若《わか》者《もの》たちのようだった。いまここで、思う存分《ぞんぶん》戦えて満足そうだった。一部の者は槍《やり》の代わりに、ずんぐりした、二回湾曲《わんきょく》した弓を持っていた。子どものおもちゃみたいに小さかったが、実に恐るべき武器だった。まだ燃えている〈ギリシャの火〉と、宙《ちゅう》を切って飛んでいるバシバズーク族の矢と、どちらに襲《おそ》われるほうがいいかと言われたら、――ぼくは、〈ギリシャの火〉のほうを選んだことだろう。こっちのほうがまだ、逃《に》げ延《の》びる可能性がありそうだった。

チャルコシュの部下たちも同じように感じたに違《ちが》いない。彼らはいまや、戦う気持ちなどすっかりなくし、なんとかして中庭を逃げ出そうとかけずり回るばかりだった。それに向かって、バシルの部下たちは、ひゅーひゅーと口笛を吹き、バシバズーク以外の人間ならだれでも正気を失ってしまいそうな、身の毛もよだつ喚声《かんせい》を上げるのだった。

頭目たちはもう少しまともに戦った。もちろん、すごくまともだったわけではない。彼らは百戦錬磨《れんま》の戦士であり、戦いにおいて抜け目がなかった。——つまり、彼らは、この場所から撤退《てったい》する潮時《しおどき》を知っていた。

彼らのうち半分ほどが、馬に乗って逃れようとして、厩舎《きゅうしゃ》に向かって走った。後の者は、馬を取りもどすことも荷物を取りもどすこともあきらめて、ただ自分の命だけを救おうと駆けだした。どちらを選んでも、同じ運命が待っていた。バシルの部下たちは、恐ろしい小さなおもちゃみたいな弓矢を持って、全員を追いかけたのだ。ぼくはひたすらシーラのもとにたどりつこうとしていた。ひしめく騎馬の男たちの中で、愛すべきワニ馬をはげましたが、まるで渦潮《うずしお》の中を進むようなものだった。斑馬とぼくは、こちらと思えば今度はあちらと、人の流れに翻弄《ほんろう》されていた。

サラモンがロバを引いているすがたが見えた。周囲の騒動など関係ないかのように、サラモンもロバもおだやかに歩を進めている。とはいえ、サラモンの顔には、率直《そっちょく》で無邪気《むじゃき》な驚《おどろ》きの表情もあったから、ぼくは、彼も、回りに吹き荒《あ》れる嵐《あらし》を心に銘記《めいき》してはいるのだろうと思った。

ようやくシーラの近くまで行き馬をとめると、クーチク少年は白い雌馬からもう飛び下りていた。馬を下りたぼくに駆け寄ってきて、「おいら、姉ちゃんたちを見つけたんだ」と得意そうに言った。「それから姉ちゃんが、あの騎馬隊の人たちに知らせに行ったんだ。おいら、よくやっただろう?」

「実によくやった」ぼくは言った。このとき初めてぼくは彼がシーラと同じ目をしていることに気づいた。

「おいら、姉ちゃんに話したんだよ、あんたが姉ちゃんのことを愛してるって」クーチクはにやりと笑った。とても大きなにやにや笑いだった。「それもよくやったことに入る？」

「姉さんはそれを知ってるはずだと思うけどね」ぼくは言った。「でも、うん、それもよくやった」

シーラは、まだくすぶっているチャルコシュの死体を見おろしていた。ぼくの最初の衝動《しょうどう》は、シーラの体に両手を回すことだった。――ぼくはそれをした。愛情のこもった抱擁《ほうよう》というよりも、彼女の体の向きを変えてやりたかったのだ。

彼女は首を振《ふ》って、「わたし、生きている彼と向かいあうのは怖《こわ》くなかった。なぜいま彼を見るのを怖がることがあるの？」

いつの間にかサラモンがぼくたちのわきに立っていた。

「さあ、お嬢《じょう》さん。あなたはもう見たんだ。これでおしまいになさい。もう見なくてもいいんだ。わたしが言ったように、やはり、この男、悪事の報いを受けたのだよ」

そのとき、宿屋の本館から急ぎ足で出てきた人がいる。白髪《しらが》まじりで、きりっとした顔立ちの、ふくよかな体格の女性。だれに言われなくても、ダシュタニだとわかった。シーラと彼女は互《たが》いに駆け寄って抱《だ》き合った。シーラはみちびかれるままに中に入った。

ぼくはバクシーシュについては、ここでは会えないだろうと思っていた。彼はバシバズークの野営地にもどって、馬の香《かお》りのするあの飲み物をたらふく飲んでいるのだろうと思っていた。が、彼はぼくのすぐ後ろに来ていた。鼻にしわを寄せ目をくるくるさせているラクダたちもいっしょだった。彼はぼくを、心からの畏敬《いけい》と賛美のこもった目で見つめた。

「おお、勇敢《ゆうかん》なるお方よ」片手《かたて》を中庭全体に向けて振りながら、低い声で言った。「これ、みんな、あなたのやんなさったことなんで?」

「そんなことない」ぼくは言った。「違うよ」

「おお」彼は肩《かた》をすくめた。「かまやしやせん。どんなすばらしいものにも小さな欠陥《けっかん》はあるもんでがす。宇宙に羽ばたく不屈《ふくつ》の鷲《わし》よ。殺しはあなた向きの仕事じゃなさそうでござんすね」

バシバズークの人々は、戦士の義務を黙々《もくもく》と果たしていた。――自分たちがやったことの後始末、つまり死体の取り片づけをやっていたのだ。が、次の瞬間《しゅんかん》、死んだズースキ・ゴキブリの子分たちや〈ギリシャの火〉によって脅《おびや》かされたぼくの身体と生命は、いまふたたび、最大の危機《きき》に直面することになったのだ。

「兄弟!」

防御的姿勢《ぼうぎょてきしせい》をとる間もなく、ぼくはバシルにもろに抱きすくめられた。あまりにも兄弟愛に満ちた抱擁。せっかく、ぼくを救ったのに、それが、ぼくをぺちゃんこに押《お》しつぶしてしまうことで、台無しになってしまったかもしれないほどの抱擁。赤い顔で汗《あせ》びっしょりで、彼はぼくの背《せ》中《なか》を威勢《いせい》よくたたいていた。ぼくはほとんど息ができず、やっとの思いで感謝の言葉を述《の》べた。

「何言っとるだ！　兄弟が兄弟、助けただ。感謝なんかいらねえだ！」

彼はようやくぼくを自由の身にし、中庭と宿屋を見まわした。

「ユルタほど、居心地、よくねえだ。だども、まあいいべ」袖《そで》で額をぬぐって、「命のやり取り、のど、渇《かわ》く、腹《はら》、減る。それに、もう、いい時間だわさ」

彼は、体重を片足から別の足へと移しながら、歯をちゅーちゅー言わせ、くちびるをさかんになめて、期待に満ちた顔つきだった。

もう、どうしようもなかった。――ぼくは彼ら全員を食事に招待した。

39 ふたたびの地図

もしマゼンタの家で、ぼくが、汗《あせ》まみれで騒々《そうぞう》しくて腹《はら》ペコなバシバズーク族の一団を食事に招くようなことがあったとしたら、家政婦のシルバーナは、逆上して、何よりもまず、ぼくの頭に大鍋《おおなべ》で一発食らわせたことだろう。しかし、ダシュタニはそれを驚《おどろ》くほど冷静に受け止めた。彼女《かのじょ》はさっそくクーチクに用を言いつけて台所に走らせ、それから、腰《こし》に両手を当てて、バクシーシュのほうを向いた。

「あんた、どうも、仕事嫌《ぎら》いのお人のように見えるけど……」彼《かれ》をしげしげと見て、「鉢《はち》だの鍋だのを洗《あら》わなくちゃならないんだが、そのまえにあんた自身も、も少し身ぎれいにしてほしいね。さあ出て行って、おんぼろさん。じゃんじゃん働いておくれ」

バクシーシュは目を丸くして彼女を見つめた。口をポカンと開け、彼にしてはめずらしく言葉《ことば》が出てこないようだった。それから、これまでぼくが一度も見たことのないことをやった。顔をぽーっと赤らめたのだ。

そして、ダシュタニも同じことをやった。もしその場にいなかったら、もし自分で見ていなかったら、ぼくは信じなかっただろう。しかし、ぼくはそれが起こるのを見てしまったのだ。二人は、すっかり夢中になっていた。いまにも互《たが》いの腕《うで》の中に飛びこみそうだった。彼女にしかりつけられればしかりつけられるほど、彼の目は輝《かがや》いた。うっとりとなったぼくのラクダ引きは、ダシュタニがやさしい抱擁《ほうよう》の代わりに横面《よこつら》をピシャリとやってくれるんじゃないかと期待しているかのように、うなだれ肩《かた》をすくめて立っていたが、やがて、命令されるままに台所へと向かった。

シーラは、まだ、少女のころの自分の部屋にいるようだった。行ってみようとしたぼくを、ダシュタニが引きとめた。

「ほっときな」彼女は言った。「わたし、あの子に、あの夜起きたことを話したのさ。一人にしといておやり」

食堂に行くと、サラモンとバシルがテーブルに着いていた。ぼくはそのそばにすわった。巨大《きょだい》なバシルは、一人で数人分の場所を占拠《せんきょ》していた。ほんの数時間前、ぼくはここにいた。ズースキ・ゴキブリのこと、軍団の頭目《とうもく》たちのこと、そしてチャルコシュが座興《ざきょう》としてぼくを焼き殺すと言いだしたこと、——思い出すと、恐怖《きょうふ》で体が震《ふる》えた。でも、いまやぼくの唯一《ゆいいつ》の危険《きけん》は、バシルにまたしても力いっぱい抱擁されるかもしれない、ということだけだった。しかし、彼は、ぼくの腕に兄弟愛のこもったパンチを一つ加えることで満足してくれた。

「なあ兄弟」彼は言った。「あんた、バシルといっしょ、暮《く》らすため、もどってきただ。バシバズークの民、みな、あんたにまた会えて喜んどるだ」大きな目をちょっとつむってみせて、「だども、こんなこと、言う者もいるだ。あんた、〈馬姫《うまひめ》さま〉から遣《つか》わされただ、そいで間もなく〈馬姫さま〉のもとに帰るだと」

ありがたいお話だが、〈馬姫さま〉にお会いしたことはない、とぼくは言った。

「こういうこと、言う者も、いるだ」彼は続けた。「気を悪くしてもらっちゃ困《こま》るだが、兄弟、ロバといっしょのこの旦那《だんな》、頭切れる、とほうもねえ智恵者《ちえしゃ》だ。彼、バシルとあんたとの決闘のとき何か策《さく》を授《さず》けたこと、間違《まちが》いねえ。そうにらんでるだが、――そうだべさ？」とサラモンに向き直り、「ラベンゴ」と呼《よ》びかけた。バシバズークの言葉らしいが、きっと、偉大《いだい》な学者の意味なのだろう、バシルにしてはめずらしい褒《ほ》め言葉だと、ぼくは思った。

「あんた、わしらといっしょ、来ねえか？　仕事、しなくていいだ。ただ賢者《けんじゃ》として、わしら、智恵を授けてくれるだけでいいだ」

「そうですな。たいへん興味深いお言葉です」サラモンは言った。「まことに名誉《めいよ》なことに思います。しかし賢者だの智恵者だのというものは高く評価されすぎています。わたしなんぞいなくても、あなたはご自分で立派《りっぱ》にみなさんを導いていける方です。ありがたいお話ですが、ええ、わたしはひたすら海に向かって進むつもりです」

バシルは、クーチクの運んできたすべての食べ物をパンの切れ端《はし》ひとつ残さず平らげることによって失望を飲み下した。シーラがようやくあらわれて食卓《しょくたく》に加わると、バシルはひどく活気づいた。シーラの顔は青ざめやつれて見えたが、バシルは両手を打ち鳴らした。

「そしてこの人？　キルカシだわ。だどもバシバズークみたく勇敢《ゆうかん》だど。兄弟よ、あんた、この人といっしょ、ここで暮らすってわけだか？」

バシルと部下たちの腹がはちきれそうになり、ダシュタニの食糧貯蔵庫《しょくりょうちょぞうこ》が空っぽになると、別れの時が来た。バシルはまだぼくたちへの誘《さそ》いをあきらめていなかった。

「これから野営地たたんで、新しい牧草地、移動するだ。あんたとキルカシ娘《むすめ》、気が変わったら、後から来てくれや。わしら通った跡《あと》、たどるのは簡単《かんたん》だど。バシル、馬のこと、よく知ってるが、人間のこともよく知ってるだ。兄弟、あんた、一カ所に落ち着いてはいられない人間。バシルにはわかる。あんた、きっと良いバシバズークになるだ。バートロ・ドロム（良い道を行け）、兄弟、達者でな」

「あんたも、兄弟」ぼくは言った。「バートロ・ドロム、あんたの上に平安がありますように」

たしかに、ぼくがバシバズーク族になることは、ぼくの身に起きたあれこれの事柄《ことがら》に比べれば、それほど奇天烈《きてれつ》なことではなかったかもしれない。しかし彼らの隊列が中庭から走り去ったとき、ぼくは心の中で、バシルとぼくがふたたび会うことがないことを知っていた。

「なにはともあれ」とぼくはシーラに言った。「きみは家に帰れたわけだ」

「そうかしら？」と彼女は言った。

　ぼくたちは幸せだった。そう言っていいと思う。街道筋《すじ》から盗賊《とうぞく》がいなくなり、安全に旅ができるという話が広まれば、しだいに旅人が増えこのキャラバン宿で休む人や泊《と》まる人も増えてきそうだった。

　次の数日間に、仕事を求めて男たちがやってきて厩舎係《きゅうしゃがかり》や給仕の仕事にありついた。バクシーシュは、ダシュタニのそばにいてお互いにうっとり見つめ合っている以外の時間を、そうした人たちを監督《かんとく》することに当てるようになった。

　彼はラクダ引きよりもこういう仕事のほうが向いているらしかった。人を動かすのがうまく、宿の清掃《せいそう》や整頓《せいとん》にも心を配り、ちょっと埃《ほこり》が付いていても大騒《おおさわ》ぎするほどだった。ダシュタニのたくみな説得で、彼は風呂《ふろ》に入ることとさえし、見違えるほど身ぎれいになっていた。

　シーラとぼくはいっしょに静かな時間をすごした。しかしぼくは、まだ周囲のあちらこちらに暗い影《かげ》がひそんでいるという印象を振《ふ》り払《はら》うことができなかった。

　そして、またしてもお別れがあった。

　その朝早く、朝食をとっているぼくたちのところへ、サラモンがやってきた。彼はいつものように厩舎で動物たちといっしょに夜を過ごしたのだった。

「みなさんとお別れするのは残念だ」とサラモンは言った。「しかし、長くとどまりすぎた。もう出かけなくては」

ぼくは驚かなかった。遅《おそ》かれ早かれ別れることはわかっていた。ぼくは、いつも、ただ、彼がもう少しだけいっしょにいてくれればいいなと思っていただけなのだ。驚いたのは、バクシーシュの反応だった。ぼくたちの中のだれよりも気落ちしているようすだったのだ。

「なあ、口うるさいじいさんよ」バクシーシュはいかにも文句を言っているみたいな口ぶりで(しかし、それがさっぱりうまくいかないまま)、「あんたはあっしの命を救ってくれた。あっしは一度も礼を言わなかった。いま言わせてもらうぜ。ほんとにありがとよ。親しい友よ。――あんたが行っちまうのは悲しいぜ」

「あんたのやさしい心根が、ようやく、それにふさわしい結果を得たんだね」サラモンはそう言って、ちらりとダシュタニを見やり、「こうなると、わたしには、わかってたよ」

「へん、それが、どうだってんだい?」バクシーシュは照れくさそうに言い返した。「あっしは、『わたしの言ったとおりだろう』みたいな言い方が大嫌いなんだ」

「そしてきみ、親愛なる娘よ」サラモンはシーラを抱擁して、「旅が終わって、ほんとうによかったね」と言い、それからぼくに向かって、「あんたについては、あんたが探《さが》しているものが見つかるよう願ってるよ」

ぼくはシーラの手をとって、「もう見つかってます」

「それがほんとうなら、実にすばらしいことだ。自分を幸せ者だと思わなくてはならないよ」彼は言った。「――一つ、約束してほしいことがあるんだが。あんたのロバ、大事にしてやってくれ。とてもいいやつなんだ」

「それはできそうもないですね」ぼくは言った。「あのロバ、あんたといっしょに行ってもらいますので」

「え？　そうかそうか、それはご親切に。わたしらは、つまりロバとわたしは、互いに大の仲良しになってしまったのでね。どうもありがとう」

ぼくたちは門のところで彼らを見送った。サラモンは一度振り返りこちらに向かって手を振った。ロバは彼のかたわらでうれしそうに歩いていた。やがて、彼らは見えなくなった。

「もし海まで行き着いたら」バクシーシュが言った。「あのじいさん、泳いで渡《わた》ろうとするかもしれやせんね。あいつのことだ、きっと、そうしまさあ」


予想していたよりも早く、カタイから西に向かう旅人たちが到着《とうちゃく》し始めた。準備不足のなか、みんなで、宿屋商売に取り組まなければならなかった。ぼくも、できることは何でもするよと申し出たのだけれど、シーラはさっとキスをしただけで、とりあってくれなかった。要するに彼女は、この商売において、ぼくは何の役にも立たない、飾《かざ》り物みたいな存在《そんざい》でしかないことを、告げてくれたのだった。その結果、ぼくはこれといってやることもなく、自分の気の向くままにふるまっていればいいことになった。

が、それも長くは続かなかった。クーチクがぼくを自分の個人的資産として採用したのだ。バクシーシュの監視《かんし》の目を盗《ぬす》んで、クーチクはひっきりなしに、ぼくにつきまとった。彼は、自分が、ぼくの命を救ったこと――これはまったくそのとおりだ――そして、ぼくたち全員の命を救ったことが、うれしくてたまらないらしかった。

彼は、ぼくのことを、野蛮《やばん》で危険なフェレンギたちの国からやってきた恐《おそ》れを知らぬ冒険家《ぼうけんか》だというふうに勝手に思いこんでいた。ぼくのやったすばらしい行動の話をぜひ聞かせてくれと、しきりにせがんだ。

「クーチク、きみはここに泊まる旅人たちから、もっと多くもっとすばらしい話を聞くだろう。一つだけ言っておくが、そういう話のひとことだって信じちゃいけないよ」

彼は肩をすくめて、ぼくの言葉を受け流し、「ねえチューチさん。おいら、そういうものを自分の目で見てみたいんだよ」

「いずれ自分で旅をしたまえ。用意ができたときに、ね」

彼はこれでは満足しなかった。ぼくの身に起きたいろんなできごとをすべて、目を輝かせて吸収《きゅうしゅう》した。ぼくは、話の中に、実際には起きなかったことまで、いくつか入れこんだ。クーチクはただくちびるをなめて、もっともっとと、ねだるのだった。彼は、シーラがかつて少年に変《へん》装《そう》してラビットと名乗っていたことを知ると、大喜びだった。バクシーシュのおかげでぼくが下ばきすがたで大あわてしていたことを話すと、彼は笑いに笑ってしゃっくりが止まらなくなった。

あるとき話のタネが尽《つ》きてしまい、どうしていいかわからず、ぼくはついにカバンの中をかき回した。例の古い物語の本を見つけた。もう遠い遠いむかしに思えるあの日、あの本屋がぼくにくれたものだ。ぼく自身と同様、だいぶくたびれてしまっていたが、クーチクはそれにとびついた。彼の知らない言語で書かれていたのでぼくが、翻訳《ほんやく》しながら朗読《ろうどく》してやらなければならなかった。しかし頭の回転の速い子だったから、まもなく彼は自分で読めるようになった。

「チューチさん」目を輝かせて彼は言った。「こういうすごいことって、ほんとうのことなの？」

ぼくは、空飛ぶ絨毯《じゅうたん》も、魔法《まほう》のランプを持った魔神も、あるいはほかの魔法めいたできごとも、一度も見たことがないことを認《みと》めるしかなかった。

「じゃ、チューチさん、こういうことは、嘘《うそ》だというわけ？」

「まあね。でも、嘘の中にはほかのものより良いものもあるんだよ」

客たちが寝《ね》てしまったあと、これといって仕事もないまま、ぼくは食堂で遅くまでぐずぐずしていた。あの本はクーチクにあげた。彼は奪《うば》い取るようにして持ち去った。いまも家のどこかで読みふけっているのだろう。

そんなとき、バクシーシュがやってきたのだ。最初に食べて最初に眠《ねむ》る人だった彼が、最後に食べて、家じゅうを見まわって、すべてに異常《いじょう》がないかをたしかめたあと、最後に眠る人になっていた。ダシュタニの魔力は、どんな空飛ぶ絨毯も生めないようなすばらしい奇跡《きせき》を生んだのだ。とはいえ、どこから見ても気くばりの行きとどいた宿の管理人としか見えない彼の小ざっぱりした衣装《いしょう》の下に、かつての無頼《ぶらい》な男の影がひそんでいた。ぼくは彼をわかっていた。だから、にじり寄られたとき、ははーん、何かを求めているなと、すぐ思った。

「おお、宇宙《うちゅう》でいちばんやさしい心の持ち主よ、すばらしい才能に満ちあふれたお方よ」と、例のご大層《たいそう》な褒め言葉を唱え始めたので、ますます、彼が何か心に計画を持っているなと確信した。

バクシーシュは続けた。「あなた、その見事な思考能力の輝きを、宝物《たからもの》に向けていやすか？」

はっとした。「何の宝物？」と口走った。とても多くのことが起きて、ぼくはすっかり忘《わす》れていたのだ。

「気高いご主人さまよ」バクシーシュは足をもぞもぞ動かしながら続けた。「あなた、まだそれを探すつもりでござんすか？」

「わからないな、どうするつもりなのか、自分でもハッキリしないんだ、でも、どうして、そんなこと、きくの？」

「一度あなたは言われやしたな、あっしがあなたのおそばにいるという誓約《せいやく》から自由になってよいと――」

「言ったよ。そしてあんたはそれを受け入れなかった」

「まことにすばらしい記憶《きおく》力《りょく》でがす。おお気高いお方よ、それでおうかがいするんでがすが、あの寛大《かんだい》な申し出はいまも生きてると考えてよろしいんでござんすか？

あのペテン師カビブに売りつけられた夢の中で、あっしは故郷《こきょう》の家にもどりやした――そもそも、あっしには故郷なんぞなかったんでがすが。そう、あっしの夢に出てきた故郷の家とは、このキャラバン宿だったんでがす。そしてそこには、あっしを待っていてくれる人がいた――」

「それ以上言わなくてもいいよ、ぼくがどこへ行こうと、あんたはここにずっと留まっていればいい」

「あなたに千の祝福を！」バクシーシュは喜びに震える声で言った。「いや、百万の――」

「祝福は一つで十分。行ってダシュタニに話してあげなさいよ」

彼はすっ飛んでいった。彼がこんなに速く動くのを見るのは初めてだった。ぼくは、そこにすわったまま考えた。バクシーシュがやってきて話を持ち出すまで、ぼくはあの古い地図のことをすっかり忘れていた。古い記憶をよみがえらせようと、地図を引っぱり出し、テーブルに広げた。

見るのは久しぶりだった。――いったい、いつから見てなかったのだろう？　かわいそうな地図。描《えが》かれたばかりの生き生きしたところもあっただろうに。ぼくは、これを、あの物語の本の背《せ》表紙《びょうし》の裂《さ》け目の中で見つけたのだった。よく覚えているが、エバリステ叔父《おじ》さんはこれをくしゃくしゃに丸めてぼくの頭めがけて投げつけた。ぼくはそれを拾って一生けんめい伸《の》ばしたのだった。いま、それは、少なくとも、ちぎれたところもなく、なんとか元のすがたを保っている。

とはいえ、ぼくがどうやっても平らにできなかった深いしわもところどころに残ってはいた。

しかし、ぼくがまだ気になってならないのは、これを描《か》いた人が、なぜ、わざわざ、不正確なものを描いたのか、ということだ。それも、隠《かく》れた宝物を示すためだと思われる地図だというのに。そして、シーラが指摘《してき》したように、いくつかの部分は正確で、あとはまったく役に立たないというのは……

ぼくは地図をふたたび折りたたみ始めた。地図は自然に、もともとの折り目のところで折り重なる。ぼくが気づいていなかったほかの折り目もある。まるで、だれかがめちゃくちゃに付けた折り目のようだった。一つの折り目に添《そ》って裏返《うらがえ》しになりかけた部分があった。直線やらが、ごちゃごちゃと描かれている。前にぼくが何かの設計図かと思ったものだ。ふと思いついて、この部分を地図の表面の上でずらしながら見ていった。あるポイントで、裏面《りめん》に描かれたものと表面の絵柄とがぴたりとつながった。デタラメな線だと思ったものが、道路や川や山々を示していることがわかった。このように折ってみると、それはこれまで見ていたのとはまったく違うケシャバルの地図となった。これはいいかげんに描かれたものではなかったのだ。

人目をごまかすために描かれたものなのだ。事情を知らない者の手に落ちて、事情を知らない者の目に触《ふ》れたとしたら、これは、いいかげんに描かれた間違いだらけの地図に見えただろう。そうではなかった。これは完全だった。

ぼくたちの歩いたすべての道がちゃんと描かれていた。指でたどっていくと、地図の最後は「宝物庫」と書かれたところだった。そしてそこは、シーラのキャラバン宿の立っている場所なのだった。宝物は、ここに、ぼくの足元に、あったのだ。

40 柳《やなぎ》の枝の冠《かんむり》

　だれもが認《みと》めるチューチ（阿呆《あほ》たれ）が宝物《たからもの》の上にすわっていたなんてこと、そんなに始終あることじゃない。ぼくは地図を見つめ、地図はぼくを見返した。じっくりと骨身《ほねみ》にしみてわかってきた。そうなのだ。この地図が、ぼくに秘密《ひみつ》を明かしてくれたのだ。

　地図を折ったのと同じような具合に、それと気づかずに学んだことのあれこれを思い返し吟味《ぎんみ》してみた。つじつまは合う。考えれば考えるほど、はっきりしてきた。クーチクは何気なく、この家は遺跡《いせき》の上に建てられていると言っていたし、シーラも、母親から聞いた伝説を話してくれたことがある。黒い砦《とりで》の伝説だ。タリク・ベグが自分の民を裏切《うらぎ》って、彼《かれ》らが城門《じょうもん》の前で皆殺《みなごろ》しになるがままにし、砦の宝庫《ほうこ》の床下《ゆかした》に埋《う》めたその財産を奪《うば》ってしまった、あの恐《おそ》ろしい話だ。

　そう、たしかに、ぼくは宝物を見つける夢をみた。しかし、その宝物でもって何をするかは、まだ真剣《しんけん》に夢みたことはない。別のとき、遠いむかしのように思える旅の初めごろなら、そして、別の土地、別の環境《かんきょう》に身を置いていたら、ぼくはすぐさま使い道を考えだしていたことだろう。──エバリステ叔父《おじ》さんとマゼンタじゅうの人々をあっと言わせる。金を使いまくりぜいたくをしまくり、あげくの果ては、悪いやつにだまし取られる。あるいはむかしの物語の井戸掘《いどほ》り職人ザミーニのように、宮殿《きゅうでん》を、ラクダと馬の群れを、無数の宝石箱をわがものにして、愛するアジザ王女に求婚《きゅうこん》する……。

が、いま、この状況《じょうきょう》の中で、そんなことは考えられなかった。一つには、そんなことをすべきじゃないと、ぼく自身が思っていた。もう一つには、これはぼくが勝手に決められることではなかった。

ふつうなら、ぼくは飛び上がって家じゅうを駆《か》け回り、驚《おどろ》くべき発見をみんなに知らせたことだろう。が、そんなことはしなかった。朝が来るまで、静かにすわって考えつづけた。みんなにどう話したらよいだろうか。いや、そもそもみんなに話すほうがいいのだろうか、むしろ、黙《だま》っているほうが賢明《けんめい》なんじゃないだろうか……。ぼくは宝物の上にいる。しかしそのことは、大問題の上にいるということでもあるのだ……。

夜明けになると、数人の泊《と》まり客が荷物をまとめてラクダに乗って宿を出て行った。ぼくはシーラとクーチク、バクシーシュとダシュタニに声をかけ、集まってもらった。久しぶりに地図を取り出して見て、そして、たまたま、それに隠《かく》されていた秘密を見つけたことを話した。四人のうちのだれかが、わっ、それはすごい、などと叫《さけ》びださないうちに、ぼくは急いで言葉《ことば》を継《つ》いだ。

「この地図が正確であるとすれば――ぼくは絶対、正確だと思っているけれど――タリク・ベグの宝物庫はこのキャラバン宿の地下深くに埋められている。しかし厳密《げんみつ》に言ってどこなのか？　宿の本館の下か？　厩舎《きゅうしゃ》の下か？　中庭の敷石《しきいし》の下か？　どのくらいの大きさの庫《くら》なのか？　どのくらい長く伸《の》びているのか？　これが大問題なのだ。宝物を掘り出すにはこの宿を壊《こわ》さなくてはならない」

ぼくの話が続けば続くほどクーチクの目は輝《かがや》きを増してきた。

「じゃチューチさん」と上ずった声で言う。「すぐ発掘《はっくつ》を始めようよ」

「それはきみの姉さんが決めることだよ」とぼくは言った。

「この家はわたしだけのものじゃない」シーラが言った。「わたしのものでもあるけれど弟のものでもある。クーチクの意見をまず聞きたいわ」

「そんな宝物が手に入ったら――」クーチクはピョンピョンとびはねていた。ぼくは彼が喜びのあまり、いまにも気絶してしまうのじゃないかと思った。「もう宿屋なんてやらなくっていい。ラクダや馬をいっぱい買うんだ。象もたくさん買うんだ！　さあ、旅に出かけるぞ――」

「クーチク」ぼくは言った。「象もいいし、空飛ぶシマウマやら何やらでもいいけれど、きみが旅をするのはまだだいぶ先の話だ。まず、姉さんの考えをよく聞いたほうがいいと思うよ」

こんなやりとりを、ダシュタニは静かに聞いていた。顔がすっかり青ざめている。目をシーラに向けて、低い声で言った。

「ねえ、シーラちゃん。わたし、娘《むすめ》のころからずっとこの家で生きてきたんだ。あんたたち、ここを取り壊すつもりなのかい?」

「あなたはクーチクとわたしにとって母親同然だわ」シーラは言った。「あなたには、これからのことについて、わたしたちきょうだいと同じ発言権《はつげんけん》があるはずよ」

だれもバクシーシュの意見を求めたりはしなかったが、ともかく彼はこう言った。

「何、何? あっしの気持ちのことは考えちゃくれねえのかい? あの夢が約束してくれた故《こ》郷《きょう》の家と愛する人。それがここで手に入ったんだ。ダイヤモンドの山よりもよっぽど値打《ねうち》のあるもんなんだ! あんたたち、それを奪いとって、あっしの心をめちゃくちゃにしちゃう気なのかい? 冗談《じょうだん》じゃねえ。そんなこと、あっしにはとても我慢《がまん》できねえよ」

「バクシーシュ、あんたのやさしい心根はよくわかるよ」ぼくは言った。「でも、まず、シーラの意見を聞こう」

「カアルロオ、ほんとにわたしの気持ちを話していいの?」彼女《かのじょ》は言った。「じゃ、そうするわ。わたしが帰って来た家は、むかしわたしが住んでいた家と同じじゃなかった。いたるところに、あまりにも悲しい記憶《きおく》が残っていて、胸《むね》が締《し》めつけられそうになるの。跡形《あとかた》もなく取り壊してほしい。そしたらわたしの心は休まると思う」

「それがきみの望みなら、それで問題は解決だよ」

「いいえ」彼女は言った。「わたしはただ自身の思いを話しただけ。わたしは、ほかの人の思いにも、自分のと同じに、気を配りたい。でも、わたしたち、いま、五分と五分に分かれている。一方の側にクーチクとわたし、反対の側にダシュタニとバクシーシュ。宝物を探《さが》している人はあなただわ。あなたが決めればいいのよ」

最初ぼくは何も言わなかった。ぼくが宝を探していると知ったときのサラモンの言葉が、頭の中で聞こえた。――発見したら、ひどいことになるよ。発見したことで、探索《たんさく》の旅は終わってしまう。それから、どうする？……旅そのものが宝物なんだ。

あのとき、ぼくは彼の言葉が理解できなかった。

「宝物は死者たちのものなんだ」ぼくは彼女に言った。「彼らに守っていてもらえばいいんだ」

「あなたの思うとおりにすればいいのよ、カアルロオ」彼女は言った。

シーラがいなくなった。一階にも二階にもすがたが見えない。みんなで話し合ったあとすぐに、どこかに出かけたらしい。ぼくは厩舎に行った。かわいい斑馬《ぶちうま》がいななき首をさかんに振《ふ》って迎《むか》えてくれた。シーラの馬は見えなかった。厩舎係の少年は、シーラがさっき馬に乗って出て行ったけど、行先は知らないと言った。

ぼくは斑馬に鞍《くら》を置いた。中庭を駆け抜《ぬ》け門の外に出た。行先はわかっていた。いままで行ったことはないけれど、ぼくにはわかった。チェシムの絵の中で、その場所を見たことがある。川岸まで駆けた。岸辺に柳《やなぎ》の木々が並《なら》び、その中ほどで、シーラの白い雌馬《めうま》が草を食《は》んでいた。シーラは水際に膝《ひざ》をつき、柳の細い枝を編んで冠《かんむり》を作っていた。ぼくは馬を下りて近寄った。

「ここにきたら見つけられると思ったよ」

「あなたっていつもそうなのね」シーラは冠を掲《かか》げてみせた。「カタイの国に向かう旅人は川を渡《わた》るとき、柳で編んだ冠を持って行くの。そうすれば、自分がどこから来たかを忘《わす》れることはない、っていうわけ。

わたし、クーチクと話したわ。彼、バクシーシュとダシュタニと三人で暮《く》らすこと、まんざらじゃないみたい。――わたし、あなたに話してから行きたいと思っていたの」

「どこへ行くの?」ぼくはきいた。

「ずっと前に夢にみた場所へ」彼女は立ちあがり、対岸のはるか向こうを指さした。「子どものころの夢をかなえたいの。わたし、生まれ故郷を愛している。これからもずっと愛しつづけると思う。でも、それは、かつての生まれ故郷、いまはない生まれ故郷。わたし、いまのこの土地に留まることはできない。《わたしはあなたに籠《かご》の鳥をあげて、あなたはそれを放してやった》

「《わたしはあなたにイチジクの実をあげて、あなたはわたしに旅をくれた》」とぼくは口ずさみ、それから言った。「ぼくはマゼンタにはもどれない。マゼンタを出てからあまりに長く時間がたってしまったし、あまりに遠くへ来てしまった。柳の枝の冠、ぼくの分も編んでほしいな。ぼく、きみといっしょに行くよ」

「そう言うと思ったわ」彼女はほほえんだ。

「それで、何を探しに行くの？」

「わたしたちを待っていてくれるものよ。サラモンとあのロバくんは、わたしたちよりも先にそれを見つけるかもしれない。でも、わたしたち、海に向かって進んでいきましょうよ。カアルロオ、わたし、あなたから二度と離《はな》れない」

「きみは一度だって離れたことはないよ」ぼくの差し伸べた両手の中に、彼女がすっぽりと入った。「ぼく、このことを夢でみたよ」

「知ってるわ。わたしも同じ夢をみたんだもの」

訳者あとがき

この本は、アメリカの児童文学作家ロイド・アリグザンダーの The Golden Dream of Carlo Chuchio（二〇〇七年）の全訳《ぜんやく》です。

＊

港町マゼンタで叔父《おじ》さんの営む輸入品の店を手伝っているカルロは、ふとしたことから宝物《たからもの》のありかを示す地図を手に入れます。本ばかり読んでいてさっぱり役に立たず、「阿呆《あほ》たれカルロ」と呼《よ》ばれていたけれど、宝物を探《さが》しだして「百万長者カルロ」と呼ばれるようになり、叔父さんや町の人たちを見返してやろう、――そう決意して、東方の国ケシャバルに渡《わた》り、砂漠《さばく》の旅に乗り出したカルロは、盗賊《とうぞく》の襲撃《しゅうげき》、自然の猛威《もうい》、悪党《あくとう》一味に拉致《らち》され命の危険《きけん》にさらされるなど苦難《くなん》を体験しながら次第に成長してゆきます。りりしく行動的で復讐心《ふくしゅうしん》に燃える少女、ずるくてものぐさくて、そのくせ、たいへん純粋《じゅんすい》なところもあるラクダ引き、動物好きで思索的《しさくてき》で知的好奇心《こうきしん》いっぱいな、著者《ちょしゃ》アリグザンダーの分身のような老人、抜《ぬ》け目ない一方でとほうもなく豪快《ごうかい》な「馬将軍《うましょうぐん》」等々、個性ゆたかな人物が次々と登場します。物語の冒頭《ぼうとう》でカルロが地図を手に入れるきっかけを作りその後こつぜんと姿《すがた》を消す本屋の主人は、はたして現実の存在《そんざい》だったのか、まぼろしだったのか。旅の途中《とちゅう》にあらわれる、お金をとって物語を話して聞かす「物語屋」、ひとり洞穴《ほらあな》に住む画家、夢を売る男、この人たちは、みな、どこか、例の本屋の主人に似通っていて、カルロのことを前から知っているようでもある……。そして、「ギリシャの火」と呼ばれる、いったん燃え上がると消すことのできない火。あまりにも恐ろしいものであるために一度は放棄《ほうき》されたのに、またしても作られ使われようとしているこの兵器。著者はこれにどのような寓意《ぐうい》を持たせているのでしょうか……

「旅そのものが、宝物なんだ」（一四一頁）、「あんた、その男を殺そうと思っているのかね？　復讐するつもりなのかね？　もしそうなら、彼はもう、ゆっくりと効《き》き目の出てくる毒でもって、あんたを殺しているんだ。だから、そんな考えは捨《す》てておしまい。なぜ時間を無駄《むだ》にするのかね？　そんな男はどっちみち、悪事の報いを受けるものだよ」（一五五頁）、「恋人《こいびと》たち以外のだれが同じ夢を見るっていうの？」（二六八頁）など、心に残る言葉《ことば》がそこここに散りばめられています。

物語の舞台《ぶたい》はもちろん架空《かくう》の場所ですが、カルロの故郷《こきょう》カンパニアはイタリア風なところがありますし、ケシャバルは、風俗《ふうぞく》、言葉などから見て「アラビアン・ナイト」の舞台である中東を思わせます。ケシャバルの古い名前だというパルジア（Parzya）はペルシア（Persia）を、東方のはるかかなたにあるカタイ（Cathai）という国の名は中国を指す古い言葉 Cathay を連想させます。

『ゴールデンドリーム』という表題にふさわしく、夢の世界のような不思議な雰囲気《ふんいき》のただよう作品です。

＊

アメリカでの評価は――

「傑出《けっしゅつ》したストーリーテラーであるアリグザンダーは忘《わす》れがたい旅へと読者をいざない、カルロの経験した冒険、屈辱《くつじょく》、安堵《あんど》、恐怖《きょうふ》、苦悩《くのう》、希望、喜びをまるごと読者に伝えている」（ブックリスト）、「生き生きとした情感ゆたかな冒険物語。全編を通して読者を魅了《みりょう》してやまない」（パブリッシャーズ・ウィークリー）、「アイロニー、リアリズム、ユーモア、人間性への信頼《しんらい》が巧みにブレンドされているのが、数十年にわたるアリグザンダーの作品の特徴《とくちょう》だったが、この小説にもそれは顕著《けんちょ》に見られる。読者を物語に引き込まずにはおかない卓越《たくえつ》した表現力も従来どおりだ。冒険やコメディの要素もあり、読者をぞっとさせる部分もある作品だが、その基本的テーマは、人間とは何かということだ。やさしくて、こっけいで、常に興味深い存在である人間に、作者の観察眼が注がれている。アリグザンダーらしい芸術性と知恵《ちえ》に富んだ、すぐれた作品である」（ホーン・ブック）。

「サスペンスあり、ユーモアあり、ロマンスありのすばらしい物語。大いに楽しめた」（アマゾン・カスタマー・レビューズ［投稿者《とうこうしゃ》チェリー］）、「珠玉《しゅぎょく》のような本。友情と愛と冒険の物語であり、マルコ・ポーロの旅が実際にどのようなものだったかについてヒントを与えてくれるタイム・マシーンだ」(アマゾン・カスタマー・レビューズ［投稿者ジェースン・テーラー］)。

　本書は二〇〇八年「バンクストリート最良の児童書」の一つにも選ばれています。

＊

　著者ロイド・アリグザンダーは一九二四年一月三十日ペンシルベニア州フィラデルフィア生まれ。「シェイクスピア、ディケンズ、マーク・トウェインといった人たちがわたしの最愛の友であり最大の先生だった」と語っているほど読書の好きな少年でした。高校卒業のとき両親に向かって作家になるつもりだと宣言《せんげん》しますが、驚《おどろ》いた両親に反対され銀行のメッセンジャーボーイに。しかし、一年ほどでやめ、自分で貯《た》めた金で地元の教員養成大学に入ります。一九四三年、十九歳《さい》で陸軍に入隊(すでにアメリカは第二次大戦に参戦していました)、ヨーロッパ戦線へ。終戦による除隊後《じょたいご》、フランス外務省の奨学金《しょうがくきん》を得てソルボンヌ(パリ大学)で学び、フランス女性ジャニーヌと出会い、一九四六年結婚《けっこん》。妻と共に帰国。作家をこころざし、さまざまな仕事をしながら、創作《そうさく》に打ち込み、三十一歳で最初の単行本を出版。フランスの詩人ポール・エリュアールの作品集や、サルトルの『壁《かべ》』『嘔吐《おうと》』の翻訳《ほんやく》もしました。四十代にさしかかってから児童ものを書き始めましたが、これこそが自分の天職と気づいて専念《せんねん》し、やがて現代アメリカ児童文学の代表的作家の一人となりました。

　四十編以上の作品を発表し、ウェールズの古い伝説に材をとったファンタジー『タランと角の王』を最初とする「プレデイン物語」全五巻《かん》、『セバスチァンの大失敗』、『人間になりたがった猫《ねこ》』、「ウェストマーク戦記」三部作などは、とくに有名です。ゆたかな想像力、透徹《とうてつ》した人間観察、変化に富むストーリー、ウイットに富んだ洗練《せんれん》された文体、独特の思想性などによって、広《こう》範《はん》な読者に親しまれているだけでなく、多くの若《わか》いアメリカ人作家から、自分が大きな文学的影《えい》響《きょう》を受けた人として、名前を挙《あ》げられています。評論家ローラ・イングラムは、アリグザンダーの作中人物は、「現代人を混乱《こんらん》させ苦しめているのと同じ問題」をめぐって、行動し、考え、感じ、たたかっており、そのことが彼の作品に、「特別の深みと洞察《どうさつ》」をあたえている、と書いています。

「プレデイン物語」の第五巻『タラン・新しき王者』で一九六九年ニューベリー賞、『セバスチアンの大失敗』で一九七一年全米図書賞、「ウェストマーク戦記」第一巻『王国の独裁者《どくさいしゃ》』で一九八二年全米図書賞、二〇〇三年世界幻想《げんそう》文学大賞特別表彰《ひょうしょう》を受けるなど多くの栄誉《えいよ》に浴しています。バイオリンやピアノを演奏《えんそう》し、猫を愛し、暴力と抑圧《よくあつ》を憎《にく》み、人権団体アムネスティ・インターナショナルの会員でもありました。二〇〇七年五月十七日、フィラデルフィア郊外《こうがい》ドレクセル・ヒルの自宅でがんのため死去。八十三歳でした。

＊

本書は、アリグザンダーが亡くなる少し前に書き上げ、死の三カ月後の二〇〇七年八月に出版された、彼の最後の作品です。この本について彼は、「わたしはライフワークをやりとげた」と言い残しています。

アメリカ、イギリスの新聞は大きな記事で彼の死を悼《いた》みましたが、ここではアマゾン・カスタマー・レビューズに載《の》った、子どものころからの愛読者だという、あるニューヨーク市民の言葉を紹介《しょうかい》しておきましょう。

わたしは二十年前あなたに会い、「プリデイン物語」全五巻にサインをしてもらいました。ページが黄ばみ、ところどころ破れている五冊《さつ》の本を差し出しましたら、あなたはとても心を打たれたようすで、わたしを見つめ、「ありがとう。この本を書いた甲斐《かい》があります」と言いました。いいえ、お礼を言うのはわたしのほうです。わたしは、あなたの本を読み、その中でやさしく説かれている真実の知恵《ちえ》を学び、そのおかげで、より良い人間になることができました。あなたの最後の作品も大好きです。たくさんのすばらしい物語をほんとうにありがとうございました。ロイド・アリグザンダーはわたしの心の中に永遠に生きています。

＊

評論社社長・竹下晴信さん、竹下純子さんにたいへんお世話になりました。厚く御礼申し上げます。

二〇一四年五月

宮下嶺夫

ロイド・アリグザンダー Lloyd Alexander
1924～2007年。アメリカのフィラデルフィア生まれ。高校卒業と同時に銀行のメッセンジャー・ボーイとなるが、１年ほどで辞め、地元の教員養成大学に入る。19歳で陸軍に入隊。第二次世界大戦に従軍し、除隊後、フランスのソルボンヌ大学で学ぶ。1955年、31歳のときに最初の単行本を出版。当初は大人向けの小説を書いていたが、児童ものを手がけるようになって作家としての評価が高まった。主な作品に、「プリデイン物語」全５巻（第５巻『タラン・新しき王者』でニューベリー賞）、『セバスチァンの大失敗』（全米図書賞）、『人間になりたがった猫』『怪物ガーゴンと、ぼく』「ウェストマーク戦記」３部作（第１巻『王国の独裁者』で全米図書館賞）（以上、評論社）などがある。

宮下嶺夫（みやした・みねお）
1934年、京都市生まれ。慶應義塾大学文学部卒業。主な訳書に、Ｌ・アリグザンダー『怪物ガーゴンと、ぼく』「ウェストマーク戦記」３部作、Ｒ・ダール『マチルダは小さな大天才』『魔法のゆび』（以上、評論社）、Ｈ・ファースト『市民トム・ペイン』、Ｎ・フエンテス『ヘミングウェイ　キューバの日々』（以上、晶文社）、Ｒ・マックネス『オラドゥール』（小学館）、Ｊ・Ｇ・ナイハルト『ブラック・エルクは語る』（めるくまーる）などがある。

ゴールデンドリーム　果てしなき砂漠を越えて

2014年６月30日　初版発行

●―――著　者　ロイド・アリグザンダー
●―――訳　者　宮下嶺夫
●―――発行者　竹下晴信
●―――発行所　株式会社評論社
〒162-0815　東京都新宿区筑土八幡町2-21
電話　営業　03-3260-9409／編集　03-3260-9403
URL　http://www.hyoronsha.co.jp
●―――印刷所／凸版印刷株式会社
●―――製本所／凸版印刷株式会社

ISBN978-4-566-02448-9　NDC933　384p.　188㎜×128㎜

ロイド・アリグザンダーの作品

ウェストマーク戦記
——三部作——

宮下嶺夫 訳

『王国の独裁者』『ケストレルの戦争』『マリアンシュタットの嵐』からなる。架空の国ウェストマークの激動を描いた、叙事詩的ファンタジー。全米図書賞受賞

人間になりたがった猫

神宮輝夫 訳

魔法使いに人間の姿に変えてもらった猫のライオネルは、勇んで人間の街に。でも心は猫のまま、とんちんかんなことばかり。やがて街の騒動に巻きこまれ……。

200ページ

木の中の魔法使い

神宮輝夫 訳

魔力を失って木の中に閉じこめられていた、老いた魔法使いのアルビカン。村の少女マロリーに助け出されるが、二人に次々と恐ろしい事件がふりかかる……。

272ページ

猫　ねこ　ネコの物語

田村隆一 訳

優しく強く、勇気に満ちた八ぴきの猫のヒーローたちが、痛快無比の大活躍。ウィットとユーモアいっぱいの八つの物語に、猫好きも、そうでない人も大満足。

224ページ